纪念老舍诞辰115周年、从事文学创作
90周年暨寓居青岛80周年

我的经验中有你：我想起自己，必须想起来你，朋友！

——礼物 老舍

老舍

老舍青岛文集

《老舍青岛文集》编委会 编

【第三卷】
◎ 樱海集
◎ 蛤藻集

文物出版社

青岛老舍公园

舒乙为《老舍青岛文集》绘，2014年8月

海边拾贝的时光
初剑为《老舍青岛文集》绘，2014年9月

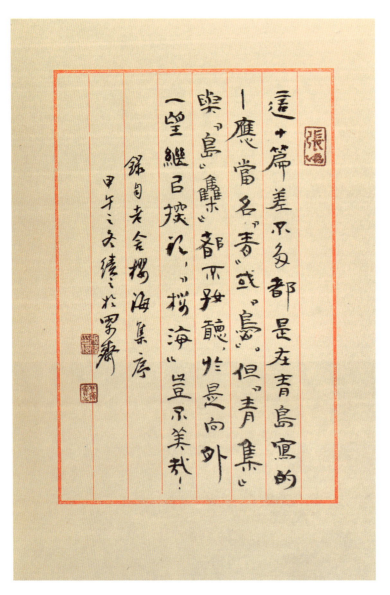

這十篇差不多都是在青島寫的——應當名「青」或「島」，但「青集」與「島集」都不很順，所以向外一望繼已搜況，「櫻海」豈不美哉！

錄句老舍櫻海集序

甲午之夏續之於罘罘齋

老舍《蛤藻集·序》片段
张伟为《老舍青岛文集》书，2014年12月

第三卷目录

樱海集（部分）

序

开开屋门，正看邻家院里的一树樱桃。再一探头，由两所房中间的隙空看见一小块儿绿海。这是五月的青岛，红樱绿海都在新从南方来的小风里。

本篇原载1935年6月16日《论语》第67期，原标题为《樱海集序》。初收《樱海集》，上海人间书屋1935年8月出版发行。

这是老舍为短篇小说集《樱海集》所作的序，写于西鱼山寓所（原位于金口二路，今金口三路）。文中，首先言明小说集取名"樱海"的缘由，这是基于寓所的自然环境而想出的名字，有花有海，恰当地反映出了地域特色。序文表现出了他一贯的风格，苦趣中带着幽默，讲明了小说集中作品的构成，对这一时期的风格变化做了交代，另外，文中也对辞别齐大而东行青岛的这一段经历做出了追叙，特别讲到当时因"不能去专心写作，与好友的死"这两件事带来的情绪低沉，发出沧桑之叹，人生的悲凉之意也投射于作品中。其实，这一年他才36岁，却已然带上了深沉的"中年"之感，也因着这种生命感怀而为作品抹上了一层睿智的柔光，小说之路延续着，在幽默、直率与智慧之间开启一扇扇人生、社会与文化之门。

一般说，《樱海集》为短篇小说集，但其中的《月牙儿》与《阳光》在规模上亦可被视为中篇小说，老舍本人在1947年6月23日为晨光文学丛书《月牙集》所作的序言中就把《月牙儿》当中篇小说来看待。这是老舍的第二部小说集，也是在青岛创作和出版的第一部小说集，除了作于济南的《牺牲》外，其余9篇小说依次是：《上任》《柳屯的》《末一块钱》《毛毛虫》《老年的浪漫》《善人》《邻居们》《月牙儿》和《阳光》，其中尤以《月牙儿》最为出色，是老舍在青岛收获的第一篇杰作，洋溢着唯美、感伤与沉思的诗意小说格调。置身于青岛卓荦的山海气象之中，在花与海的共同滋润中，老舍实现了诗意安居，迎来了文学创作的巅峰时代，而《樱海集》正是通往巅峰之路上的第一个路标。

序

开开屋门[1]，正看邻家[2]院里的一树樱桃[3]。再一探头，由两所房中间的隙空看见一小块儿绿海[4]。这是五月的青岛[5]，红樱绿海都在新从南方来的小风里。

友人来信，要我的短篇小说，印集子。

找了找：已有十五六篇，其中有一两篇因搬家[6]扯乱，有头无尾，干脆剔出；还有三四篇十分没劲的，也挑出来，顺手儿扔掉。整整剩下十篇，倒也不多不少。大概在这十五六篇之外，还至少应有两三篇，因向来不留副稿，而印出之后又不见得能篇篇看到，过了十天半月也就把它们忘死；好在这并不是多大的损失，丢了就丢了吧。

年方十九个月的小女生于济南，所以名"济"[7]；这十篇东西，既然要成集子，自然也得有个名儿；照方吃烤肉，生于济南者名"济"，则生于青岛者——这十篇差不多都是在青岛写的——应当名"青"或"岛"。但"青集"与"岛集"都不好听，于是向屋外一望，继以探头，"樱海"岂不美哉！

《樱海集》有了说明。下面该谈谈这十篇作品。

虽然这十篇是经过了一番剔选，可是我还得说实话，我看不起它们。不用问我哪篇较比的好，我看它们都不好。说起来，话可就长了：我在去年七月中辞去齐大的教职，八月跑到上海[8]。我不是去逛，而是想看看，能不能不再教书而专以写作挣饭吃。我早就想不再教书。在上海住了十几天，我心中凉下去，虽然天气是那么热。为什么心凉？兜底儿一句话：专仗着写东西吃不上饭。

第二步棋很好决定，还得去教书。于是来到青岛[9]。

到了青岛不久，至友白涤洲死去；我跑回北平哭了一场[10]。

这两件事——不能去专心写作，与好友的死——使我好久好久打不起精神来；愿意干的事不准干，应当活着的人反倒死。是呀，我知道活一天便须欢蹦乱跳一天，我照常的作事写文章，但是心中堵着一块什么，它老在那儿！写得不好？因为心里堵得慌！我是个爱笑的人，笑不出了！我一向写东西写得很快，快与好虽非一回事，但刷刷的写一阵到底是件痛快事；哼，自去年秋天起，刷刷不上来了。我不信什么"江郎才尽"那一套，更不信将近四十岁便得算老人；我愿老努力的写，几时入棺材，几时不再买稿纸。可是，环境也得允许我去写，我才能写，才能写得好。整天的瞎忙，在应休息的时间而拿起笔来写东西，想要好，真不大容易！我并不愿把一切的罪过都推出去，只说自己高明。不，我永远没说过自己高明；不过外面的压迫也真的使我"更"不高明。这是非说出不可的，我自己的不高明，与那些使我更不高明的东西，至少要各担一半责任。

这可也不是专为向读者道歉。在风格上有一些变动，从这十篇里可以显明的看到；这个变动与心情是一致的。这里的幽默成分，与以前的作品相较，少得多了。笑是不能勉强的。文字上呢，也显着老实了一些，细腻了一些。这些变动是好是坏，我不知道，不过确是有了变动。这些变动是这半年多的生活给予作品的一些颜色，是好是坏，还是那句——我不知道。有人爱黑，有人爱白；不过我的颜色是由我与我的环境而决定的。

有几篇的材料满够写成中篇或长篇的，因为忙，所以写得很短，好象面没发好，所以馒头又小又硬。我要不把"忙"杀死，"忙"便会把我的作品全下了毒药！什么时候才能不忙呢?！

说了这么一大套，大概最大的好处也不过足以表明我没吹牛；那么，公道买卖，逛书店的先生们，请先尝后买，以免上当呀！[11]

老舍序于青岛。一九三五，五月。

[1] 写这篇序文时，老舍一家刚从莱芜路搬来金口二路不久，大约两三个月，寓所周边，花树缤纷，春色正浓。从露台或者书房的西窗，尚可与海色相通。缘此，也就有了以花与海来显现心境的行为。这既是环境亲和力的表达，亦是安居心理的昭示。自此始，他与青岛，与居住地就有了某种精神秘约，达成了地域精神意义上的默契。于是，在这"开开屋门"的一瞬间，他命名了来青岛之后的第一部作品集，时光、自然与语言之家显得意味深长。

[2] 邻家，指房东郑家。当时房东住楼下，临街开有两个门，房东一家从南侧的门进入庭院；而老舍一家要从北侧另一个小门直接进入楼上，无法享用庭院。因此下文称"邻家院里的一树樱桃"其实就生长在当时所居小楼的庭院里，并非在另一个院落里。后来，到了1935年岁末，老舍搬入了黄县路寓所居住，看好那里的一个重要原因就是可以享用庭院，方便养花和打拳练武。

[3] 老舍是一个怀有自然情结而且善与自然对话的人，心间盈满人与自然的共同情趣。花树表征着自然关怀，而且有纪念意义，灼灼光华每每闪烁于人生旅程上。他钟情于花树，常怀感恩与喜悦之心面对自然，多篇文章中写到青岛的花事，居住环境也往往是以花树为标志的，在这里是邻家的一树樱桃，年末迁居黄县路，小院中有冬青树和银杏树。许多年以后回到北京，居丹柿小院。

櫻海集序

老舍

開開屋門，正看鄰家院裡的一樹櫻桃。再一探頭，由兩所房中間的際空看見一小塊兒綠海。這是五月的青島，紅櫻綠海都在新從南方來的小風裡。

友人來信，要我的短篇小說，印集子。

找了找：已有十五六篇，其中有一兩篇因搬家扯乱，有头无尾，乾脆剔出；正有三四篇十分沒勁的，也挑出來，順手儿扔掉。整整剩下十篇，倒也不多不少。大概在這十五六篇之外，還至少應有兩三篇，因向來不留副稿，而印出之后又不見得能篇篇看到，過了十天半月也就把牠們忘死；好在這並不是多大的損失，丟了就丟了吧。

年方十九个月的小女生于濟南，所以名「濟」；這十篇東西，既然要成集子，自然也得有个名儿；照方吃烤肉，生于濟南者名「濟」，則生于青島者——這十篇差不多都是在青島寫的——應當名「青」或「島」。但「青集」與「島集」都不好听，于是向屋外一望，繼以探頭，「櫻海」豈不美哉！

雖然這十篇是經過了一番剔选，可是我還得說实話，我看不起牠們。不用問我哪篇較比的好，我看牠們都不好。說起來，話可就長了：我在去年七月中辭去齊大的教職，八月跑到上海。我不是去逛，而是想看看，能不能不再教書而專以寫作掙飯吃。我早就想不再教書。在上海住了十几天，我

— 955 —

《櫻海集·序》原发表页
1935年6月16日《论语》第67期

---

[4] 一小块儿绿海，指的是青岛湾。寓所坐落在西鱼山缓坡上，处于青岛湾和汇泉湾之间。

[5] 老舍写有《五月的青岛》一文，收本书第1卷。

[6] 写本文之前约两三个月，老舍刚刚搬过一次家，从莱芜路搬到了金口二路（今金口三路）居住。对此，胡絜青在《重访老舍在山东的旧居》一文中有明确介绍，她说："一过了旧历年，1935年的二、三月间，我们就搬到了临近海滨的金口二路。这里，离山大不远，距我教书的青岛女一中也很近。"寓所地处西鱼山，故称之为西鱼山寓所。

[7] 济，长女舒济。见《有了小孩以后》注1。

[8] 关于老舍辞去齐鲁大学教职并去上海诸事，在创作自述《我怎样写〈牛天赐传〉》（收本书第5卷）一文中有较为详细的介绍。

[9] 老舍于1934年9月上旬来到青岛，应聘在国立山东大学任教。

[10] 见《记涤洲》和《哭白涤洲》两篇散文，收本书第1卷。

[11] 虽然前面，老舍对近期作品风格变化给出了说明，说幽默的成分减少了，但毕竟是老舍，序文末了依然掩饰不住"老舍式"的幽默，不"虎事儿"，拿读者当朋友。

《樱海集》初版
人间书屋，1935年8月

上任

　　尤老二没想到过这个。事情容易，没想到能这么容易。可是，谁也没想到能这么难。现在这群是六个，都请坐车；再来六十个，六百个呢，也都请坐车？再说，李司令是叫抓他们；若是都送车费，好话说着，一位一位地送走，算什么办法呢？就凭自己的一百二不能向李司令要吧？钱从哪儿来呢？这大概薪水，八十块办公费，送大家走？可是说回来，这群家伙确是讲面子，一声难听的没有：「你来，我们滚。」多么干脆，多么自己。事情又真容易，假如有人肯出钱的话。他笑着，让大家喝水，心中拿不定主意。他不敢得罪他们，他们会说好的，也有真厉害的。他们说滚，必定滚；可是，不给钱可滚不了。他的八十块办公费要连根烂。他还得装作愿意拿的样子，他们不吃硬的。

本篇原载1934年10月1日《文学》第3卷第4号。初收《樱海集》，上海人间书屋1935年8月出版。《文学》为1933年7月1日在上海创刊的文学月刊，由文学社主办，上海生活书店刊行，郑振铎、茅盾等为主要发起人，鲁迅、巴金、老舍、丁玲、冰心、朱自清、许地山、王鲁彦、郭绍虞、耿济之、田汉、郑伯奇、戴望舒、张天翼、黎烈文等48人为特约撰稿人。老舍在《文学》上发表的作品除本篇外，还有《微神》《我这一辈子》等。

小说以"尤老二去上任"开篇，平实与不经意间中引出了一件怪事。尤老二是土匪，却莫名其妙地当上了稽察长，这是李司令的特别安排，用意是"用黑面上的人拿黑面上的人"，而结局是不仅"拿不了匪，倒叫匪给拿了"。小说是社会的讽刺画，更是人生的荒诞图，除了社会批判，还有深深的生命感喟包含在里面。故事的展开与意识流的浮动结合起来，消除了外部世界与内心世界的界限，而"絮叨"的背后正是现代的黑色幽默。

上　任

尤老二去上任。

看见办公的地方，他放慢了步。那个地方不大，他晓得。城里的大小公所和赌局烟馆，差不多他都进去过。他记得这个地方——开开门就能看见千佛山[1]。现在他自然没心情去想千佛山；他的责任不轻呢！他可是没透出慌张来；走南闯北的多年了，他拿得住劲，走得更慢了。胖胖的，四十多岁，重眉毛，黄净子脸。灰哗叽夹袍，肥袖口；青缎双脸鞋。稳稳的走，没看千佛山；倒想着：似乎应当坐车来。不必，几个伙计都是自家人，谁还不知道谁；大可以不必讲排场。况且自己的责任不轻，干吗招摇呢。这并不完全是怕；青缎鞋，灰哗叽袍，恰合身分，慢慢的走，也显着稳。没有穿军衣的必要。腰里可藏着把硬的。自己笑了笑。

办公处没有什么牌匾：和尤老二一样，里边有硬家伙。只是两间小屋。门开着呢，四位伙计在凳子上坐着，都低着头吸烟，没有看千佛山的。靠墙的八仙桌上有几个茶杯，地上放着把新洋铁壶，壶的四围趴着好几个香烟头儿，有一个还冒着烟。尤老二看见他们立起来，又想起车来，到底这样上任显着"秃"一点。可是，老朋友们都立得很规矩。虽然大家是笑着，可是在亲热中含着敬意。他们没因为他没坐车而看不起他。说起来呢，稽察长和稽察是作暗活的，越不惹耳目越好。他们自然晓得这个。他舒服了些。

尤老二在八仙桌前面立了会儿，向大家笑了笑，走进里屋去。里屋只有一条长桌，两把椅子，墙上钉着个月分牌，月分牌的上面有一条臭虫血。办公室太空了些，尤老二想；可又想不出添置什么。赵伙计送进一杯茶来，飘着根茶叶棍儿。尤老二和赵伙计全没的说，尤老二擦了下脑门。啊，想起来了：得有个洗脸盆，他可是没告诉赵伙计去买。他得细细地想一下：办公费都在他自己手里呢，是应当公开的用，还是自己一把死拿？自己的薪水是一百二，办公费八十。卖命的事，把八十全拿着不算多。可是伙计们难道不是卖命？况且是老朋友们？多少年不是一处吃，一处喝；睡土窑子不是一同住大炕？不能独吞。赵伙计走出去，老赵当头目的时候，可曾独吞过钱？尤老二的脸红起来。刘伙计在外屋溜了他一眼。老刘，五十多了，倒当起伙计来；三年前手里还有过五十支快枪！不能独吞。可是，难道白当头目？八十块大家分？再说，他们当头目是在山上。尤老二虽然跟他们不断的打联络，可是没正式上过山。这就有个分别了。他们，说句不好听的，是黑面上的；他是官。作官有作官的规矩。他们是弃暗投明，那么，就得官事官办。八十元办公费应当他自己拿着。可是，洗脸盆是要买的；还得来两条手巾。

除了洗脸盆该买，还似乎得作点别的。比如说，稽察长看看报纸，或是对伙计们训话。应当有份报纸，看不看的，摆着也够样儿。训话，他不是外行。他当过排长，作过税卡委员；是的，他得训话，不然，简直不象上任的样儿。况且，伙计们都是住过山的，有时候也当过兵；不给他们几句漂亮的，怎能叫他们佩服。老赵出去了。老刘直咳嗽。必定得训话，叫他们得规矩着点。尤老二咳了声，立起来，想擦把脸；还是没有洗脸盆与手巾。他又坐下。训话，说什么呢？不是约他们帮忙的时候已经说明白了吗，对老赵老刘老王老褚不都说的是那一套么？"多年的朋友，捧我尤老二一场。我尤老二有饭吃，大家伙儿就饿不着；自己弟兄！"这说过不止一遍了，能再说么？至于大家的工作，谁还不明白——反正还不是用黑面上的人拿黑面上的人。这只能心照，不便实对实的点破。自己的饭碗要紧，脑袋也要紧。要真打算立功的话，拿几个黑道上的朋友开刀，说不定老刘们就会把盒子炮往里放。睁一眼闭一眼是必要的，不能赶尽杀绝；大家日后还得见面。这些话能明说么？怎么训话呢？看老刘那对眼睛，似乎死了也闭不上。帮忙是义气，真把山上的规矩一笔钩个净，作不到。不错，司令派尤老二是为拿反动分子。可是反动分子都是朋友呢。谁还不知道谁吃几碗干饭？难！

尤老二把灰哗叽袍脱了，出来向大家笑了笑。

"稽察长！"老刘的眼里有一万个"看不起尤老二"，"分派分派吧。"

尤老二点点头。他得给他们一手看。"等我开个单，咱们的事儿得报告给李司令。昨儿个，前两天，不是我向诸位弟兄研究过？咱们是帮助李司令拿反动派。我不是说过：李司令把我叫了去，说，老二，我地面上生啊，老二你得来帮帮忙。我不好意思推辞，跟李司令也是多年的朋友。我这么一想，有办法。怎么说呢，我想起你们来。我在地面上熟哇，你们可知底呢。咱们一合把，还有什么不行的事。司令，我就说了，交给我了，司令既肯赏饭吃，尤老二还能给脸不兜着？弟兄们，有李司令就有尤老二，有尤老二就有你们。这我早已研究过了。我开个单子，谁管哪里，谁管哪里，合计好了，往上一报，然后再动手，这像官事，是不是？"尤老二笑着问大家。

老刘们都没言语。老褚挤了挤眼。可是谁也没感到僵得慌。尤老二不便再说什么，他得去开单子。拿笔刷刷的一写，他想，就得把老刘们唬背过气去。那年老褚绑王三公子的票，不是求尤老二写的通知书么？是的，他得刷刷地写一气。可是笔墨砚呢？这几个伙计简直没办法！"老赵，"尤老二想叫老赵买笔去。可是没说出来。为什么要买东西单叫老赵呢？一来到钱上，叫谁去买东西都得有个分寸。这不是山上，可以马马虎虎。这是官事，谁该买东西去，谁该送信去，都应当分配好了。可是这就不容易，买东西有扣头，送信是白跑腿；谁活该白跑腿呢？"啊，没什么，老赵！"先等等买笔吧，想想再说。尤老二心里有点不自在。没想到作稽察长这么啰嗦。差事不算很甜；也说不上苦来，假若八十元办公费都归自己的话。可是不能都归自己，伙计们都住过山；手儿一紧，还真许尝个黑枣[2]，是玩的吗？这玩艺儿不好办，作着官而带着土匪，算哪道官呢？不带土匪又真不行，专凭尤老二自己去拿反动分子？拿个屁！尤老二摸了摸腰里的家伙："哥儿们，硬的都带着哪？"

大家一齐点了点头。

"妈的怎么都哑巴了？"尤老二心里说。是什么意思呢？是不佩服咱尤老二呢，还是怕呢？点点头，不像自己朋友，不像；有话说呀。看老刘！一脸的官司。尤老二又笑了笑。有点不够官派，大概跟这群家伙还不能讲官派。骂他们一顿也许就骂欢喜了？不敢骂，他不是地道土匪。他知道他是脚踩两只船。他恨自己不是地道土匪，同时又觉得他到底高明，不高明能作官么？点上根烟，想主意。有了，得喂喂这群家伙。办公费可以不撒手；得花点饭钱。

"走哇，弟兄们，五福馆！"尤老二去穿灰哔叽夹袍。

老赵的倭瓜脸裂了纹，好似是熟透了。老刘五十多年制成的石头腮帮笑出两道缝。老王老褚也都复活了，彷佛是。大家的嗓子里全有了津液，找不着话说也舐舐嘴唇。

到了五福馆，大家确是自己朋友了，不客气：有的要水晶肘，有的要全家福，老刘甚至于想吃锅爆鸡，而且要双上。吃到半饱，大家觉得该研究了。老刘当然先发言，他的岁数顶大。石头腮帮上红起两块，他喝了口酒，夹了块肘子，吸了口烟。"稽察长！"他扫了大家一眼："烟土，暗门子[3]，咱们都能手到擒来。那反——反什么？可得小心！咱们是干什么的？伤了义气，可合不着。不是一共才这么一小堆洋钱吗？"

尤老二被酒劲催开了胆量："不是这么说，刘大哥！李司令派咱们哥几个，就为拿反动派。反动派太多了，不赶紧下手，李司令就不稳；他吹了，还有咱们？"

"比如咱们下了手，"老赵的酒气随着烟喷出老远，"毙上几个，咱们有枪，难道人家就没有？还有一说呢，咱们能老吃这碗饭吗？这不是怕。"

"谁怕谁是丫头养的！"老褚马上研究出来。

"丫头泥养的！"老赵抄了过来："不是怕，也不是不帮李司令的忙。义气，这是义气！好尤二哥的话，你虽然帮过我们，公面私面你也比我们见的广，可是你没上过山。"

"我不懂？"尤老二眼看空中，冷笑了声。

"谁说你不懂来着？"葫芦嘴的王小四顿出一句来。

"是这么着，哥儿们，"尤老二想烹他们一下："捧我尤老二呢，交情；不捧呢，"又向空中一笑，"也没什么。"

"稽察长，"又是老刘，这小子的眼睛老瞪着："真干也行呀，可有一样，我们是伙计，你是头目；毒儿可全归到你身上去。自己朋友，歹话先说明白了。叫我们去掏人，那容易，没什么。"

尤老二胃中的海参全冰凉了。他就怕的是这个。伙计办下来的，他去报功；反动派要是请吃黑枣，可也先请他！

但是他不能先害怕，事得走着瞧。吃黑枣不大舒服，可是报功得赏却有劲呢。尤老二混过这么些年了，哪宗事不是先下手的为强？要干就得玩真的！四十多了，不为自己，还不为儿子留下点吗儿？都象老刘们还行，顾脑袋不顾屁股，干一辈子黑活，连坟地都没有。尤老二是虚子[4]，会研究，不能只听老刘的。他决定干。他得捧李司令。弄下几案来，说不定还会调到司令部去呢。出来也坐坐汽车什么的！尤老二不能老开着正步上任！

汤使人的胃与气一齐宽畅。三仙汤上来，大家缓和了许多。尤老二虽然还很坚决，可是话软和了些："伙计们，还得捧我尤老二呀，我没什么蹦儿的弄吧——活该他倒霉，咱们多少露一手。你说，腰里带着硬的，净弄些个暗门子，算哪道呢？好啦，咱们就这么办，先找小的，不刺手的办，以后再说。办下来，咱们还是这儿，水晶肘还不坏，是不是？"

"秋天了，以后该吃红焖肘子了。"王小四不大说话，一说可就说到根上。

尤老二决定留王小四陪着他办公，其余的人全出去踩访。不必开单子了，等他们踩访回来再作报告。是的，他得去买笔墨砚，和洗脸盆。他自己去买，省得有偏有向。应当来个书记，可是忘了和李司令说。暂时先自己写吧，等办下案来再要求添书记；不要太心急，尤老二有根。二爹的儿子，听说，会写字，提拔他一下吧。将来添书记必用二爹的儿子，好啦，头一天上任，总算不含糊。

只顾在路上和王小四瞎扯，笔墨砚到底还是没买。办公室简直不像办公室。可是也好：刷刷地写一气，只是心里这么想；字这种玩艺刷刷的来的时候，说真的，并不多；要写那个，那个偏偏不在家。没笔墨砚也好。办什么呢，可是？应当来份报纸，哪怕是看看广告的图呢。不能老和王小四瞎扯，虽然是老朋友，到底现在是官长与伙计，总得有个分寸。门口已经站过了，茶已喝足，月分牌已翻过了两遍。再没有事可干。盘算盘算家事，还有希望。薪水一百二，办公费八十——即使不能全数落下——每月一百五可靠。慢慢的得买所小房。妈的商二狗，跟张宗昌[5]走了一趟，干落十万！没那个事了，没了。反动派还不就是他们么？哪能都像商二狗，资资本本地看着？谁不是钱到手就迷了头？就拿自己说吧，在税卡子上不是也弄了两三万吗？都哪儿去了？吃喝玩乐的惯了，再天天啃窝窝头？受不了，谁也受不了！是的，他们——凭良心说，连尤老二自己——都盯着张督办回来，当然的。妈的，丁三立一个人就存着两箱军用票呢！张要是回来，打开箱子，老丁马上是财主！拿反动派，说不下去，都是老朋友。可是月薪一百二，办公费八十，没法儿。得拿！妈的脑袋吊了碗大的疤，谁能顾得了许多！各自奔前程，谁叫张大帅一时回不来呢。拿，毙几个！尤老二没上过山，多少跟他们不是一伙。

四点多了，老刘们都没回来。这三个家伙是真踩窝子去了，还是玩去了？得定个办公时间，四点半都得回来报告。假如他们干铲儿不回来，像什么公事？没他们是不行，有他们是个累赘，真他妈的。到五点可不能再等；八点上班，五点关门；伙计们可以随时出去，半夜里拿人是常有的事；长官可不能老伺候着。得告诉他们。不大好开口。有什么不好开口，尤老二你不是头目么？马上告诉王小四。王小四哼了一声。什么意思呢？

"五点了，"尤老二看了千佛山一眼，太阳光儿在山头上放着金丝，金光下的秋草还有点绿色。"老王你照应着，明儿八点见。"

王小四的葫芦嘴闭了个严。

第二天早晨，尤老二故意的晚去了半点钟，拿着点劲儿。万一他到了，而伙计们没来，岂不是又得为难？

伙计们却都到了，还是都低着头坐在板凳上吸烟呢。尤老二想揪过一个来揍一顿，一群死鬼！他进了门，他们照旧又都立起来，立起来的很慢，彷佛都害着脚气。尤老二反倒笑了；破口骂才合适，可是究竟不好意思。他得宽宏大量，谁叫轮到自己当头目人呢。他得拿出虚子劲儿，唏唏哈哈，满不在乎。

"嗨，老刘，有活儿吗？"多么自然，和气，够味儿；尤老二心中夸赞着自己的话。

"活儿有，"老刘瞪着眼，还是一脸的官司："没办。"

"怎么不办呢？"尤老二笑着。

"不用办，待会了他们自己来。"

"呕！"尤老二打算再笑，没笑出来。"你们呢？"他问老赵和老褚！

两人一齐摇了摇头。

"今天还出去吗？"老刘问。

"啊，等等，"尤老二进了里屋，"我想想看。"回头看了一眼，他们又都坐下了，眼看着烟头，一声不发，一群死鬼。

坐下，尤老二心里打开了鼓——他们自己来？不能细问老刘，硬输给他们，不能叫伙计小看了。什么意思呢，他们自己来？不能和老刘研究，等着就是了。还打发老刘们出去不呢？这得马上决定："嗨老褚，你走你的，睁着点眼，听见没有？"他等着大家笑，大家一笑便是欣赏他的胆量与幽默；大家没笑。"老刘，你等等再走。他们不是找我来吗？咱俩得陪陪他们。都是老朋友。"他没往下分派，老王老赵还是不走好，人多好凑胆子。可是他们要出去呢，也不便拦阻；干这行儿还能不耍耍玄虚么？等他们问上来再讲。老王老赵都没出声，还算好。"他们来几个？"话到嘴边上又咽了回去。反正尤老二这儿有三个伙计呢，全有硬家伙。他们要是来一群呢，那只好闭眼。走到哪儿说哪儿，肏！

还没报纸！哪像办公的样！况且长官得等着反动派，太难了。给司令部个电话，派一队来，来一个拿一个，全毙！不行，别太急了，看看再讲。九点半了，"嗨，老刘，什么时候来呀？"

"也快，稽察长！"老刘这小子有点故意的看哈哈笑。

"报！叫卖报的！"尤老二非看报不可了。

买了份大早报，尤老二找本地新闻，出着声儿念。非当当的念，念不上句来。他妈的女招待的姓别扭，不认识。别扭！当当，软一下，女招待的姓！

"稽察长！他们来了。"老刘特别的规矩。

尤老二不慌，放下姓别扭的女招待，轻轻的。"进来！"摸了摸腰中的家伙。

进了一串。为首的是大个儿杨；紧跟着花眉毛，也是大傻个儿；猴四被俩大个子夹在中间，特别显着小；马六、曹大嘴、白张飞，都跟进来。

"尤老二！"大家一齐叫了声。

尤老二得承认他认识这一群，站起来笑着。

大家都说话，话便挤到一处。嚷嚷了半天，全忘记了自己说的是什么。

"杨大个儿，你一个人说；嗨，听大个儿说！"大家的意见渐归一致，彼此的劝告："听大个儿的！"

杨大个儿——或是大个儿杨，全是一样的——拧了拧眉毛，弯下点腰，手按在桌上，嘴几乎顶住尤老二的鼻子："尤老二，我们给你来贺喜！"

"来贺喜！"猴四跟着说。

"听着！"白张飞给猴四背上一拳。

"贺喜可是贺喜，你得请请我们。按说我们得请你，可是哥儿们这几天都短这个，"食指和拇指成了圈形。"所以呀，你得请我们。"

"好哥儿们的话啦，"尤老二接了过去。

"尤老二，"大个儿杨又接回去。"倒用不着你下帖，请吃馆子，用不着。我们要这个，"食指和拇指成了圈形。"你请我们坐车就结了。"

"请坐车？"尤老二问。

"请坐车！"大个儿有心事似的点点头。"你看，尤老二，你既然管了地面，我们弟兄还能作活儿吗？都是朋友。你来，我们滚。你来，我们滚；咱们不能抓破了脸。你作你的官，我们上我们的山。路费，你的事。好说好散，日后咱们还见面呢。"大个儿杨回头问大家："是这么说不是？"

"对，就是这几句；听尤老二的了！"猴四把话先抢到。

尤老二没想到过这个。事情容易，没想到能这么容易。可是，谁也没想到能这么难。现在这群是六个，都请坐车；再来六十个，六百个呢，也都请坐车？再说，李司令是叫抓他们；若是都送车费，好话说着，一位一位地送走，算什么办法呢？钱从哪儿来呢？这大概不能向李司令要吧？就凭自己的一百二薪水，八十块办公，送大家走？可是说回来，这群家伙确是讲面子，一声难听的没有："你来，我们滚。"多么干脆，多么自己。事情又真容易，假如有人肯出钱的话。他笑着，让大家喝水，心中拿不定主意。他不敢得罪他们，他们会说好的，也有真厉害的。他们说滚，必定滚；可是，不给钱可滚不了。他的八十办公费要连根烂。他还得装作愿意拿的样子，他们不吃硬的。

"得多少？朋友们！"他满不在乎似的问。

"一人十拉块钱吧。"大个儿杨代表大家回答。

"就是个车钱，到山上就好办了。"猴四补充上。

"今天后晌就走，朋友，说到哪儿办到哪儿！"曹大嘴说。

尤老二不能脆快，一人十块就是六十呀！八十办公费，去了四分之三！

"尤老二，"白张飞有点不耐烦，"干脆拍出六十块来，咱们再见。有我们没你，有你没我们，这不痛快？你拿钱，我们滚。你不——不用说了，咱们心照。好汉不必费话，三言两语。尤二哥，咱老张手背向下，和你讨个车钱！"

"好了，我们哥儿们全手背朝下了，日后再补付，哥儿们不是一天半天的交情！"杨大个儿领头，大家随着；虽然词句不大一样，意思可是相同。

尤老二不能再说别的了，从"腰里硬"里掏出皮夹来，点了六张十块的："哥儿们！"他没笑出来。

杨大个儿们一齐叫了声"哥儿们"。猴四把票子卷巴卷巴塞在腰里："再见了，哥儿们！"大家走出来，和老刘们点了头："多喒山上见哪？"老刘们都笑了笑，送出门外。

尤老二心里难过的发空。早知道，调兵把六个家伙全扣住！可是，也许这么善办更好；日后还要见面呀。六十块可出去了呢；假如再来这么几档儿，连一百二的薪水赔上也不够！作哪道稽察长呢？稽察长叫反动派给炸了酱，哑巴吃黄连，苦说不出！老刘是好意呢，还是玩坏？得问问他！不拿土匪，而把土匪叫来，什么官事呢？还不能跟老刘太紧了，他也会上山。不用他还不行呢；得罪了谁也不成，这年头。假若自己一上任就带几个生手，哼，还许登时就吃了黑枣儿；六十块钱买条命，前后一核算，也还值得。尤老二没办法，过去的不用再提；就怕明儿个又来一群要路费的！不能对老刘们说这个，自己得笑，得让他们看清楚：尤老二对朋友不含忽，六十就六十，一百就一百，不含忽；可是六十就六十，一百就一百，自己吃什么呢，稽察长喝西北风，那才有根！

尤老二又拿起报纸来，没劲！什么都没劲，六十块这么窝窝囊囊地出去，真没劲。看重了命，就得看不起自己；命好象不是自己的，得用钱买，他妈的！总得佩服猴四们，真敢来和稽察长要路费！就不怕登时被捉吗？竟自不怕，邪！丢人的是尤老二，不用说拿他们呀，连句硬张话都没敢说，好泄气！以后再说，再不能这么软！为当稽察长把自己弄软了，那才合不着。稽察长就得拿人，没第二句话！女招待的姓真别扭。老褚回来了。

老褚反正得进来报告，稽察长还能赶上去问么。老褚和老赵聊上了；等着，看他进来不；土匪们，没有道理可讲。

老褚进来了："尤——稽察长！报告！城北窝着一群朋——啊，什么来着？动——动子！去看看？"

"在哪儿？"尤老二不能再怕；六十块被敲出去，以后命就是命了，太爷哪儿也敢去。

"湖边上，"老褚知道地方。

"带家伙，老褚，走！"尤老二不含忽。坐窝儿掏！不用打算再叫稽察长出路费。

"就咱俩去？"老褚真会激人哪。

"告诉我地方，自己去也行，什么话呢！"尤老二拼了，不玩命，他们也不晓得稽察长多钱一斤。好吗，净开路费，一案办不下来，怎么对李司令呢？一百二的薪水！

老褚没言语，灌了碗茶，预备着走的样儿。尤老二带理不理的走出来，老褚后面跟着。尤老二觉得顺了点气，也硬了点胆子来。说真的，到底两人比一个挡事的多，遇到事多少可以研究研究。

　　湖边上有个鼻子眼大小的胡同，里边会有个小店。尤老二的地面多熟，竟自会不知道这家小店，看着就像贼窝！忘了多带伙计！尤老二，他叫着自己，白闯练了这么多年，还是气浮哇！怎么不多带人呢？为什么和伙计们斗气呢？

　　可是，既来之则安之，走哇。也得给伙计们一手瞧瞧，咱尤老二没住过山哪，也不含忽！咱要是掏出那么一个半个的来，再说话可就灵验多了。看运气吧；也许是玩完，谁知道呢。"老褚，你堵门是我堵门？"

　　"这不是他们？"老褚往门里一指，"用不着堵，谁也不想跑。"

　　又是活局子！对，他们讲义气，他妈的。尤老二往门里打了一眼，几个家伙全在小过道里坐着呢。花蝴蝶，鼻子六儿，宋占魁，小得胜，还有俩不认识的；完了，又是熟人！

　　"进来，尤老二，我们连给你贺喜都不敢去，来吧，看看我们这群。过来见见，张狗子，徐元宝。尤老二。老朋友，自己弟兄。"大家东一句西一句，扯的非常亲热。

　　"坐下吧，尤老二，"小得胜——爸爸老得胜刚在河南正了法——特别的客气。

　　尤老二恨自己，怎么找不到话说呢？倒是老褚漂亮："弟兄们，稽察长亲自来了，有话就说吧。"

　　稽察长笑着点了点头。

　　"那么，咱们就说干脆的，"鼻子六儿扯了过来："宋大哥，带尤二哥看看吧！"

　　"尤二哥，这边！"宋占魁用大拇指往肩后一挑，进了间小屋。

　　尤老二跟过去，准没危险，他看出来。要玩命都玩不成；别扭不别扭？小屋里漆黑，地上潮得出味儿，靠墙有个小床，铺着点草。宋占魁把床拉出来，蹲在了屋角，把湿碌（渌）碌（渌）的砖起了两三块，掏出几杆小家伙来，全扔在了床上。

　　"就是这一堆！"宋占魁笑了笑，在襟上擦擦手："风太紧，带着这个，我们连火车也上不去！弟兄们就算困在这儿了。老褚来，我们才知道你上去了。我们可就有了办法。这一堆交给你，你给点车钱，叫老褚送我们上火车。行也得行，不行也得行，弟兄们求到你这儿了！"

　　尤老二要吐！潮气直钻脑子。他捂上了鼻子。"交给我算怎么回事呢？"他退到屋门那溜儿。"我不能给你们看着家伙！"

　　"可我们带不了走呢，太紧！"宋占魁非常的恳切。

　　"我拿去也可以，可是得报官；拿不着人，报点家伙也是好的！也得给我想想啊，是不是？"尤老二自己听着自己的话都生气。太软了，尤老二！

　　"尤老二，你随便吧！"

尤老二本希望说僵了哇。

"随便吧，尤老二你知道，干我们这行的但分有法，能扔家伙不能？你怎办怎好。我们只求马上跑出去。没有你，我们走不了；叫老褚送我们上车。"

土匪对稽察长下了命令，自己弟兄！尤老二没的可说，没主意，没劲。主意有哇，用不上！身分是有哇，用不上！他显露了原形直抓头皮。拿了家伙敢报官吗？况且，敢不拿着吗？嘿，送了车费，临完得给他们看家伙，哪道公事呢？尤老二只有一条路：不拿那些家伙，也不送车钱，随他们去。可是，敢吗？下手拿他们，更不用想。湖岸上随时可以扔下一个半个的死尸；尤老二不愿意来个水葬。

"尤老二，"宋大哥非常的诚恳："狗肏的不知道你为难；我们可也真没法。家伙你收着，给我们俩钱。后话不说，心照！"

"要多少？"尤老二笑得真伤心。

"六六三十六，多要一块是杂宗！三十六块大洋！"

"家伙我可不管。"

"随便，反正我们带不了走。空身走，捉住不过是半年；带着硬的，不吃黑枣也差不多！实话！怕不怕，咱们自己哥儿们用不着吹腾；该小心也得小心。好了，二哥，三十六块，后会有期！"宋大哥伸了手。

三十六块过了手。稽察长没办法。"老褚，这些家伙怎办？"

"拿回去再说吧。"老褚很有根。

"老褚，"他们叫，"送我们上车！"

"尤二哥，"他们很客气，"谢谢啦！"

尤二哥只落了个"谢谢"。把家伙全拢起来，没法拿。只好和老褚分着插在腰间。多威武，一腰的家伙。想开枪都不行，人家完全信任尤二哥，就那么交出枪来，人家想不到尤二哥会翻脸不认人。尤老二连想拿他们也不想了，他们有根，得佩服他们！八十块办公费，赔出十六块去！尤老二没办法。一百二的薪水也保不住，大概！

尤老二的午饭吃得不香，倒喝了两盅窝心酒。什么也不用说了，自己没本事！对不起李司令，尤老二不是不顾脸的人。看吧，再有这么一当子，只好辞职，他心里研究着。多么难堪，辞职！这年头哪里去找一百二的事？再找李司令，万难。拿不了匪，倒叫匪给拿了，多么大的笑话！人家上了山以后，管保还笑着俺尤老二。尤老二整个是个笑话！越想越懊心。

只好先办烟土吧。烟土算反动不算呢？算，也没劲哪！反正不能辞职，先办办烟土也好。尤老二决定了政策。不再提反动。过些日子再说。老刘们办烟土是有把握的。

一个星期里，办下几件烟土来。李司令可是嘱咐办反动派！他不能催伙计们，办公费已经赔出十六块了。

是个星期一吧，伙计们都出去踩烟土（烟土！）[6]进了个傻大黑粗的家伙，大摇大摆的。

"尤老二！"黑脸上笑着。

"谁？钱五！你好大胆子！"

"有尤二哥在这儿，我怕谁。"钱五坐下了；"给根烟吃吃。"

"干吗来了？"尤老二摸了摸腰里——又是路费！

"来？一来贺喜，二来道谢！他们全到了山上，很念你的好处！真的！"

"呕？他们并没笑话我！"尤老二心里说。

"二哥！"钱五掏出一卷票子来："不说什么了，不能叫你赔钱。弟兄们全到了山上，永远念你的好处。"

"这——"尤老二必须客气一下。

"别说什么，二哥，收下吧！宋大哥的家伙呢？"

"我是管看家伙的？"尤老二没敢说出来。"老褚手里呢。"

"好啦，二哥，我和老褚去要。"

"你从山上来？"尤老二觉得该闲扯了。

"从山上来，来劝你别往下干了。"钱五很诚恳。

"叫我辞职？"

"就是！你算是我们的人也好，不算也好。论事说，有你没我们，有我们没你。论人说，你待弟兄们好，我们也待你好。你不用再干了。话说到这儿为止。我在山上有三百多人，可是我亲自来了，朋友吗！我叫你不干，你顶好就不干。明白人不用多费话。我走了，二哥。告诉老褚我在湖边小店里等他。"

"再告诉我一句，"尤老二立起来："我不干了，朋友们怎想？"

"没人笑话你！怕笑，二哥？好了，再见！"

稽察长换了人，过了两三天吧。尤老二，胖胖的，常在街上溜着，有时候也看千佛山一眼。

---

[1] 千佛山，济南名胜，古称历山。见《大明湖之春》注1。

[2] "黑枣"，此暗指枪子、子弹。

[3] 暗门子，指暗娼。

[4] 虚子，指游手好闲的有钱人的帮闲。

[5] 张宗昌，山东掖县（今莱州）人，奉系军阀头目。见《文博士》注10。

[6] 烟土，未经熬制的鸦片。括号为原刊稿所加。

《上任》原发表页
1934年10月1日
《文学》第3卷第4号

《上任》首页
《樱海集》初版
上海人间书屋，1935年8月

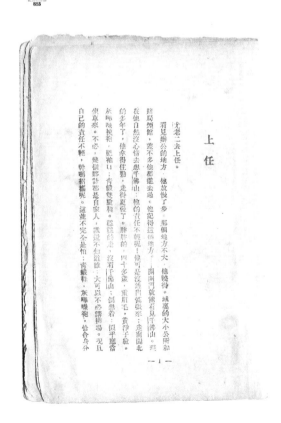

柳屯的

回到家中，我越想越不是滋味：我和她算是宣了战，她不能就这么完事。

假如她结队前来挑战呢？打群架不是什么稀罕的事。完不了，她多少是栽了跟头，我不想打群架，哼，她未必不晓得这个。！她在这几年里把什么都拿到手，除了有几家——我便是其中的一个——不肯理她，虽然也不肯故意得罪她；我得罪了她，这个娘们要是有机会，是满可以作个『女拿破仑』，她一定跟我完不了。设若她会写书，她必定会写出顶好的农村小说，她真明白一切乡人的心理。

本篇原载1934年5月16日《东方杂志》第31卷第10号。初收《樱海集》，上海人间书屋1935年8月出版。

这是一部"泼妇传"，讲一个乡间泼妇用她的"泼"征服了夏家父子和村民的故事，给出了一幅当时社会滑稽而又悲凉的缩略图！夏家父子生活在他们的"茧"中，其人性的秘密不可能直接呈现，好在"我"再次充当"观察家"角色，且他懂得用"空白"勾起读者的好奇心，即他老是离开村子又适时回到村子。他为我们撕开了平静下面的心灵阴暗、剖开了诗意乡间的荒诞与悲苦！不长的篇幅还容纳了老舍所擅长的对世事无常的感慨。"我总以为人究竟不能胜过一切，谁也得有消化不了的东西。"结局是："柳屯的"被捉！恶人遭报是由于"善"的胜利吗？不是！那是一系列偶然事件的连环套。

柳屯的

要计算我们村里的人们，在头几个手指上你总得数到夏家，不管你对这一家子的感情怎么样。夏家有三百来亩地，这就足以说明了一大些，即使承认我们的村子不算是很小。

夏老者在庚子年前就信教。要说他藉着信教去横行霸道，真是屈心的话；拿这个去得些小便宜，那倒有之。他的儿子夏廉也信教。

他们有三百来亩地，这倒比信教不信教还更要紧；不过，他们父子决不肯抛弃了宗教，正如不肯割舍一两亩地。假如他们光信教而没有这些产业，大概偶尔到乡间巡视的洋牧师决不会特意的记住他们的姓名。事实上他们是有三百来亩地，而且信教，这便有了文章。

我说过了，他们不横行霸道；可是他们的心里颇有个数儿。要说为村里的公益事儿拿个块儿八毛的，夏家父子的钱袋好像天衣似的，没有缝儿。"我们信教，不井发这个。"信教的利益，这还是消极的，在这里等着你呢。全村里的人没有愿公然说他们父子刻薄的，可也没有人捧场夸奖他们厚道。他们不跳出圈去欺侮人，人们也就不敢无故的找寻他们，彼此敬而远之。不过，有的时候，人们还非去找夏家父子不可；这可就没的可说了。周瑜打黄盖，愿打愿挨。"知道我们厉害呀，别找上门来！事情是事情！"他们父子虽不这么明说，可确是这么股子劲儿。无论买什么，他们总比别人少花点儿；但是现钱交易，一手递钱，一手交货，他们管这个叫作教友派儿。至于偶尔被人家捉了大头，就是说明了"概不退换"，也得退换；教友派儿在这种关节上更露出些力量。没人敢惹他们，而他们又的确不是刺儿头——从远处看。找上门来挨刺，他们父子实在有些无形的硬翎儿。

要是由外表上看，他们离着精明还远得很呢。夏老者身上最出色的是一对罗圈腿。成天拐拉拐拉的出来进去，出来进去，好像失落了点东西，找了六十多年还没有找着。被罗圈腿闹得身量也显着特别的矮，虽然努力挺着胸口也不怎么尊严。头也不大，眉毛比胡子似乎还长，因此那几根胡子老像怪委屈的。红眼边；眼珠不是黄的，也不是黑的，更说不上是蓝的，就那么灰不拉的，瘪瘪着；看人的时候永远拿鼻子尖瞄准儿，小尖下巴颏也随着跷起来。夏廉比父亲体面些，个子也高些。长脸，笑的时候彷佛都不愿脸上的肉动一动。眼睛老望着远处，似乎心中永远有点什么问题。他最会发楞。父亲要像个小颠蒜，儿子就像个楞青辣椒。

我和夏廉小时候同过学。我不知道他们父子的志愿是什么，他们不和别人谈心，嘴能像实心的核桃那么严。可是我晓得他们的产业越来越多。我也晓得，凡是他们要干的，哪怕是经过三年五载，最后必达到目的。在我的记忆中，他们似乎没有失败过。他们会等：一回不行，再等；还不行，再等！坚忍战败了光阴，精明会抓住机会，往好里说，他们确是有可佩服的地方。很有几个人，因为看夏家这样一帆风顺，也信了教；他们以为夏家所信的神必是真灵验。这个想法的对不对是另一问题，夏家父子的成功是事实。

他们父子可并非没遇过困难，也并非不怕遇上困难，但是当患难临头，他们不惜力：父亲拐拉着腿，儿子板死了脸，干！过蝗虫，他们和蝗虫开仗；下腻虫，和腻虫宣战。方法好不好的，先干点什么再说。唱野台戏谢龙王或虫神，他们连一个小钱也不拿："我们信教，不开发这个。"

或者不仅是我一个人有时候这么想：他们父子是不是有朝一日也会失败呢？以我自己说，这不是出于忌妒，我并无意看他们的哈哈笑；这是一种好奇的推测。我总以为人究竟不能胜过一切，谁也得有消化不了的东西。拿人类全体说，我愿意，希望，咱们能战胜一切，就个人说，我不这么希望，也没有这种信仰。拿破仑碰了钉子，也该碰。

在思想上，我相信这个看法是不错的。不错，我是因看见夏家父子而想起这个来，但这并不是对他们的诅咒。

谁知道这竟自像诅咒呢！我不喜欢他们的为人，真的；可也没想到他们果然会失败。我并不是看见苍蝇落在胶上，便又可怜它了，不是；他们的失败实在太难堪了，太奇怪了；这件"事"使我的感情与理智分道而驰了。

前五年吧，我离开了家乡一些日子。等到回家的时候，我便听说许多关于——也不大利于——我的老同学的话。把这些话凑在一处，合成这么一句：夏廉在柳屯——离我们那里六里多地的一个小村子——弄了个"人儿"。

这种事要是搁在别人的身上，原来并没什么了不得的。夏廉，不行。第一，他是教友；打算弄人儿就得出教。据我们村里的人看，无论是在白莲教，耶稣教，自要一出教就得倒运。自然，夏廉要倒运，正是一些人所希望的，所以大家的耳朵都竖起来，心中也微微有点跳。至于以教会的观点看这件事的合理与否的，也有几位，可是他们的意见并没引起多大的注意——太带洋味儿。

第二，夏廉，夏廉！居然弄人儿！把信教不信教放在一边，单说这个"人"，他会弄人儿，太阳确是可以打西边出来了，也许就是明天早晨！

夏家已有三辈是独传。夏廉有三个女儿，一个儿子。这个儿子活到十岁上就死了。夏嫂身体很弱，不见得再能生养。三辈子独传，到这儿眼看要断根！这个事实是大家知道的，可是大家并不因此而使夏廉舒舒服服的弄人儿，他的人缘正站在"好"的反面儿。

"断根也不能动洋钱"，谁看见那个楞辣椒也得这么想，这自然也是大家所以这样惊异的原因。弄人儿，他？他！

还有呢，他要是讨个小老婆，为是生儿子，大家也不会这么见神见鬼的。他是在柳屯搭上了个娘们。"怪不得他老往远处看呢，柳屯！"大家笑着嘀咕，笑得好像都不愿费力气，只到嗓子那溜儿，把未完的那些意思交给眼睛挤咕出来。

除了夏廉自己明白他自己，别人都不过是瞎猜；他的嘴比蛤蜊[1]还紧。可是比较的，我还算是他的熟人，自幼儿的同学。我不敢说是明白他，不过讲猜测的话，我或者能猜个八九不离十。拿他那点宗教说，大概除了他愿意偶尔有个洋牧师到家里坐一坐，和洋牧师喜欢教会里有几家基本教友，别无作用。他当义和拳或教友恐怕没有多少分别。上帝有一位还是有十位，对于他，完全没关系。牧师讲道他便听着，听完博爱他并不少占便宜。可是他愿作教友。他没有朋友，所以要有个地方去——教会正是个好地方。"你们不理我呀，我还不爱交接你们呢；我自有地方去，我是教友！"这好像明明的在他那长脸上写着呢。

他不能公然的娶小老婆，他不愿出教。可是没儿子又是了不得的事。他想偷偷的解决了这个问题。搭上个娘们，等到有了儿子再说。夏老者当然不反对，祖父盼孙子自有比父亲盼儿子还盼得厉害的。教会呢，洋牧师不时常来，而本村的牧师还不就是那么一回事，上帝本是洋人带过来的。反正没晴天大日头的用敞车往家里拉人，就不算是有意犯教规，大家闭闭眼，事情还有过不去的？

至于图省钱，那倒未必。搭人儿不见得比娶小省钱。为得儿子，他这一回总算下了决心，不能不咬咬牙。"教友"虽不是官衔，却自有作用，而儿子又是必不可少的，闭了眼啦，花点钱！

这是我的猜测，未免有点刻薄，我知道；但是不见得比别人的更刻薄。至于正确的程度，我相信我的是最优等。

在家没住了几天，我又到外边去了两个月。到年底下我回家来过年，夏家的事已发展到相当的地步：夏廉已经自动的脱离教会，那个柳屯的人儿已接到家里来。我真没想到这事儿会来得这么快。但是我无须打听，便能猜着：村里人的嘴要是都咬住一个地方，不过三天就能把长城咬塌了一大块。柳屯那位娘们一定是被大家给咬出来了，好像猎狗掘兔子窝似的，非扒到底儿不拉倒。他们的死咬一口，教会便不肯再装聋卖傻，于是……这个，我猜对了。

可是，我还有不知道的。我遇见了夏老者。他的红眼边底下有些笑纹，这是不多见的。那几根怪委屈的胡子直微微的动，似乎是要和我谈一谈。我明白了：村里人们的嘴现在都咬着夏家，连夏老头子也有点撑不住了；他也想为自己辩护几句。我是刚由外边回来的，好像是个第三者，他正好和我诉诉委屈。好吧，蛤蜊张了嘴，不容易的事，我不便错过这个机会。

他的话是一派的夸奖那个娘们，他很巧妙的管她叫作"柳屯的"。这个老家伙有两下子，我心里说。他不为这件"事"辩护，而替她在村子里开道儿。村儿里的事一向是这样：有几个人向左看，哪怕是原来大家都脸朝右呢，便慢慢的能把大家都引到左边来。她既是来了，就得设法叫她算个数；这老头子给她砸地基呢。"柳屯的"，不卑不抗（亢）的，简直的有些诗味！

"太好了，'柳屯的'！"他的红眼边忙着眨巴。"比大嫂强多了，真泼剌（辣）！能洗能作，见了人那份和气，公是公，婆是婆！多费一口子的粮食，可是咱们白用一个人呢！大嫂老有病，横草不动，竖草不拿；'柳屯的'什么都拿得起来！所以我就对廉儿说了，"老头子抬着下巴颏看准了我的眼睛，我知道他是要给儿子掩饰了："我就说了，廉儿呀，把她接来吧，咱们'要'这么一把手！"说完，他向我眨巴眼，红眼边一劲的动，看看好像是孙猴子的父亲。他是等着我的意见呢。

"那就很好，"我只说了这么一句四面不靠边的。

"实在是神的意思！"他点头赞叹着。"你得来看看她；看见她，你就明白了。"

"好吧，大叔，明儿个去给你老拜年。"真的，我想看看这位柳屯的贤妇。

第二天我到夏家去拜年，看见了"柳屯的"。

她有多大岁数，我说不清，也许三十，也许三十五，也许四十。大概说她在四十五以下准保没错。我心里笑开了，好劲个"人儿"！高高的身量，长长的脸，脸上擦了一斤来的白粉，可是并不见得十分白；鬓角和眉毛都用墨刷得非常整齐：好像新砌的墙，白的地方还没全干，可是黑的地方真黑真齐。眼睛向外弩着，故意的慢慢眨巴眼皮，恐怕碰了眼珠似的。头上不少的黄发，也用墨刷过，可是刷得不十分成功；戴着朵红石榴花。一身新蓝洋缎棉袄棉裤，腋下搭拉着一块粉洋纱手绢。大红新鞋，至多也不过一尺来的长。

我简直的没话可说，心里头一劲儿的要笑，又有点堵得慌。

"柳屯的"倒有的说。她好像也和我同过学，有模有样地问我这个那个的。从她的话里我看出来，她对于我家和村里的事知道得很透彻。她的眼皮慢慢那么向我眨巴了几下，似乎已连我每天吃几个馍馍都看了去！她的嘴可是甜甘，一边张罗客人的茶水，一边儿说；一边儿说着，一边儿用眼角儿扫着家里的人；该叫什么的便先叫出来，而后说话，叫得都那么怪震心的。夏老者的红眼边上有点湿润，夏老太太——一个瘪嘴弯腰的小老太太——的眼睛随着"柳屯的"转；一声爸爸一声妈，大概给二位老者已叫迷糊了。夏廉没在家。我想看看夏大嫂去，因为听说她还病着。夏家二位老人似乎没什么表示，可是眼睛都瞧着"柳屯的"，像是跟她要主意；大概他们已承认：交际来往，规矩礼行这些事，他们没有"柳屯的"那样在行，所以得问她。她忙着就去开门，往西屋里让。陪着我走到窗前。便交待了声："有人来了。"然后向我一笑，"屋里坐，我去看看水。"我独自进了西屋。

夏大嫂是全家里最老实可爱的人。她在炕上围着被子坐着呢。见了我，她似乎非常的喜欢。可是脸上还没笑利飕，泪就落下来了："牛儿叔！牛儿叔！"她叫了我两声。我们村里彼此称呼总是带着乳名的，孙子呼祖父也得挂上小名。她像是有许多的话，可是又不肯说，抹了抹泪，向窗外看了看，然后向屋外指了一下。我明白她的意思。

我问她的病状，她叹了口气："活不长了；死了也不能放心！"那个娘们实在是夏嫂心里的一块病，我看出来。即使我承认夏嫂是免不掉忌妒，我也不能说她的忧虑是完全为自己，她是个最老实可爱的人。我和她似乎都看出来点危险来，那个娘们！

由西屋出来，我遇上了"她"，在上房的檐下站着呢。很亲热的赶过来，让我再坐一坐，我笑了笑，没回答出什么来。我知道这一笑使我和她结下仇。这个娘们眼里有活，她看清这一笑的意思，况且我是刚从西屋出来。出了大门，我吐了口气，舒畅了许多；在她的面前，我也不怎么觉着别扭。我曾经作过一个恶梦，梦见一个母老虎，脸上擦着铅粉。这个"柳屯的"又勾起这个恶梦所给的不快之感。我讨厌这个娘们，虽然我对她并没有丝毫地位的道德的成见。只是讨厌她，那一对弩出的眼睛！

年节过去，我又离开了故乡，到次年的灯节才回来。

似乎由我一进村口，我就听到一种嘁嘁喳喳的声音；在这声音当中包着的是"柳屯的"。我一进家门，大家急于报告的也是她。

在我定了定神之后，我记得已听见他们说：夏老头子的胡子已剩下很少，被"柳屯的"给扯去了多一半。夏老太太常给这个老婆跪着。夏大嫂已经分出去另过。夏廉的牙齿都被嘴巴搧了去……我怀疑我莫不是作梦呢！不是梦，因为我歇息了一会儿以后，他们继续的告诉我："柳屯的"把夏家完全拿下去了。他们你一言我一语的争着说，我相信了这是真事，可是记不清他们说的都是什么了。

我一向不大信《醒世姻缘》[2]中的故事；这个更离奇。我得亲眼去看看！眼见为真，不然我不能信这些话。

第二天，村里唱戏，早九点就开锣。我也随着家里的人去看热闹；其实我的眼睛专在找"她"。到了戏台的附近，台上已打了头通[3]。台下的人已不少，除了本村的还有不少由外村来的。因为地势与户口的关系，戏班老是先在我们这里驻脚。二通锣鼓又响了，我一眼看见了"她"。她还是穿着新年的漂亮衣服，脸上可没有擦粉——不像一小块新砌的墙了，可是颇似一大扇棒子面的饼子。乡下的戏台搭得并不矮，她抓住了台沿，只一悠便上去了。上了台，她一直扑过文场[4]去，"打住！"她喝了一声。锣鼓立刻停了。我以为她是要票一出什么呢。《送亲演礼》，或是《探亲家》，她演，准保合适，据我想。不是，我没猜对，她转过身来，两步就走到台边，向台下的人一挥手。她的眼弩得像一对小灯笼。说也奇怪，台下大众立刻鸦雀无声了。我的心凉了：在我离开家乡这一年的工夫，她已把全村治服了。她用的是什么方法，我还没去调查，但大家都不敢惹她确是真的。

"老街坊们！"她的眼珠弩得特别的厉害，台根底下立着的小孩们，被她吓哭了两三个。"老街坊们！我娘们先给你们学学夏老王八的样儿！"她的腿圈起来，眼睛拿鼻尖作准星，向上半仰着脸，在台上拐拉了两个圈。台下居然有人哈哈的笑起来。

走完了场，她又在台边站定，眼睛整扫了一圈，开始骂夏老王八。她的话，我没法记录下来，我脑中记得的那些字绝对不够用的。况且在事实上，夏老头儿并不那样老与生殖器有密切的关系，像她所形容的。她足足骂了三刻钟，一句跟着一句，流畅而又雄厚。设若不是她的嗓子有点不跟劲，大概骂个两三点钟是可以保险的。可奇的是大家听着！

她下了台，戏就开了，观众们高高兴兴的看戏，好像刚才那一幕，也是在程序之中的。我的脑子里转开了圈，这是啥事儿呢？本来不想听戏，我就离开戏台，到"地"里去溜达。

走出不远，迎面松儿大爷撅撅着胡子走来了。

"听戏去，松儿大爷？新喜，多多发财！"我作了个揖。

"多多发财！"老头子打量了我一番。"听戏去？这个年头的戏！"

"听不听不吃劲！"我迎合着说。老人都有这宗脾气，什么也是老年间的好；其实松儿大爷站在台底下，未必不听得把饭也忘了吃。

"看怎么不吃劲了！"老头儿点头咂嘴的说。

"松儿大爷，咱们爷儿俩找地方聊聊去，不比听戏强？城里头买来的烟卷！"我掏出盒"美丽"来，给了老头子一支。松儿大爷是村里的圣人，我这盒烟卷值金子，假如我想打听点有价值的消息；夏家的事，这会儿在我心中确是有些价值。怎会全村里就没有敢惹她的呢？这像块石头压着我的心。

把烟点着，松儿大爷带着响吸了两口，然后翻着眼想了想："走吧，家里去！我有二百一包的，焖得酽酽的，咱们扯它半天，也不癫！"

随着松儿大爷到了家。除了松儿大娘，别人都听戏去了。给他们拜完了年，我就手也把大娘给撵出去："大娘，听戏去，我们看家！"她把茶——真是二百一包的——给我们沏好，瘪着嘴听戏去了。

等松儿大爷审过了我——我挣多少钱，国家大事如何，……我开始审他。

"松儿大爷，夏家的那个娘们是怎回事？"

老头子头上的筋跳起来，彷佛有谁猛孤丁的搂了他的嘴巴。"臭狗屎！提她？"拍的往地上唾了一口。

"可是没人敢惹她！"我用着激将法。

"新鞋不踩臭狗屎！"

我看出来村里有一部分人是不屑于理她，或者是因为不屑援助夏家父子。不踩臭狗屎的另一方面便是由着她的性反，所以我把"就没人敢出来管教管教她？"咽了回去，换上"大概也有人以为她怪香的？"

"那还用说！一斗小米，二尺布，谁不向着她；夏家爷儿俩一辈子连个屁也不放在街上！"

这又对了，一部分人已经降服了她。她肯用一斗小米二尺布收买人，而夏家父子舍不得个屁。

"教会呢？"

"他爷们栽了，挂洋味的全不理他们了！"

他们父子的地位完了，这里大概含着这么点意思，我想：有的人或者宁自答理她，也不同情于他们；她是他们父子的惩罚；洋神仙保佑他们父子发了财，现在中国神仙借着她给弄个底儿掉！也许有人还相信她会呼风唤雨呢！

"夏家现在怎样了呢？"我问。

"怎么样？"松儿大爷一气灌完一大碗浓茶，用手背擦了擦胡子："怎么样？我给他们算定了，出不去三四年，全完！咱这可不是血口喷人，盼着人家倒霉，大年灯节的！你看，夏大嫂分出去了，这是半年前的事了。那时候，柳屯这个娘们一天到晚挑唆：啊，没病装病，死吃一口，谁受得了？三个丫头，哪个不是赔钱货！夏老头子的心活了，给了大嫂三十亩地，让她带着三个女儿去住西小院那三间小南屋。由那天起，夏廉没到西院去过一次。他的大女儿是九月出的门子，他们全都过去吃了三天，可是一个子儿没给大嫂。夏廉和他那个爸爸觉得这是个便宜——白吃儿媳妇三天！"

"大嫂的娘家自然帮助她些了？"我问。

"那是自然；可有一层，他们都擦着黑儿来，不敢叫柳屯的娘们看见。她在西墙那边老预备着个梯子，一天不定往西院瞭望多少回。没关系的人去看夏大嫂，墙头上有整车的村话打下来；有点关系的人，那更好了，那个娘们拿刀在门口堵着！"松儿大爷又唾了一口。

"没人敢惹她？"

松儿大爷摇了摇头。"夏大嫂是蛤蟆垫桌腿，死挨！"

"她死了，那个娘们好成为夏大嫂？"

"还用等她死了？现在谁敢不叫那个娘们'大嫂'呢？'二嫂'都不行！"

"松儿大爷你自己呢？"按说，我不应当这么挤兑这个老头子！

"我？"老头子似乎挂了劲，可是事实又叫他泄了气："我不理她！"又似乎太泄气，所以补上："多嚓她找到我的头上来，叫她试试，她也得敢！我要跟夏老头子换换地方，你看她敢扯我的胡子不敢！夏老头子是自找不自在。她给他们出坏道儿，怎么占点便宜，他们听她的；这就完了。既听了她的，她就是老爷了！你听着，还有呢：她和他们不是把夏大嫂收拾了吗？不到一个月，临到夏老两口子了。她把他们也赶出去了。老两口子分了五十亩地，去住场院外那两间牛棚。夏老头子可真急了，背起梢马子[5]就要进城，告状去。他还没走出村儿去，她追了上来，一把扯回他来，左右开弓就是几个嘴巴子，跟着便把胡子扯下半边，临完给他下身两脚。夏老头子半个月没下地。现在，她住着上房，产业归她拿着，看吧！"

"她还能谋害夏廉？"我插进一句去。

"那，谁敢说怎样呢！反正有朝一日，夏家会连块土坯也落不下，不是都被她拿了去，就是因为她闹丢了。我不知道别的，我知道这家子要玩完！没见过这样的事，我快七十岁的人了！"

我们俩都半天没言语。后来还是我说了："松儿大爷，他们老公母俩和夏大嫂不会联合起来跟她干吗？"

"那不就好了吗，我的傻大哥！"松儿大爷的眼睛挤出点不得已的笑意来。"那个老头子混蛋哪。她一面欺侮他，一面又教给他去欺侮夏大嫂。他不敢惹她，可是敢惹大嫂呢。她终年病病歪歪的，还不好欺侮。他要不是这样的人，怎能会落到这步田地？那个娘们算把他们爷俩的脉摸准了！夏廉也是这样呀，他以为父亲吃了亏，便是他自己的便宜。要不怎说没法办呢！"

"只苦了个老实的夏大嫂！"我低声的说。

"就苦了她！好人掉在狼窝里了！"

"我得看看夏大嫂去！"我好像是对自己说呢。

"乘早不必多那个事，我告诉你句好话！"他很"自己"的说。

"那个娘们敢卷我半句，我叫她滚着走！"我笑了笑。

松儿大爷想了会儿："你叫她滚着走，又有什么好处呢？"

我没话可说。松儿大爷的哲理应当对"柳屯的"敢这样横行负一部分责任。同时，为个人计，这是我们村里最好的见解。谁也不去踩臭狗屎，可是臭狗屎便更臭起来；自然还有说她是香的人！

辞别了松儿大爷，我想看看大嫂去；我不能怕那个"柳屯的"，不管她怎么厉害——村里也许有人相信她会妖术邪法呢！但是，继而一想：假如我和她干起来，即使我大获全胜，对夏大嫂有什么好处呢？我是不常在家里的人；我离开家乡，她岂不因此而更加倍的欺侮夏大嫂？除非我有彻底的办法，还是不去为妙。

不久，我又出了外，也就把这件事忘了。

大概有三年我没回家，直到去年夏天才有机会回去休息一两个月。

到家那天，正赶上大雨之后。田中的玉米，高粱，谷子；村内外的树，都绿得不能再绿。连树影儿，墙根上，全是绿的。在都市中过了三年，乍到了这种静绿的地方，好像是入了梦境；空气太新鲜了，确是压得我发困。我强打着精神，不好意思去睡，跟家里的人闲扯开了。扯来扯去，自然而然的扯到了"她"。我马上不困了，可是同时在觉出乡村里并非是一首绿的诗。在大家的报告中，最有趣的是"她"现在正传教！我一听说，我想到了个理由：她是要把以前夏家父子那点地位恢复了来，可是放在她自己身上。不过，不管理由不理由吧，这件事太滑稽了。"柳屯的"传教？谁传不了教，单等着她！

据他们说，那是这么回事：村里来了一拨子教徒，有中国人，也有外国人。这群人是相信祷告足以治病，而一认罪便可以被赦免的。这群人与本地的教会无关，而且本地的教友也不参加他们的活动。可是他们闹腾得挺欢：偷青的张二楞，醉鬼刘四，盗嫂的冯二头，还有"柳屯的"，全认了罪。据来的那俩洋人看，这是最大的功成，已经把张二楞们的像片——对了，还有时常骂街的宋寡妇也认了罪，纯粹因为白得一张像片；洋人带来个照相机——寄到外国去。奇迹！

这群人走了之后，"柳屯的"率领着刘四一干人等继续宣传福音，每天太阳压山的时候在夏家的场院讲道。

我得听听去！

有蹲着的，有坐着的，有立着的，夏家的场院上有二三十个人。我一眼看见了我家的长工赵五。

"你干吗来了？"我问他。

赵五的脸红了，迟迟顿顿的说："不来不行！来过一次，第二次要是不来，她卷祖宗三代！"

我也就不必再往下问了。她是这村的"霸王"。

柳树尖上还留着点金黄的阳光，蝉在刚来的凉风里唱着，我正呆看着这些轻摆的柳树，忽然大家都立起来，"她"来了！她比三年前胖了些，身上没有什么打扮修饰，可是很利落。她的大脚走得轻而有力，弩出的眼珠向平处看，好像全世界满属她管似的。她站住，眼珠不动，全身也全不动，只是嘴唇微张："祷告！"大家全低下头。她并不闭眼，直着脖颈念念有词，彷佛是和神面对面的讲话呢。

正在这时候，夏廉轻手蹑脚的走来，立在她的后面，很虔敬地低下头，闭上眼。我没想到，他倒比从前胖了些。焉知我们以为难堪的，不是他的享受呢？猪八戒玩老雕，各好一路——我们村里很有些圣明的俗语儿。

她的祷告大略是："愿上帝赶紧叫夏老头子一个跟头摔死。叫夏娘们一口气不来，堵死，叫夏娘们的大丫头让野汉子操死。叫那个二丫头下窑子，三丫头半掩门……啊们！"

奇怪的是，没有一个人觉着这个可笑，或是可恶；大家一齐随着说"啊们"[5]。莫非她真有妖术邪法？我真有点发胡涂！

我很想和夏廉谈一谈。可是"柳屯的"看着我呢——用她的眼角。夏廉是她的猫，狗，或是个什么别的玩艺。他也看见我了，只那么一眼，就又低下头去。他拿她当作屏风，在她后面，他觉得安全，虽然他的牙是被她打飞了的。我不十分明白他俩的真正关系，我只想起：从前村里有个看香的妇人，顶着白狐大仙。她有个"童儿"，才四十多岁。这个童儿和夏廉是一对儿，我想不起更好的比拟。这个老童儿随着白狐大仙的代表，整像耍猴子的身后随着的那个没有多少毛儿的羊。这个老童儿在晚上和白狐大仙的代表一个床上睡，所以他多少也有点仙气。夏廉现在似乎也有点仙气，他祷告的很虔诚。

我走开了，觉着"柳屯的"的眼随着我呢。

夏老者还在地里忙呢，我虽然看见他几次，始终没能谈一谈，他躲着我。他已不像样子了，红眼边好像要把夏天的太阳给比下去似的。可是他还是不惜力，彷佛他要把被"柳屯的"所夺去的都从地里面补出来，他拿着锄向地咬牙。

夏大嫂，据说，已病得快死了。她的二女儿也快出门子，给的是个当兵的，大概是个排长，可是村里都说他是个军官。

我们村里的人，对于教会的人是敬而远之；对于"县"里的人是手段与敬畏并用；大家最怕的，真怕的，是兵。"柳屯的"大概也有点怕兵，虽然她不说。她现在自己是传教的；是乡绅，虽然没有"县"里的承认；也自己宣传她在县里有人。她有了乡间应有的一切势力，（这是她自创的，她是个天才，）只是没有兵。

对于夏二姑娘的许给一个"军官"，她认为这是夏大嫂诚心和她挑战。她要不马上剪除她们，必是个大患。她要是不动声色的置之不理，总会不久就有人看出她的弱点。赵五和我研究这回事来着。据赵五说，无论"柳屯的"怎样欺侮夏大嫂，村里是不会有人管的。阔点的人愿意看着夏家出丑，穷人全是"柳屯的"属下。不过，"柳屯的"至今还没动手，因为她对"兵"得思索一下。这几天她特别的虔诚，祷告的特别勤，赵五知道。云已布满，专等一声雷呢，彷佛是。

不久，雷响了。夏家二姑娘，在夏大嫂的三个女儿中算是最能干的。据"柳屯的"看，自然是最厉害的。有一天，三姐在门外买线，二姐在门内指导着——因为快出门子了，不好意思出来。这么个工夫，"柳屯的"也出来买线，三姐没买完就往里走，脸已变了颜色。二姐在门内说了一句："买你的！"

"柳屯的"好像一个闪似的，就扑到门前："我骂你夏家十三辈的祖宗！你要吃大兵的肉棍，就在太太眼前大模大样的，我不把你臊豆子撕烂了！"

二姐三姐全跑进去了，"柳屯的"在后面追。我正在不远的一棵柳树下坐着呢。我也赶到，生怕她把二姐的脸抓坏了。可是这个娘们敢情知道先干什么，她奔了夏大嫂去。两拳，夏大嫂就得没了命。她死了，"柳屯的"便名正言顺的是"大嫂"了；而后再从容的收拾二姐三姐。把她们卖了也没人管，夏老者是第一个不关心她们的，夏廉要不是为儿子还不弄来"柳屯的"呢，别人更提不到了。她已经进了屋门，我赶上了。在某种情形下，大概人人会掏点坏，我揪住了她，假意地劝解，可是我的眼睛尽了它们的责任。二姐明白我的眼睛，她上来了，三姐的胆子也壮起来。大概她们常梦到的快举就是这个，今天有我给助点胆儿，居然实现了。

我嘴里说着好的，手可是用足了力量；差点劲的男人还真弄不住她呢。正在这么个工夫，"柳屯的"改变了战略——好厉害的娘们！

"牛儿叔，我娘们不打架；"她笑着，头往下一低，拿出一些媚劲，"我吓唬着她们玩呢。小丫头片子，有了婆婆家就这么扬气，搁着你的！"说完，她撩了我一眼，扭着腰儿走了。

光棍不吃眼前亏，她真要被她们捶巴两下子，岂不把威风扫尽——她觉出我的手是有些力气。

不大会儿，夏廉来了。他的脸上很难看。他替她来管教女儿了，我心里说。我没理他。他瞪着二妞，可是说不出来什么，或者因为我在一旁，他不知怎样好了。二妞看着他，嘴动了几动，没说出什么来。又楞了会儿，她往前凑了凑，对准了他的脸就是一口，呸！他真急了，可是他还没动手，已经被我揪住。他跟我争巴了两下，不动了。看了我一眼，头低下去："哎——"叹了口长气，"谁叫你们都不是小子呢！"这个人是完全被"柳屯的"拿住，而还想为自己辩护。他已经逃不出她的手，所以更恨她们——谁叫她们都不是男孩子呢！

二姑娘啐了爸爸一个满脸花，气是出了，可是反倒哭起来。

夏廉走到屋门口，又楞住了。他没法回去交差。又叹了口气，慢慢的走出去。

我把二妞劝住。她刚住声，东院那个娘们骂开了："你个贼王八，兔小子，连你自己操出来的丫头都管不了。……"

我心中打开了鼓，万一我走后，她再回来呢？我不能走，我叫三妞把赵五喊来。把赵五安置在那儿，我才敢回家。赵五自然是不敢惹她的，可是我并没叫他打前敌，他只是作会儿哨兵。

回到家中，我越想越不是滋味：我和她算是宣了战，她不能就这么完事。假如她结队前来挑战呢？打群架不是什么稀罕的事。完不了，她多少是栽了跟头。我不想打群架，哼，她未必不晓得这个！她在这几年里把什么都拿到手，除了有几家——我便是其中的一个——不肯理她，虽然也不肯故意得罪她；我得罪了她，这个娘们要是有机会，是满可以作个"女拿破仑"，她一定跟我完不了。设若她会写书，她必定会写出顶好的农村小说，她真明白一切乡人的心理。

果然不出我所料，当天的午后，她骑着匹黑驴，打着把雨伞——太阳毒得好像下火呢——由村子东头到西头，南头到北头，叫骂夏老王八，夏廉——贼兔子——和那两个小窑姐。她是骂给我听呢。她知道我必不肯把她拉下驴来揍一顿，那么，全村还是她的，没人出来拦她吗。

赵五头一个吃不住劲了，他要求我换个人去保护二妞。他并非有意激动我，他是真怕；可是我的火上来了："赵五，你看我会揍她一顿不会？"

赵五眨巴了半天眼睛："行啊；可是好男不跟女斗，是不是？"

可就是，怎能一个男子去打女人家呢！我还得另想高明主意。

夏大嫂的病越来越沉重。我的心又移到她这边来：先得叫二妞出门子，落了丧事可就不好办了，逃出一个是一个。那个"军官"是张店的人，离我们这儿有十二三里路。我派赵五去催他快娶——自然是得了夏大嫂的同意。赵五愿意走这个差，这个比给二妞保镖强多了。

我是这么想，假如二妞能被人家顺顺当当的娶了走，"柳屯的"便算又栽了个跟头——谁不知道她早就瞥（憋）住和夏大嫂闹呢？好，夏大嫂的女婿越多，便越难收拾，况且这回是个"军官"！我也打定了主意，我要看着二妞上了轿。那个娘们敢闹，我揍她。好在她有个闹婚的罪名，我们便好上县里说去了。

据我们村里的人看，人的运气，无论谁，是有个年限的；没人能走一辈子好运，连关老爷还掉了脑袋呢。我和"柳屯的"那一幕，已经传遍了全村，我虽没说，可是三妞是有嘴有腿的。大家似乎都以为这是一种先兆——"柳屯的"要玩完。人们不敢惹她，所以愿意有个人敢惹她，看打擂是最有趣的。

"柳屯的"大概也扫听着这么点风声，所以加紧的打夏廉，作为一种间接的示威。夏廉的头已肿起多高，被她往磨盘上撞的。

张店的那位排长原是个有名有姓的人，他是和家里闹气而跑出去当了兵；他现在正在临县驻扎。赵五回来交差，很替二妞高兴——"一大家子人呢，准保有吃有喝；二姑娘有点造化！"他们也答应了提早结婚。

"柳屯的"大概上十回梯子，总有八回看见我；我替夏大嫂办理一切，她既下不了地，别人又不敢帮忙，我自然得卖点力气了——一半也是为气"柳屯的"。每逢她看见我，张口就骂夏廉，不但不骂我，连夏大嫂也摘干净了。我心里说，自要你不直接冲锋，我便不接碴儿，咱们是心里的劲！

夏廉，有一天晚上找我来了；他头上顶着好几个大青包，很像块长着绿苔的山子石。坐了半天，我们谁也没说话。我心里觉得非常的乱，不知思想什么好；他大概不甚好受。我为是打破僵局，没想就说了句："你怎能受她这个呢！"

"我没法子！"他板着脸说，眉毛要皱上，可是不成功，因为那块都肿着呢。

"我就不信一个男子汉——"

他没等我说完，就接了下去："她也有好处。"

"财产都被你们俩弄过来了，好处？"我没好意的笑着。

他不出声了，两眼看着屋中的最远处；不愿再还口；可是十分不爱听我的话；一个人有一个主意——他愿挨揍而有财产。"柳屯的"，从一方面说，是他的宝贝。

"你干什么来了？"我不想再跟他多费话。

"我——"

"说你的！"

"我——；你是有意跟她顶到头儿吗？"

"夏大嫂是你的元配，二妞是你的女儿！"

他没往下接碴；简单的说了一句："我怕闹到县里去！"

我看出来了："柳屯的"是决不能善罢甘休，他管不了；所以来劝告我。他怕闹到县里去——钱！到了县里，没钱是不用想出来的。他不能舍了"柳屯的"：没有她，夏老者是头一个必向儿子反攻的。夏廉有相当的厉害，可是打算大获全胜非仗着"柳屯的"不可。真要闹到县里去，而"柳屯的"被扣起来，他便进退两难了：不设法弄出她来吧，他失去了靠山；弄出她来吧，得花钱；所以他来劝我。

"我不要求你帮助夏大嫂——你自己的妻子；你也不用管我怎样对待'柳屯的'。咱们就说到这儿吧。"

第二天，"柳屯的"骑着驴，打着伞，到县城里骂去了：由东关骂到西关，还骂的是夏老王八与夏廉。她试试。试试城里有人抓她或拦阻她没有。她始终不放心县里。没人拦她，她打着得胜鼓回来了；当天晚上，她在场院召集布道会，咒诅夏家，并报告她的探险。

战事是必不可避免的，我看准了。只好预备打吧，有什么法子呢？没有大靡乱，是扫不清咱们这个世界的污浊的；以大喻小，我们村里这件事也是如此。

这几天村里的人都用一种特别的眼神看我，虽然我并没想好如何作战——不过是她来，我决不退缩。谣言说我已和那位"军官"勾好，也有人说我在县里打垫妥当；这使我很不自在。其实我完全是"玩玩票"，不想勾结谁。赵五都不肯帮助我，还用说别人？

村里的人似乎永远是圣明的。他们相信好运是有年限的，果然是这样；即使我不信这个，也敌不过他们——他们只要一点偶合的事证明了天意。正在夏家二妞要出阁之前，"柳屯的"被县里拿了去。村里的人知道底细，可是暗中都用手指着我。我真一点也不知道。

过了几天，消息才传到村中来：村里的一位王姑娘，在城里当看护。恰巧县知事的太太生小孩，把王姑娘找了去。她当笑话似的把"柳屯的"一切告诉了知事太太，而知事太太最恨作小老婆的，因为知事颇有弄个"人儿"的愿望与表示。知事太太下命令叫老爷"办"那个娘们，于是"柳屯的"就被捉进去。

村里人不十分相信这个，他们更愿维持"柳屯的"交了五年旺运的说法，而她的所以倒霉还是因为我。松儿大爷一半满意，一半慨叹的说："我说什么来着？出不了三四年，夏家连块土坯也落不下！应验了吧？县里，二三百亩地还不是白填进去！"

夏廉决定了把她弄出来，楞把钱花在县里也不能叫别人得了去——他的爸爸也在内。

夏老者也没闲着，没有"柳屯的"，他便什么也不怕了。

夏家父子的争斗，引起一部分人的注意——张二楞，刘四，冯二头，和宋寡妇等全决定帮助夏廉。"柳屯的"是他们的首领与恩人。连赵五都还替她吹风——"到了县衙门，'柳屯的'还骂呢，硬到底！没见她走的时候呢，叫四个衙役搀着她！四个呀，衙役！"

夏二妞平平安安的被娶了走。暑天还没过去，夏大嫂便死了；她笑着死的。三妞被她的大姐接了走。夏家父子把夏大嫂的东西给分了。宋寡妇说："要是'柳屯的'在家，夏大嫂那份黄杨木梳一定会给了我！夏家那俩爷们一对死王八皮！"

"柳屯的"什么时候能出来，没人晓得。可是没有人忘了她，连孩子们都这样的玩耍："我当'柳屯的'，你当夏老头？"他们这样商议；"我当'柳屯的'！我当'柳屯的'！我的眼会弩着！"大家这么争论。

连我自己也觉得有点对不起她了，虽然我知道这是可笑的。

---

[1] 蛤蜊，是双壳纲软体动物的统称，有花蛤、文蛤、西施舌等品种。在山东半岛地区的方言中，蛤蜊被称为 ga la（嘎啦），拟洗蛤蜊之声也，在青岛一种最常见的小海鲜。

[2] 《醒世姻缘》，明清时期以描写世情为主题的长篇白话小说，"西周生"辑著，"燃藜子"校定。讲的是一个两世姻缘、轮回报应的故事。前22回写晁源携妓女珍哥打猎，射死仙狐，后娶珍哥为妾，虐待妻子计氏，计氏自缢而死。23回以后是后世：晁源托生为狄希陈，仙狐托生为其妻薛素姐，计氏托生为其妾童寄姐，此时狄希陈成了怕老婆的人，而薛、童则变成悍妇，残忍地折磨丈夫。本书真实描绘出宽广的市井百态。

[3] 打头通，演戏前"闹场"的一种形式。

[4] 文场，戏曲伴奏乐器分文武场，文场主要指管弦乐器，有京胡、京二胡、月琴、弦子、笛、笙、唢呐等。武场主要指打击乐器，有檀板和单皮鼓（班鼓）、大锣、铙钹、京锣等。

[5] 梢马子，也叫马褡子，是一种搭在马背上的口袋，下垂的两头可以装东西。

[6] "啊们"，今译译"阿门"，意思是"我同意！"希伯来语 āmēn，原意为"诚心所愿"，为基督教和犹太教用语，在礼拜、祷告时表示赞成之意，祷告结束时还有总结语气的作用。

柳屯的

要計算我們村裏的人們，在頭幾個手指上你總得數到夏家，不管你對這一家子的感情怎麼樣。夏家有三百來畝地，這就足以說明了一大些，即使承認我們的村子不算是很小。

夏老者在庚子年前就信教。要說他藉着信教去橫行霸道，真是屈心的話；拿這個去得此一小便宜，那倒有之。他的兒子夏廉也信教。

他們有三百來畝地，這倒比信教還要緊；不過，他們父子決不肯拋棄了宗教，正如不肯捨割一兩畝地。假如他們光信教而沒有這些產業，大概偶爾到鄉間巡視的洋牧師決不會特意的記住他們的姓名。事實上他們是有三百來畝地，

— 77 —

《柳屯的》原发表页
1934年5月16日
《东方杂志》第31卷第10号

袁运生作《柳屯的》插图

末一块钱

毛毛虫

回到了宿舍，他几乎是很欢喜的。别的屋里已经有熄灯睡觉的了，这群没有生命的玩艺儿。他坐在了床上，看着自己的鞋尖，满是土。屋里冷。坐了会儿，他不由的倒在床上。渺茫，混乱，金钱，性欲，拘束，自由，野蛮与文化，残忍与漂亮，青春与老到，捻成了一股邪气，这股气，送他进入梦中。

这里是两篇以年轻大学生为主人公的小说，而且均形成对他们感情世界与人生矛盾的透视，可比较对读。

《末一块钱》原载1935年1月1日《国闻周报》第12卷第1期。初收《樱海集》，上海人间书屋1935年8月出版。这是一篇意识流小说，写的是一个乡下人在都市的"故事"，而这"故事"简直不能叫做故事，它不离奇，甚至缺乏一个故事所应具有的外部冲突、情节和线索。乡下来的穷大学生林乃久揣着身上仅存的一块钱赴萃云楼捧喜欢的女戏子史莲霞。小说充斥着大量的意识流片段，把最简单的外部线索与放姿的心象呈现结合起来。其中有一段仅以首句"台上换了金翠"和尾句"金翠也下去了"向读者提供最基本的外部线索，而中间一大段则是主人公快速闪动的意识流程。这是一篇"心象小说"，它以飘忽不定的意识流动，呈现出主人公林乃久的内心世界，同时映照出这个世界的真相。

《毛毛虫》原载1935年1月10日《水星》第1卷第4期。初收《樱海集》，上海人间书屋1935年8月出版。全篇没有分段，叙述者是"我们"，说的是一个外号叫"毛毛虫"的乡下大学生与新旧两个太太的故事。毛毛虫原先在乡下有位旧式太太，毕业后在城里衙门做事，又娶了个新式太太，他在俩太太之间周旋，日子过得苦不堪言。"我们"不光扮演着故事叙述者的角色，而且也做出评判，评判意见不一致。小说正是通过毛毛虫的生活以及周围人们的各种议论，以小见大，展示了变革时期由于价值混乱所导致的各种悲喜剧。"我们在他俩身上找到一点以前所没看到的什么东西，一点像庄严的悲剧中所含着的味道。似乎他俩的事不完全在他们自己身上，而是一点什么时代的咒诅在他们身上应验了。"这段话，可视为是对小说主题的点化之笔，在貌似"我们"的见解中透露的正是作者本人的意见，但作者隐伏在小说后头，让故事和人物"说话"。本篇主人公的身世与长篇小说《离婚》中的老李很像，主题方面也有共通性。

末一块钱

一阵冷风把林乃久和一块现洋吹到萃云楼上。

楼上只有南面的大厅有灯亮。灯亮里有块白长布，写着点什么——林乃久知道写的是什么。其余的三面黑洞洞的，高，冷，可怕。大厅的玻璃上挂着冷汗，把灯光流成一条条的。厅里当然是很暖的，他知道。他不想进去，可是厅里的暖气和厅外的黑冷使他不能自主；暖气把他吸了进去，像南风吸着一只归燕似的。

厅里的烟和暖气噎得他要咳嗽。他没敢咳嗽，一溜歪斜的奔了头排去，他的熟座儿；茶房老给他留着。他坐下了，心中直跳，闹得慌，疲乏，闭上了眼。茶房泡过一壶茶来，放下两碟瓜子。"先生怎么老没来？有三天了吧？"林乃久似乎没听见什么，还闭着眼。头上见了汗，他清醒过来。眼前的一切还是往常的样子。台上的长桌，桌上的绣围子——团凤[1]已搭拉下半边，老对着他的鼻子。墙上的大镜，还崎岖古怪的反映出人，物，灯。镜子上头的那些大红纸条：金翠，银翠，碧艳香……他都记得；史莲云，他不敢再看，但是他得往下看：史莲霞！他只剩了一块钱。这一块圆硬的银饼似乎有多少历史，都与她有关系。他不敢去想。他扭过头来看看后边，后边只有三五组人：那两组老头儿照例的在最后面摆围棋。其余的嗑着瓜子，喝着小壶闷的酽茶，谈笑着，出去小便，回来擦带花露水味的，有大量热气的手巾把儿。跟往日一样。"有风，人不多，"他想。可是，屋里的烟，热气，棋子声，谈笑声，和镜子里的灯，减少了冷落的味道。他回过头来，台上还没有人。他坐在这里好呢？还是走？他只有一块钱，最后的一块！他能等着史莲霞上来而不点曲子捧场么？他今天不是来听她。茶房已经过来了："先生，回来点个什么？"递了一把手巾。林乃久的嘴在手巾里哼了句："回头再说。"但是他再也坐不住。他想把那块钱给了茶房，就走。这块钱吸住了他的手，这末一块钱！他不能动了。浪漫，勇气，青春，生命，都被这块钱拿住，也被这块钱结束着。他坐着不动，渺茫，心里发冷。待会儿再走，反正是要走的。眼睛又碰上红纸条上的史莲霞！

他想着她：那么美，那么小，那么可怜！可怜；他并不爱她，可怜她的美，小，穷，与那——那什么？那容易到手的一块嫩肉！怜是需要报答的。但是一块钱是没法

043

行善的。他还得走，马上走，叫史莲霞看见才没办法！上哪儿呢？世界上只剩了一块钱是他的，上哪儿呢？

假如有五块钱——不必多——他就可以在这儿舒舒服服的坐着；而且还可以随着莲霞姊妹到她们家里去喝一碗茶。只要五块钱，他就可以光明磊落的，大大方方的死。可是他只有一块；在死前连莲霞都不敢看一眼！残忍！

疲乏了，他知道他走了一天的道儿；哪儿都走到了，还是那一块钱。他就在这儿休息会儿吧；到底他还有一块钱，这一块钱能使他在这儿暖和两三点钟，他得利用这块钱；两三点钟以后，谁知道呢！

台上一个只仗着点"白面儿"[2]活着的老人来摆鼓架。走还是不走？林乃久问他自己。没地方去；他没动。不看台上，想着他自己；活了二十多年没这么关心自己过；今天他一刻儿也忘不了自己。他几乎要立起来，对镜子看看他自己；可是没这个勇气。他知道自己体面，和他哥哥比起来，哥儿俩差不多是两个民族的。哥哥；他的钱只剩了一块，因为哥哥不再给。哥哥一辈子不肯吃点肉，可怜的乡下老！哥哥把钱都供给我上学。哥哥不错，可是哥哥有哥哥的短处：他看不清弟弟在大城里上学得交际，得穿衣，得敷衍朋友们。哥哥不懂这个。林乃久不是没有人心的，毕业后他会报答哥哥的，想起哥哥他时常感激；有时候想在毕业后也请哥哥到城里来听听史莲霞。可是哥哥到底是乡下老，不懂场面！

哥哥不会没钱，是不明白我，不肯给我。林乃久开始恨他的哥哥。他不知道哥哥到底有多少财产，他也不爱打听；他只知道哥哥不肯往外拿钱。他不能不恨哥哥；由恨，他想到一种报复——他自己去死，把林家的希望灭绝：他老觉得自己是林家的希望；哥哥至好不过是个乡下老。"我死了，也没有哥哥的好处！"他看明白自己的死是一种报复，一种牺牲；他非去死不可，要不然哥哥总以为他占了便宜。

只顾了这样想，台上已经唱起来。一个没有什么声音，而有不少乌牙的人，眼望着远处的灯，作着梦似的唱着些什么。没有人听他。林乃久可怜这个人，但是更可怜自己。他想给这个人叫个好，可是他的嘴张不开。假如手中有两块钱的话，他会赏给这个乌牙鬼一块，结个死缘；可是他只有一块。他得死，给哥哥个报复，看林家还找得着他这样的人找不着！他，懂得什么叫世面，什么叫文化，什么叫教育，什么叫前途！让哥哥去把着那些钱，绝了林家的希望！

那个乌牙鬼已经下去了，换上个女角儿来。林乃久的心一动；要是走，马上就该走了，别等莲霞上来，莲霞可是永远压台；他舍不得这个地方，这个暖气，这条生命；离开这个地方只有死在冷风里等着他！他没动。他听不见台上唱的是什么。他可是看了那个弹弦子的一眼，一个生人，长得颇像他的哥哥。他的哥哥！他又想起来：

来听听曲子，就连捧莲霞都算上，他是为省钱，为哥哥省钱；哥哥哪懂得这个。头一次是老何带他到萃云楼来的。老何是多么精明的人：永远躲着女同学，而闲着听听鼓书。交女友得多少钱？听书才花几个子儿？就说捧，点一个曲儿不是才一块钱吗？哥哥哪懂得这个？假如像王叔远那样，钓上女的就去开房间，甚至于叫女友有了大肚子，得多少钱？林乃久没干过这样的事。同学不是都拿老何与他当笑话说吗：他们不交女友，而去捧莲霞！为什么，不是为省钱么？他和老何一晚上一共才花两块多钱，一人点一个曲子。不懂事的哥哥！

可是在他的怒气底下，他有点惭愧。他不止点曲子，他还给莲霞买过鞋与丝袜子。同学们的嘲笑，他也没安然的受着，他确是为莲霞失眠过。莲霞——比起女学生来——确是落伍。她只有好看，只会唱；她的谈吐，她的打扮，都落在女学生的后边。她的领子还是碰着耳朵；女学生已早不穿元宝领了。"她可怜，"他常这么想，常拿这三个字作原谅自己的工具。可是他也知道他确是有点"迷"。这个"迷"是立在金钱上；有两块钱便多听她唱两个曲子，多看她二十分钟。有五块钱便可以到她家去玩一点钟。她贱！他不想娶她，他只要玩玩。她比女学生们好玩，她简单，美，知道洋钱的力量。为她，他实在没花过多少钱。可是间接的，他得承认，花的不少。他得打扮。他得请朋友来一同听她，——去跳舞不也是交际么，这并不比舞场费钱——他有时候也陪着老何去嫖。但这都算在一块儿，也没有王叔远给人家弄出大肚子来花的多。至于道德，林乃久是更道德的。不错，莲霞使他对于嫖感觉兴趣。可是多少交着女朋友的人们不去找更实用的女人去？那群假充文明的小鬼！

况且，老何是得罪不得的，老何有才有钱有势力；在求学时代交下个好友是必要的；有老何，林乃久将来是不愁没有事的。哥哥是个糊涂虫！

他本来是可以找老何借几块钱的，可是他不能，不肯；老何那样的人是慷慨的，可是自己的脸面不能在别人的慷慨中丢掉。况且，假如和老何去借，免不掉就说出哥哥的糊涂来，哥哥是乡下老。不行，凭林乃久，哥哥是乡下老？这无伤于哥哥，而自己怎么维持自己的尊严？林乃久死在城里也没什么，永远不能露出乡下气来。

台上换了金翠。他最讨厌金翠，一嘴假金牙，两唇厚得像两片鱼肚；眼睛看人带着钩儿。他不喜欢这个浪货；莲霞多么清俊，虽然也抹着红嘴唇，可是红得多么润！润吧不润吧，一块钱是跟那个红嘴不能发生关系的。他得走，能看着别人点她的曲子么？可是，除了宿舍没地方去。宿舍，象个监狱；一到九点就撒火。林乃久只剩了一条被子和身上那些衣裳。他不能穿着衣裳睡，也不能卖了大衣而添置被子；至死不能泄气。真的，在乡间他睡过土炕，穿过撅尾巴的短棉袄；但那是乡下。他想起同学们的阔绰来，越恨他的哥哥。同学们不也是由家里供给么？人家怎么穿得那么漂亮？是的，他自己的服装不算不漂亮，可是只在颜色与样子上，他没钱买真好的材料。这使他想起就脸红，乡下老穿假缎子！更伤心的是，这些日子就是匀得出钱也不敢去洗澡，贴身的绒衣满是窟窿！他的能力与天才只能使他维持着外衣，小衣裳是添不起的。他真需要些小衣裳，他冷。还不如压根儿就不上城里来。在乡下，和哥哥们一锅儿熬，熬一辈子，也好。自然那埋没了他的天才，可是少受多少罪呢。不，不，还是幸而到城里来了；死在城里也是值得的。他见过了世面，享受了一点，即使是不大一点。那多么可怕，假如一辈子没离开过家！土炕，短棉袄，棒子面的窝窝，没有一个女人有莲霞的一零儿的俊美。死也对不起阎王。现在死是光荣的。他心里舒服了点，金翠也下去了。

"莲霞唱个《游武庙》！[3]"

林乃久几乎跳了起来。怎么莲霞这么早就上来？他往后扫了一眼，几个摆棋的老头儿已经停住，其中一个用小乌木烟袋向台上指呢。"啊，这群老家伙们也捧她！"林乃久咬着牙说。老不要脸！他恨，妒；他没钱，老梆子们有。她，不过是个玩物。

莲霞扭了出来。她扭得确是好。只那么几步，由台帘到鼓架。她低着点头，将将的还叫台下看得见她的红唇，微笑着。两手左右的找跨（胯）骨尖作摆动的限度，两跨（胯）摆得正好使上身一点不动，可是使旗袍的下边左右的摇摆。那对瘦溜的脚，穿着白缎子绣红牡丹的薄鞋，脚尖脚踵都似乎没着地，而使脚心揉了那么几步。到了鼓架，顺着低头的姿式一弯腰，长，慢，满带着感情的一鞠躬。头忽然抬起来，像晓风惊醒了的莲花，眼睛扫到了左右远近，右手提了提元宝领，紧跟着拿起鼓槌，轻轻的敲着。随便的敲着鼓，随便的用脚尖踢踢鼓架，随便的摇着板，随便的看着人们。

林乃久低下头去，怕遇上她的眼光。低着头把她的美在心里琢磨着。老何确是有见识，女学生是差点事的，他想。特别是那些由乡下来的女学生：大黑扁脸，大扁脚，穿着大红毛绳长坎肩！莲霞是城里的人，到底是城里的人！她只是穷，没有别的缺点；假如他有钱，或是哥哥的钱可以随便花……他知道她的模样：长头发齐肩，拢着个带珠花的大梳子。长脸，脑门和下巴尖得好玩，小鼻子有个圆尖；眼睛小，可是双眼皮，有神；嘴顶好看……他还要看看，又不敢看；假如他手里有五块钱！

莲霞的嗓音不大，可是吐字清楚，她的唇，牙，腮，手，眼睛都帮助她唱；她把全身都放在曲子里，她不许人们随便的谈笑，必得听着她。她个子不高，可是有些老到的结实的，像魔力的，一点精神。这点精神使她占领了这个大厅：那些光，烟，暖气，似乎都是她的。林乃久只有一块钱，什么也不是他的。

可是，她也没有什么，除了这份本事。林乃久记得她家里只有个母亲和点破烂东西。她和他一样，财产都穿在身上。想到这儿，他真要走了；他和她一样？先前没想到过。先前他可怜她，现在是同病相怜。与一个唱鼓书的同病相怜？他一向是不过火的自傲，现在他不能过火的自卑。况且她的姐姐——史莲云——原先下过窑子呢！自己的哥哥至多不过是个乡下老，她的姐姐下过窑子。他不能再爱她；打算结婚的话，还得娶个女学生；莲霞只能当个妾。倒不是他一定拥护娶妾的制度，不是，可是……

"莲霞，再唱个《大西厢》[4]！"

林乃久连头也没抬。往常他只点她一个曲子，倒不专为省钱，是可怜她的嗓子；别人时常连点好几个曲儿，他不去和人家争强好胜；一连气唱几个，他不那么残忍。他拿她当个人待，她不是留声机。今天，他冷淡，别人点曲子，他听着，他无须可怜她。她受累，可是多分钱呢；他只有一块钱。他读书不完全为自己，可是没人给他钱，是的，钱是一切；有钱可以点她一百个曲子，一气累死她，或者用一堆钱买了她，专为自己唱。没有什么人道不人道。假若他明天来了钱，他可以一气点她几个曲子。谁知道世界是怎么回事呢；钱是顶宝贝的东西，真的。明天打哪儿会来钱呢？

莲霞还笑着，可是唱得不那么带劲了。

他看了台上一眼，莲霞的眼恰恰的躲开他。故意的，他想。手中就是短几块钱！她的眼向后边扫，后边人点的曲子。林乃久的怒气按不住了："好！"他喊了出来。喊了，他看着莲霞。她嘴角上微微有点笑，冷笑，眼角撩了他一下，给他一股冷气。"好！"他又喊了。莲霞的眼向后边笑着一扫。后边说了话：

"我花钱点她唱，没花钱点你叫好，我的老兄弟！"

大厅里满了笑声。

林乃久站起来："什么？"

"我说，等我烦你叫好，你再叫；明白不明白？"后边笑着说。

林乃久看清，这是靠着窗子一个胖子说的。他没再说什么，抄起茶碗向窗户扔了去。花啦，玻璃和茶碗全碎了。他极快的回头看了莲霞一眼。她已经不唱了，嘴张着点。

"怎么着，打吗？"胖子立起来，往前奔。

大家全站起来。

"妈的有钱自己点曲呀，装他妈的孙子。"胖子被茶房拦住，骂得很起劲。

"太爷点曲子的时候，还他妈的没你呢！"林乃久可是真的往前奔。

"小子你拍出来，你他妈的要拍得出十块钱来，我姓你姥姥的姓！"

林乃久奔过去了。茶房，茶客，乱伸手，乱嚷嚷，把他拦住。他在一群手里，一团声音里，一片灯光里，不知道怎的被推了出来。外边黑，冷，有风。他哆嗦开了，也冷静了。

上哪儿去呢？他慢慢的下着楼。

走出去有半里地了，他什么也没想。霹雳过去了，晴了天，好像是。可是走着走着他想起刚才的事来，彷佛已隔了好久。他想回去，回到萃云楼下等莲霞出来；跟她说句话。最后的一句话似乎该跟她说，要对她说明他不是个光棍土匪，爱打架；他是为怜爱她才扔那个茶碗。可是这也含着点英雄气概：没有英雄气的人，至死也不会打架的。这个自然得叫莲霞表示出来，自己不便说自己怎么英雄。她看出这个来，然后，死也就甘心了。

可是他没往回走，他觉得冷。回宿舍去睡。想到宿舍更觉得有死的必要，凭林乃久就会只剩了一条被子？没有活着的味儿。好在还有一块钱，去买安眠药水吧。他摸了摸袋中，那块现洋没了。街上的铺子还开着，买安眠药水与死还都不迟，可是那块钱不在袋中。想是打架的时候由袋里跳出去，惊乱中也没听到响儿。不能回去找，不能；要是张十块的票子还可以，一块现洋……自杀是太晚了，连买斤煤油的钱也没有了。他和一切没了关系，连死也算上。投河是可以不花钱；可是，生命难道就那么便宜？白白把自己扔在河里，连一个子儿都不值？

他得快走，风不大，可是钻骨头。快快的走，出了汗便不觉得冷了。他快走起来，心中痛快了些。听着自己的脚步声，蹭蹭的，他觉得他不该死。他是个有作为的人。应当设法过去这一关，熬到毕业他自然会报仇：哥哥，莲霞，那个胖子……都跑不了。他笑了。还加劲的走。笑完了，他更大方了，哥哥，莲霞，胖子都不算什么，自己得了志才不和他们计较呢。明天还是先跟老何匀儿块钱，先打过这一关。

好像老何已经借给他了，他又想起萃云楼来。袋中有了钱，约上老何，照旧坐在前排，等那个胖子。老何是有势力的；打了那个胖子，而后一同到莲霞家中去；她必定会向他道歉，叫他林二爷，那个小嘴！就这么办。青春，什么是青春？假如没有这股子劲儿？

回到了宿舍，他几乎是很欢喜的。别的屋里已经有熄灯睡觉的了，这群没有生命的玩艺儿。他坐在了床上，看着自己的鞋尖，满是土。屋里冷。坐了会儿，他不由的倒在床上。渺茫，混乱，金钱，性欲，拘束，自由，野蛮与文化，残忍与漂亮，青春与老到，捻成了一股邪气，这股气送他进入梦中。

萃云楼的大厅已一点亮儿没有了，他轻手蹑脚的推开了门，在满盖着瓜子皮烟卷头的地上摸他那块洋钱……

可是萃云楼在事实上还有灯亮儿；客已散净；只仗着点"白面儿"活着的那个人正在扫地。花（哗）唥一声，他扫出一块现洋："啊，还是有钱的人哪，打架都顺便往下掉现洋！"他拾起钱来，吹了吹，放在耳旁听听："是真的！别再猫咬尿泡瞎喜欢！"放在袋中，一手扫地，一手按着那块钱。他打算着：还是买双鞋呢，还是……

他决定多买四毛钱的"白面儿"，犒劳犒劳自己。

---

[1] 团凤，传统图案，多用在于器物服饰上面。

[2] 白面儿，即海洛因。

[3] 《游武庙》，京韵大鼓传统曲目，又称《刘伯温辞朝》。

[4] 《大西厢》，当时很受欢迎的一个京韵大鼓传统曲目，根据元代作家王实甫的剧本《西厢记》改编，表现张生和崔莺莺的爱情故事。

毛毛虫

我们这条街上都管他叫毛毛虫。他穿的也怪漂亮，洋服，大氅，皮鞋，嘟噹儿的。可是他不顺眼，圆葫芦头上一对大羊眼，老用白眼珠瞧人，彷彿是。尤其特别的是那两步走法儿：他不走，他曲里拐弯的用身子往前躬。遇到冷天，他缩着脖，手伸在大衣的袋里，顺着墙根躬开了，更像个毛毛虫。邻居们都不理他，因为他不理大家；惯了以后，大家反倒以为这是当然的——毛毛虫本是不大会说话儿的。我们不搭理他，可是我们差不多都知道他家里什么样儿，有几把椅子，痰盂摆在哪儿，和毛毛虫并不吃树叶儿，因为他家中也有个小厨房，而且有盘子碗什么的。我们差不多都到他家里去过。每月月底，我们的机会就来了。他在月底关薪水。他一关薪水，毛毛虫太太就死过去至少半点多钟儿。我们不理他，可是都过去救他的太太。毛毛虫太太好救：只要我们一到了，给她点糖水儿喝，她就能缓醒过来，而后当着大家哭一阵。他一声也不出，冲着墙角翻白眼玩。我们看她哭得有了劲儿，就一齐走出来，把其余的事儿交给毛毛虫自己办。过两天儿，毛毛虫太太又打扮得花枝招展的出来卖呆儿[1]，或是夹着小红皮包上街去，我们知道毛毛虫自己已把事儿办好，大家心里就很平安，而稍微的嫌时间走得太慢些，老不马上又是月底。按说，我们不应当这样心狠，盼着她又死过去。可是这也有个理由：她被我们救活了之后，并不向我们道谢，遇上我们也不大爱搭理。她成天价不在家，据她的老妈子说，她是出去打牌；她的打牌的地方不在我们这条街上。因此，我们对她并没有多少好感。不过，我们不能见死不救。况且，每月月底老是她死过去，而毛毛虫只翻翻白眼，我们不由的就偏向着她点，虽然她不跟我们一块儿打牌。假若她肯跟我们打牌，或者每月就无须死那么一回了，我们相信是有法儿治服毛毛虫的。话可又说回来，我们可不只是恼她不跟我们打牌，她还有没出息的地方呢。她不管她的两个孩子。一男一女，挺好的俩孩子。哼，舍哥儿似的[2]一天到晚跟着老妈子，头发披散得小鬼似的，脸永远没人给洗，早晨醒了就到街门口外吃落花生。我们看不上这个，我们虽然也打牌，虽然也有时候为打牌而骂孩子一顿，可不能大清早起的就给孩子落花生吃。我们都知道怎样喂小孩代乳粉。我们相信我们这条街是非常文明的，假若没有毛毛虫这一家子，我们简直可以把街名改作

"标准街"了。可是我们不能撺他搬家，我们既不是他的房东，不能狗拿耗子多管闲事。况且，他也是大学毕业，在衙门里作着事；她呢，也还打扮得挺像样，头发也烫得曲里拐弯的。这总比弄一家子"下三烂"来强，我们的街上不准有下三烂。这么着，他们就一直住了一年多。一来二去的我们可也就明白了点毛毛虫的历史。我们并不打听，不过毛毛虫的老妈子给他往外抖啰，我们也不便堵上耳朵。我们一知道了他们的底细，大家的意见可就不像先前那么一致了。先前我们都对他俩带理不理的无所谓，他们不跟我们交往，拉倒，我们也犯不上往前巴结，别看他洋服喇当儿的。她死过去呢，我们不能因为她不识好歹而不作善事，谁不知道我们这条街上给慈善会捐的小米最多呢。赶到大家一得到他俩的底细，可就有向着毛毛虫的，也有向着毛毛虫太太的了。因为意见不同，我们还吵过嘴。俗语说，有的向灯，有的向火，一点也不错。据我们所得的报告是这样：毛毛虫是大学毕业，可是家中有个倒倒脚[3]，梳高冠的老婆。所以他一心一意的得再娶一个。在这儿，我们的批语就分了岔儿。在大学毕过业的就说毛毛虫是可原谅的，而老一辈的就用鼻子哼。我们在打牌的时候简直不敢再提这回事，万一为这个打起来，才不上算。一来二去的，毛毛虫就娶上了这位新太太。听到这儿，我们多数人管他叫骗子手。可是还有下文呢，有条件：他每月除吃穿之外，还得供给新太太四十块零花。这给毛毛虫缓了口气，而毛毛虫太太的身分立刻大减了价。结婚以后——这个老妈子什么都知道——俩人倒还不错，他是心满意足，她有四十块钱花着，总算两便宜。可是不久，倒倒脚太太找上来了。不用说呀，大家闹了个天翻地覆。毛毛虫又承认了条件，每月给倒倒脚十五块零花，先给两个月的。拿着三十块钱，她回了乡下，临走的时候留下话：不定几时她就回来！毛毛虫也怪可怜的，我们刚要这样说，可是故事又转了个弯。他打算把倒倒脚的十五块由新太太的四十里扣下：他说他没能力供给她们俩五十五。挣不来可就别抱着俩媳妇呀，我们就替新太太说了。为这个，每月月底就闹一场，那时候她可还没发明出死半点钟的法儿来。那时候她也不常出去打牌。直赶到毛毛虫问她："你有廿五还不够，非拿四十干什么呀？！"她才想出道儿来，打牌去。她说的也脆："全数给我呢，没你的事；要不然呢，我输了归你还债！"毛毛虫没说什么，可是到月底还不按全数给。她也会，两三天两三天的不起床，非等拿到钱不起来。拿到了钱，她又打扮起来，花枝招展的出去，好像什么心事也没有似的。"你是买的，我是卖的，钱货两清。"她好像是说。又过了几个月，她要生小孩了。毛毛虫讨厌小孩，倒倒脚那儿已经有三个呢，也都是他的"吃累"。他没想到新太太也会生小孩。毛毛虫来了个满不理会。爱生就生吧，眼不见心不烦，他假装没看见她的肚子。他不是不大管这回事吗，倒倒脚太太也不怎么倒直心。到快生小孩那两天，她倒倒着脚来了。她服侍着新太太。毛毛虫觉得是了味，新太太生孩子，旧太太来伺候，这倒不错。赶到孩子落了草儿，旧太太可拿出真的来了。她知道，此时下手才能打老实的。产后气郁，至少是半死，她的报仇的机会到了。她安安顿顿的坐在产妇面前，指着脸子骂，把新太太骂昏过去多少次，外带着连点糖水儿也不给她喝。骂到第三天，她倒倒着脚走了，把新太太交给了老天爷，爱活爱死随便，她不担气死新太太的名儿。新太太也不想活着，没让倒倒脚气死不是，她自己找死，没出满月她就胡吃海塞。这时候，毛毛虫觉得不大上算了，假如新太太死了，再娶一个又得多少钱，他给她请了大夫来。一来二去的，她好了。好了以后，她跟毛毛虫交涉，她不管这个孩子。毛毛虫没说什么；于是俩人就谁也不管孩子。太太照常出去打牌，照常每月要四十块钱。毛毛虫要是不给呢，她有了新发明，会死半点钟。头生儿是这样，第二胎也是这样。就是这么一回事。我们听到了这儿，大家倒没了意见啦，因为怎么想怎么也不对了。说倒倒脚不对吧，不应下那个毒手，可是她自己守着活寡呢。说新太太不对吧，也不行，她有她的委屈。充其极也不过只能责备她不应当拿孩子杀气，可是再一想，她也有她的道理，凭什么毛毛虫一点子苦不受，而把苦楚都交给她呢？她既是买来的——每月四十块零花不过说着好听点罢了——为什么管照料孩子呢，毛毛虫既不给她添钱。说来说去，彷佛还是毛毛虫不对，可是细一给他想，他也是乐不抵苦哇。旧太太拿着他的钱恨他，新太太也拿着他的钱恨他，临完他还得拚着命挣钱。这么一想，我们大家都不敢再提这件事了，提起来心里就发乱。可是我们对那俩孩子改变了点态度，我们就看这俩小东西可怜——我们这条街上善心的人真是不少。近来每逢我们看见俩孩子在街上玩，就过去拍拍他们的脑瓜儿，有时候也给他们点吃食。对于那俩大人，我们有时候看见他们可怜，有时候可气。可是无论如何，我们在他俩身上找到一点以前所没看到的什么东西，一点像庄严的悲剧中所含着的味道。似乎他俩的事不完全在他们自己身上，而是一点什么时代的咒诅在他们身上应验了。所以近来每到月底，当她照例死半点钟的时候，去救护的人比以前更多了。谁知道他们将来怎样呢！

---

[1] 卖呆儿，在门口闲站。

[2] 舍哥儿似的，意思是没人搭理、照管，指可怜相。

[3] 倒倒脚，形容传统女性因缠足迈不开脚步。

老年的浪漫

善人

穆女士穿着睡衣到浴室去。雪白的澡盆，放了多半盆不冷不热的清水。凸花的玻璃，白磁砖的墙，圈着一些热气与香水味。一面大镜子，几块大白毛巾；胰子盒，浴盐瓶，都擦得放着光。她觉得痛快了点。把白胖腿放在水里，她楞了一会儿；水给皮肤的那点刺激使她在舒适之中有点茫然。她看着自己的白胖腿；腿在水中显着更胖，她看着自己的忘了的事。坐在盆中，她想起点久已渺茫，又想起那久已忘了的事——自己的青春：二十年前，自己的身体是多了两把，用一点水，她轻轻着洗脖子；洗么苗条，好看！她仿佛不认识了自己。想到丈夫，儿女，都显着不大清楚，他们似乎是些生人。她撩起许多水来，用力的洗，眼看着皮肤红起来。她痛快了些，不茫然了。她不只是太太，母亲；她是大家的母亲，一切女同胞的导师；她在外国读过书，知道世界大势，她的天职是在救世。

这里两篇小说形成了"浪漫"与"良善"的反讽对景。

《老年的浪漫》原载1935年1月1日《文学》第4卷第1号。初收《樱海集》，上海人间书屋1935年8月出版。一般说来，浪漫是青年人的专利，而"老年的浪漫"也多被认为是一种矛盾现象，小说紧紧抓住的就是这种心理矛盾，表现了社会意识与性意识的交战、表层意识与深层意识的冲突，娓娓道来，展开了一幅富有深度的社会心理景观。虽采用第三人称叙述，可依然直逼人性深处，浓浓的意识流气息为小说增加了现代色彩，令人想起鲁迅的小说《肥皂》。

《善人》原载1935年4月15日《新小说》第1卷第3期。初收《樱海集》，上海人间书屋1935年8月出版。小说篇幅不长，如一速写，标题本身就是个"反讽"。作者以嘲讽的笔调批判了那些拿西方时髦概念来哄骗百姓的实利主义者，呈现了"善人"的不善与伪善！主人公穆凤贞女士是个被"西风"吹歪歪的人，以现代人自居，她的丫头叫"自由"和"博爱"，但穆女士不会给她们一点自由和博爱。小说以极简主义的画法描画出在传统价值崩塌下国人生存样态的一隅。可视为小说《牺牲》的姊妹篇。

老年的浪漫

　　自慰的话是苦的，外面包了层糖皮。刘兴仁不再说这种话。失败有的是因为自己没用，有的是外方的压迫；刘兴仁不是没用的人，他自己知道，所以用不着那种示弱的自慰。他得努力，和一切的事与一切的人硬干，不必客气。他的失败是受了外方的欺侮，他得报仇。他已经六十了，还得活着，至少还得活上几十年，叫社会看看他到底是个人物。社会对不起他，他也犯不上对得起社会；他只要对得起自己，对得起这一生。六十岁看明白了这个还不算晚。没有自慰；他对人人事事宣战。

　　在他作过的事情上，哪一件不是他的经营与设计？他有才，有眼睛。可是事情办得有了眉目，因着他的计划大家看出甜头来；好，大家把他牺牲了。六十以前，对这种牺牲，他还为自己开路儿，附带着也原谅了朋友："凡事是我打开道锣，我开的道，别人得了便宜，也好！"到了六十上，他不能再这么想。他不甘于躺在棺材里，抱着一团委屈与牺牲，他得为自己弄点油水。

　　哪件事他对不起人？惜了力？走在后头？手段不漂亮？没有！没有！对政治，哪一个有来头的政党，他不是首先加入？对社会事业，哪件有甜头的善事，不是他发起的？对人，哪个有出息的，他不先去拉拢？凭良心说，他永远没落在后头过；可是始终也没走到前边去。命！不，不是命；是自己太老实，太好说话，太容易欺侮了。到六十岁，他明白了，不辣到底，不狠到家，是不能成功的。

　　对家人，他也尽到了心。在四十岁上丧了妻，他不打算再娶；对得起死鬼，对得起活着的。他不能为自己的舒服而委屈了儿女。儿女！儿子是傻子；女儿——已经给她说好了人家，顶好的人家——会跟个穷画画的偷跑了！他不能再管她，叫她去受罪；他对得起她，她不要脸。儿子，无论怎么傻，得养着，也必定给娶个媳妇；凡是他该办的，他都得办。谁叫他有个傻儿子呢！

　　天非常的冷，一夜的北风把屋里的水缸都盖上层冰。刘兴仁得早早的起。一出被窝，一阵凉风把一身老骨头吹得揪成一团。他咳嗽了一阵。还得起！风是故意的欺侮他，他不怕。他一边咳嗽，一边咒骂，一边穿衣服。

　　下了地，火炉还没有升上；张妈大概还没有起来。他是太好说话了，连个老妈子都纵容得没有个样子，他得骂她一顿，和平是讲不通的。

他到院中走走溜儿。风势已杀了点，尖溜溜的可是刺骨。太阳还没出来，东方有些冷淡的红色。天上的蓝色含着夜里吹来的黄沙，使他觉得无聊，惨淡。他喊张妈。她已经起来，在厨房里熬粥呢。他没骂出来，可是又干又倔的要洗脸水。南屋里，他的傻儿子还睡呢，他在窗外听了听，更使他茫然。他不信什么天理报应，不信；设若老天有知，怎能叫他有个傻儿子？比他愚蠢的人多极了，他的儿子倒是个傻子；没理可讲！他只能依着自己的道儿办。儿子傻也得娶个媳妇；老天既跟他过不去，他也得跟别人过不去。他有个傻小子，反正得有个姑娘来位傻丈夫；这无法，而且并非不公道。

洗了脸，他对着镜子发楞。他确是不难看，虽然是上了岁数。他想起少年的事来。二十，三十，四十，五十，他总是体面的。现在六十了，还不难看。瘦瘦的长脸，长黑胡子，高鼻梁，眼睛有神。凭这样体面一张脸，断了弦都不想续，不用说走别的花道儿了[1]。窑子是逛的，只为是陪朋友；对别的妇女是敬而远之，不能为娘们耽误了自己的事；可是自己的事在哪里呢？为别人说过媒，买过人儿，总是为别人，可是自己没占了便宜，连应得的好处也得不到。自己是干什么的呢？

张妈拿来早饭，他拚命的吃。往常他是只喝一碗粥，和一个烧饼的。今天他吃了双份，而且叫她去煮两个鸡子。他得吃，得充实自己；东西吃在自己肚里才不冤。吃过饭，用湿手巾擦顺了胡子，他预备出去。风又大起来，不怕；奔走了一辈子，还怕风么？他盘算这一天该办的事，不，该打的仗。他不能再把自己作好的饭叫别人端了去，拚着这一身老骨头跟他们干！

他得先到赈灾会去。他是发起人，为什么钱，米，衣服，都是费子春拿着，而且独用着会里的汽车？先和费子春干一通，不能再那么傻。赈了多少回灾了，自己可剩下了什么？这回他不能再让！他穿起水獭领子的大衣，长到脚面，戴上三块瓦的皮帽[2]，提起手杖，他知道他自己体面；在世上六十年，不记得自己寒碜过一回。他不老，他的前途还远得很呢；只要他狠，辣，他总会有对得起自己的一天。

太阳已经出来，一些薄软的阳光似乎在风中哆嗦。刘兴仁推开了门。他不觉得很冷，肚子里有食，身上衣厚，心中冒着热气。他无须感谢上天，他的饱暖是自己卖力气挣来的；假如他能把费子春打倒，登时他便能更舒服好多。他高兴，先和北风反抗，而后打倒费子春。他看见了他的儿子，在南屋门口立着呢，披着床被子。他的儿子不难看，有他的个儿，他的长脸，他的高鼻子，就是缺心眼。他疼爱这个傻小子。女儿虽然聪明，可是偷着跟个穷画画儿的跑了，还不如缺心眼的儿子。况且爸爸有本事，儿子傻一点也没多大关系，虽然不缺心眼自然更好。

"进去，冻着！"他命令着，声音硬，可是一心的爱意。

"爸，"傻小子的热脸红扑扑的；两眼挺亮，可是直着；委委屈屈的叫。"你几儿个给我娶媳妇呀？说了不算哪？看我不揍你的！"

"什么话！进去！"刘老头子用手杖叱画着，往屋里赶傻小子。他心中软了！只有这么一个儿子！虽然傻一点，安知不比油滑鬼儿更保险呢？他几乎忘了他是要出门，呆呆的看着傻小子的后影——背上披着红蓝条儿的被子。傻小子忘了关屋门，他赶过去，轻轻把门对上。

出了街门，又想起费子春来。不仅是去找费子春，今天还得到市参议会去呢。把他们捧上了台，没老刘的事，行！老刘给他们一手瞧瞧！还有商会的孙老西儿呢，饶不了他。老刘不再那么好说话。不过，给儿子张罗媳妇也得办着；找完孙老西儿就找冯二去。想着这些事，他已出了胡同口。街上的北风吹断了他的思路。马路旁的柳树几乎被吹得对头弯，空中飕飕的吹着哨子，电线颤动着扔扔的响。他得向北走，把头低下去，用力拄着手杖，往北曳。他的高鼻子插入风中，不大会儿流出清水，往胡子上滴。他上边缓不过气来，下边大衣裹着他的腿。他不肯回头喘口气，不能服软；喉中噎着直响。他往前走，头向左偏一会儿，又向右偏一会儿，好像是在游泳。他走。老背上出了汗。街上没有几辆车；问他，他也不雇；知道这样的天气会被车夫敲一下的。他不肯被敲。有能力把费子春的汽车弄过来，那是本事。在没弄过汽车来的时候，不能先受洋车夫的敲。他走。他的手已有些发颤，还走。他是有过包车的；车夫欺侮他，他不能花着钱找气受。下等人没一个懂得好歹，没有。他走，谁的气也不受。可是风野得厉害，他已喘上了。想找个地方避一避。路旁有小茶馆，但是他不能进去，他不能和下等人一块挤着去。他走。不远就该进胡同了，风当然可以小一些；风不会永远挡着他的去路的。他拿出最后的力量，手杖敲在冻地上，哪哪儿的响；可是风也顶得他更加了劲，他的腿在大衣里裹得找不着地方，步儿乱了，他不由的要打转。他的心中发热，眼中起了金花。他挂住了手杖，不敢再动；可是用力的镇定，渺渺茫茫的他把生命最后的勇气唤出来，好像母亲对受了惊的小儿那样说："不怕！不怕！"他知道他的心力是足的；站住不动，一会儿就会好的。听着耳旁的风声，闭着眼，糊涂了一会儿；可是心里还知道事儿，任凭风从身上过去，他就是不撒手手杖。像风前的烛光，将要被吹灭而又亮起来，他心中一迷忽，混身下了汗，紧跟着清醒了。他又确定的抓住了生命，可不敢马上就睁眼。脸上满是汗，被风一吹，他颤起来。他软了许多，无可奈何的睁开了眼，一切都随着风摇动呢。他本能的转过身来，倚住了墙；背着风，他长叹了口气。

还找费子春去吗？他没精神想，可又不能不打定了主意，不能老在墙根儿下站着——蹲一蹲才舒服。他得去，不能输给这点北风。后悔没坐个车来，但后悔是没用的。他相信他精力很足，从四十上就独身，修道的人也不过如是。腿可是没了力量。去不去呢？就这样饶了费子春么？又是一阵狂风，掀他的脚跟，推他的脖子，好像连他带那条街都要卷了走。他飘轻的没想走而走了几步，迷迷忽忽的，随着沙土向前去，彷佛他自己也不过是片鸡毛；风一点也不尊重他。走开了，不用他费力，胡子和他一齐随着风往南飘飘。找费子春是向北去。可是他收不住脚，往南就往南吧；不是他软弱，是费子春运气好，简直没法不信运气，多少多少事情是这么着，一阵风，一阵雨，都能使这个人登天，那个人入地。刘兴仁长叹一口气，谁都欺侮他，连风算上。

又回到自己的胡同口，他没思索的进了胡同。胡同里的风好像只是大江的小支流，没有多大的浪。顺着墙走，简直觉不到什么，而且似乎暖和了许多。他的胡子不在面前引路了，大衣也宽松了，他可以自由的端端肩膀，自由的呼吸了。他又活了，到底风没治服他。他放慢了步，想回家喝杯茶去。不，他还得走。假如风帮助费子春成功，他不能也饶了冯二。到了门口，不进去。傻儿子作什么呢？不进去。去找冯二。午后风小了——假如能小了——再找费子春；先解决冯二。

走过自己的门口。是有点累得慌，他把背弯下去一点，稍微弯下去一点，拄着手杖，慢慢的，不忙，征服冯二是不要费多大力气的。

想起冯二，立刻又放下冯二，而想起冯二的女儿。冯二不算什么东西。冯二只是铺子的匾，货物是在铺子里面呢。冯姑娘是货物。可是事情并不这样简单，他的背更低了些。每一想起冯姑娘，他就心里发软，就想起他年轻时候的事来，不由的。他不愿这么想，这么想使他为难，可是不由的就这么想了。他是为儿子说亲事，而想到了自己，怎好意思呢？这个丫头不是东西，叫他这么别扭！谁都欺侮他，这个冯丫头也不是例外，她叫他别扭。

往南一拐就是冯二的住处，随着风一飘就到了，彷佛是。冯二在家呢。刘兴仁不由的挂了气。凭冯二这块料，会舒舒服服的在家里蹲着，而他自己倒差点被风刮碎了！冯二的小屋非常的暖和，使老刘的脸上刺闹的慌，心里暴躁。冯二安安静静的抱着炉子烤手，可恶的东西。

"刘大哥，这么大风还出来？"冯二笑着问。

"命苦吗，该受罪！"刘兴仁对冯二这种人是向来不留情的。

"得了吧，大哥的命还苦；看我，连件整衣裳都没有！"冯二扯了扯了自己的衣襟，一件小棉袄，好几处露着棉花。

刘兴仁没工夫去看那件破棉袄，更没工夫去同情冯二。冯二是他最看不起的人，该着他的钱，不要强，大风的天在屋里烤手，不想点事情作！他脱了大衣，坐在离火最远的一把破椅子上，他不冷；冯二是越活越抽抽。

冯二，五十多岁，瘦，和善，穷，细长的白手被火烤得似乎透明。

刘老头子越看冯二越生气。为减少他的怒气，他问了声："姑娘呢？"

"上街了，去当点当；没有米了。"冯二的眼钉着自己的手。

"这么冷的天，你自己不会去，单叫她去？"刘老头子简直没法子不和冯二拌嘴，虽然不屑于和他这样。

"姑娘还有件长袍，她自己愿意去，她怕我出去受不了；老是这么孝顺，她。"冯二慢慢的说，每个字都带着怜爱女儿的意思。

这几句话的味儿使刘兴仁找不到合适的回答。驳这几句话的话是很多很多；可是这点味儿，这点味儿，使他心里的硬劲忽然软了一些，好像忽然闻到一股花香，给心里的感情另开了一条道儿，要放下怒气而追那股香味去。

可是紧跟着他又硬起来。他想出来了：他自己对家中的傻小子便常有这种味儿，对。可是亲族朋友，连傻小子，对"他"可曾有过这种味儿没有呢？没有！谁都欺侮他！冯二倒有个姑娘替他去作事，孝顺，凭什么呢？凭哪点呢？

他也想到：冯二是个无能之辈。可是怎会有个孝顺女儿的呢？呕！冯二并不老实，冯二是有手段的，至少是有治服了女儿的手段！连冯二这无用的人也有相当的本事，会治服了女儿。刘兴仁想到这里，几乎坐不住了。他一辈子没把任何人治服。自己的女儿跟个穷画画的跑了，儿子是个傻子。费子春，孙老西儿……都欺侮他，而他没把任何人拿下去。冯二倒在家中烤着手，有姑娘给他去当当！连冯二都不如，怎么活来着？他得收拾冯二。拿冯二开刀，证明他也能治服了人。

冯二烤着手，连大气也不敢出。他一辈子没得罪过人，没说过错话。和善使他软弱，使他没有抵抗的力量。穿着飞棉花的短袄，他还怕得罪人。他爱他的女儿，也怕她。设若不是怕她，他决不肯叫她在这么冷的天出去。"怕"使"爱"有了边界，要不然他简直可以成佛成仙了。他可怜刘兴仁，可是不敢这么说，虽然他俩是老朋友，他怕。他不敢言语。

两个人正在这么一声不出，门儿开了，进来一股冷风，他们都哆嗦了一下。冯姑娘进来。

"快烤烤来！"冯二看着女儿的脸叫。

女儿没注意父亲说了什么，去招呼客人："刘伯伯？这么冷还出来哪？身体可真是硬朗！"

刘兴仁没答出话来。不晓得为什么，他一见冯姑娘，心中就发乱。他看着她。她的脸冻得通红，鼻洼挂着些土，青棉袍的褶儿里也有些黄沙。她的个儿不高，圆脸，大眼睛，头发多得盖上了耳朵。全身都圆圆的，有力气，活泼。手指冻得鲜红，腋下夹着个小蓝布包。她不甚好看，不甚干净，可是有一种活力叫刘老头子心乱。她简单，灵便，说话好听。她把蓝布包放在爸的身旁，立在炉前烤手，烤一烤，往耳上鼻上捂一捂："真冷！我不叫你出去，好不好？"她笑着问爸——不像是问爸，像问小孩呢。

冯二点了点头。

"沏茶了没有？"姑娘问，看了客人一眼。

"没有茶叶吧？"爸的手离火更近了些。

"可说呢，忘了买。刘伯伯喝碗开水吧？"她脸对脸的问客人。

刘兴仁爱这对大眼睛，可又有点怕。他摇了摇头。他心中乱。父女这种说话法，屋里那种暖和劲儿，这种诚爽亲爱，使他木在那里。他羡慕，忌恨冯二。有这个女儿，他简直治服不了冯二，除非先把这个女儿擒住。怎么擒她呢？叫她作儿媳妇呢？还是作……他的傻儿子闹着要老婆，不是一天了。只有冯姑娘合适。她身体好，她的爸在姓刘的手心里攥着。娶了她，一定会生个孙子；儿子傻，孙子可未必傻，刘家有了根。可是，一见冯姑娘，他不知怎的多了一点生力，使他想起年轻的事儿来。他要对得起儿子，可是他相信还会得个——或不止一个——小儿子，不傻的儿子。他自己不老，必能再得儿子。他自己要是娶了她，他自己的屋中也会有旺旺的火，也会这样暖和，也会这样彼此亲爱的谈话。他恨张妈，张妈生的火没有暖气。要她当儿媳妇，或是自己要了她，都没困难。只是，自己就爱那么个傻小子，肯……他心中发乱。

可是，他受了一辈子欺侮，难道还得受傻儿子的气么？冯二可以治服了女儿，姓刘的就不能治服了个傻小么？他想起许多心事，没有一件痛快的。他一辈子没抖起来过，虽然也弄个不缺吃不缺穿。衣食不就是享受，他六十了，应当赶紧打主意，叫生命多些油水；不，还不是油水，他得有个知心的，肉挨着肉的，一切都服从他的，一点什么东西；也许就是个女人，像冯姑娘这样的。他还不老，打倒费子春们是必要的，可是也应当在家里，在床上，把生命充实起来。他还不老，他觉得出他的血脉流动得很快，能听到声儿似的，像雨后的高粱拔节儿，吱吱的响。傻小子可以等着。傻小子大不过去爸爸。爸应当先顾自己。一辈子没走在别人前面，虽然是费尽了心机；难道还叫傻小子再占去这点便宜么？他看着冯姑娘，红红的脸，大眼睛，黑亮的头发，是块肉！凭什么自己不可以吃一口呢？为冯姑娘打算也是有便宜的：自己有俩钱，虽然不多；一过门，她便是有吃有喝的太太；假如他先死，假如，她的后半辈子有了落儿。是的，他办事不能只为自己想，他公道。冯姑娘的福气不小，胖胖大大的，有福气——刘兴仁给他的。

姑娘进了里屋。他得说了，就是这么办了。他的血流到脸上来，自己觉出腮上有点发烧，他倒退了二三十年。怎么想怎么对，怎么使自己年轻。血是年轻的，而计划是老人的，他知道自己厉害。只要说出来，事情就算行了，冯二还有什么蹦儿么？这件小事还办不动，还成个人么？

可是他没说出来。楞着是没关系的：反正他不发言，冯二可以一辈子不出声的。那个傻儿子甩不开，他恨那个傻小子了。怎么安置这块迟累呢？傻小子要媳妇，已经在街上向姑娘们解下来过裤子！自己娶，叫傻哥儿瞧着？大概不行。跟他讲理是没用的，他傻。嘿，刘兴仁咬住几根胡子。上天，假如有这么个上天，会欺侮人到底！给刘兴仁预备下一群精明的对头也还罢了；他的对头并不比他聪明；临完还来个无法处置的傻小子！嘿！聪明的会欺侮人，傻蛋也会欺侮人，都叫刘兴仁遇见了！他谁也不怕；谁也得怕，连傻儿子在内！

"刘伯伯，"姑娘觉得爸招待客人方法太僵得慌，在屋里叫："吃点什么呀？我会作，说吧。"

"我还得找费子春去呢，跟他没完！"刘兴仁立起来。

"这么大的风？"

"我不怕！不怕！"刘老头子拿起大衣。

冯二没主意，手还在火上，立起来。送客出去会叫他着凉，不送又不好意思。

"爸，别动，我送刘伯伯！"姑娘已在屋里把脸上的土擦去，更光润了些。

"不用送！"看了她一眼，刘老头子喊了这么一句。

冯姑娘赶出来。刘兴仁几乎是跑着往外奔。姑娘的腿快，赶上了他：

"刘伯伯慢着点，风大！回家问傻兄弟好！"

一阵冷风把刘老头子——一片鸡毛似的——裹了走。

---

[1] 走花道，旧时指代男子在外嫖妓或有外遇。

[2] 王府井大街盛锡福帽店是北京著名老字号，所产三块瓦皮帽制作工艺非常复杂，帽胎一律用新棉花缝制，再抹浆，而且要把浆透进胎里去，再放进火箱里烘烤加热。

善 人

汪太太最不喜欢人叫她汪太太；她自称穆凤贞女士，也愿意别人这样叫她。她的丈夫很有钱，她老实不客气的花着；花完他的钱，而被人称穆女士，她就觉得自己是个独立的女子，并不专指着丈夫吃饭。

穆女士一天到晚不用提多么忙了，又搭着长的富泰，简直忙得喘不过气来。不用提别的，就光拿上下汽车说，穆女士——也就是穆女士！——一天得上下多少次。哪个集会没有她，哪件公益事情没有她？换个人，那么两条胖腿就够累个半死的。穆女士不怕，她的生命是献给社会的；那两条腿再胖上一圈，也得设法带到汽车里去。她永远心疼着自己，可是更爱别人，她是为救世而来的。

穆女士还没起床，丫环自由就进来回话。她嘱咐过自由们不止一次了：她没起来，不准进来回话。丫环就是丫环，叫她"自由"也没用，天生来的不知好歹。她真想抄起床旁的小桌灯向自由扔了去，可是觉得自由还不如桌灯值钱，所以没扔。

"自由，我嘱咐你多少回了！"穆女士看了看钟，已经快九点了，她消了点气，不为别的，是喜欢自己能一气睡到九点，身体定然是不错；她得为社会而心疼自己，她需要长时间的休息。

"不是，太太，女士！"自由想解释一下。

"说，有什么事！别磨磨蹭蹭的！"

"方先生要见女士。"

"哪个方先生？方先生可多了，你还会说话呀！"

"老师方先生。"

"他又怎样了？"

"他说他的太太死了！"自由似乎很替方先生难过。

"不用说，又是要钱！"穆女士从枕头底下摸出小皮夹来："去，给他这二十，叫他快走；告诉明白，我在吃早饭以前不见人。"

自由拿着钱要走，又被主人叫住：

"叫博爱放好了洗澡水；回来你开这屋子的窗户。什么都得我现告诉，真劳人得慌！大少爷呢？"

"上学了，女士。"

"连个kiss都没给我，就走，好的，"穆女士连连的点头，腮上的胖肉直动。

"大少爷说了，下学吃午饭再给您一个kiss。"自由都懂得什么叫kiss, pie和bach[1]。

"快去，别废话；这个劳人劲儿！"

自由轻快的走出去，穆女士想起来：方先生家里落了丧事，二少爷怎么办呢？无缘无故的死哪门子人，又叫少爷得荒废好几天的学！穆女士是极注意子女们的教育的。

博爱敲门，"水好了，女士。"

穆女士穿着睡衣到浴室去。雪白的澡盆，放了多半盆不冷不热的清水。凸花的玻璃，白磁砖的墙，圈着一些热气与香水味。一面大镜子，几块大白毛巾；胰子盒，浴盐瓶，都擦得放着光。她觉得痛快了点。把白胖腿放在水里，她楞了一会儿；水给皮肤的那点刺激使她在舒适之中有点茫然。她想起点久已忘了的事。坐在盆中，她看着自己的白胖腿；腿在水中显着更胖，她心中也更渺茫。用一点水，她轻轻的洗脖子；洗了两把，又想起那久已忘了的事——自己的青春：二十年前，自己的身体是多么苗条，好看！她彷佛不认识了自己。想到丈夫，儿女，都显着不大清楚，他们似乎是些生人。她撩起许多水来，用力的洗，眼看着皮肤红起来。她痛快了些，不茫然了。她不只是太太，母亲；她是大家的母亲，一切女同胞的导师。她在外国读过书，知道世界大势，她的天职是在救世。

可是救世不容易！二年前，她想起来，她提倡沐浴，到处宣传："没有澡盆，不算家庭！"有什么结果？人类的愚蠢，把舌头说掉了，他们也不了解！摸着她的胖腿，她想应当灰心，任凭世界变成个狗窝，没澡盆，没卫生！可是她灰心不得，要牺牲就得牺牲到底。她喊自由：

"窗户开五分钟就得！"

"已经都关好了，女士！"自由回答。

穆女士回到卧室。五分钟的工夫屋内已然完全换了新鲜空气。她每天早上得作深呼吸。院内的空气太凉，屋里开了五分钟的窗子就满够她呼吸用的了。先弯下腰，她得意她的手还够得着脚尖，腿虽然弯着许多，可是到底手尖是碰了脚尖。俯仰了三次，她然后直立着喂了她的肺五六次。她马上觉出全身的血换了颜色，鲜红，和朝阳一样的热、艳。

"自由，开饭！"

穆女士最恨一般人吃的太多，所以她的早饭很简单：一大盘火腿蛋两块黄油面包，草果果酱，一杯加乳咖啡。她曾提倡过俭食：不要吃五六个窝头，或四大碗黑面条，而多吃牛乳与黄油。没人响应；好事是得不到响应的。她只好自己实行这个主张，自己单雇了个会作西餐的厨子。

吃着火腿蛋，她想起方先生来。方先生教二少爷读书，一月拿二十块钱，不算少。她就怕寒苦的人有多挣钱的机会；钱在她手里是钱，到了穷人手里是祸。她不是不能多给方先生几块，而是不肯，一来为怕自己落个冤大头的名儿，二来怕给方先生惹祸。连这么着，刚教了几个月的书，还把太太死了呢。不过，方先生到底是可怜的。她得设法安慰方先生：

"自由，叫厨子把'我'的鸡蛋给方先生送十个去；嘱咐方先生不要煮老了，嫩着吃！"

穆女士咂摸着咖啡的回味，想象着方先生吃过嫩鸡蛋必能健康起来，足以抵抗得住丧妻的悲苦。继而一想呢，方先生既丧了妻，没人给他作饭吃，以后顶好是由她供给他两顿饭。她总是给别人想得这样周到；不由她，惯了。供给他两顿饭呢，可就得少给他几块钱。他少得几块钱，可是吃得舒服呢。方先生应当感谢她这份体谅与怜爱。她永远体谅人怜爱人，可是谁体谅她怜爱她呢？想到这儿，她觉得生命无非是个空虚的东西；她不能再和谁恋爱，不能再把青春唤回来；她只能去为别人服务，可是谁感激她，同情她呢？

她不敢再想这可怕的事，这足以使她发狂。她到书房去看这一天的工作；工作，只有工作使她充实，使她疲乏，使她睡得香甜，使她觉到快活与自己的价值。

她的秘书冯女士已经在书房里等了一点多钟了。冯女士才二十三岁，长得不算难看，一月挣十二块钱。穆女士给她的名义是秘书，按说有这么个名字，不给钱也满下得去。穆女士的交际是多么广，做她的秘书当然能有机会遇上个阔人；假如嫁个阔人，一辈子有吃有喝，岂不比现在挣五六十块钱强？穆女士为别人打算老是这么周到，而且眼光很远。

见了冯女士，穆女士叹了口气："哎！今儿个有什么事？说吧！"她倒在个大椅子上。

冯女士把记事簿早已预备好了："今儿个早上是，穆女士，盲哑学校展览会，十时二十分开会；十一点十分，妇女协会，您主席；十二点，张家婚礼；下午，"

"先等等，"穆女士又叹了口气，"张家的贺礼送过去没有？"

"已经送过去了，一对鲜花篮，二十八块钱，很体面。"

"啊，二十八块的礼物不太薄——"

"上次汪先生作寿，张家送的是一端寿幛，并不——"

"现在不同了，张先生的地位比原先高了；算了吧，以后再找补吧。下午一共有几件事？"

"五个会呢！"

"哼！甭告诉我，我记不住。等我由张家回来再说吧。"穆女士点了根烟吸着，还想着张家的贺礼似乎太薄了些。"冯女士，你记下来，下星期五或星期六请张家新夫妇吃饭，到星期三你再提醒我一声。"

冯女士很快的记下来。

"别忘了问我张家摆的什么酒席，别忘了。"

"是，穆女士。"

穆女士不想上盲哑学校去，可是又怕展览会照像，像片上没有自己，怪不合适。她决定晚去一会儿，顶好是正赶上照像才好。这么决定了，她很想和冯女士再说几句，倒不是因为冯女士有什么可爱的地方，而是她自己觉得空虚，愿意说点什么，解解闷儿。她想起方先生来：

"冯，方先生的妻子过去了，我给他送了二十块钱去，和十个鸡子，怪可怜的方先生！"穆女士的眼圈真的有点发湿了。

冯女士早知道方先生是自己来见汪太太，她不见，而给了二十块钱。可是她晓得主人的脾气："方先生真可怜！可也是遇见女士这样的人，赶着给他送了钱去！"

穆女士脸上有点笑意，"我永远这样待人；连这么着还讨不出好儿来，人世是无情的！"

"谁不知道女士的慈善与热心呢！"

"哎！也许！"穆女士脸上的笑意扩展得更宽了些。

"二少爷的书又得荒废几天！"冯女士很关心似的。

"可不是，老不叫我心静一会儿！"

"要不我先好歹的教着他？我可是不很行呀！"

"你怎么不行！我还真忘了这个办法呢！你先教着他得了，我白不了你！"

"您别又给我报酬，反正就是几天的事，方先生事完了还叫方先生教。"

穆女士想了会儿，"冯，简直这么办好不好？你就教下去，我每月一共给你二十五块钱，岂不整重？"

"就是有点对不起方先生！"

"那没什么，反正他丧了妻，家中的嚼谷小了；遇机会我再给他弄个十头八块的事；那没什么！我可该走了，哎！一天一天的，真累死人！"

---

[1]　kiss、pie、bach，英语，意思分别是接吻、馅饼（派）、独身生活。

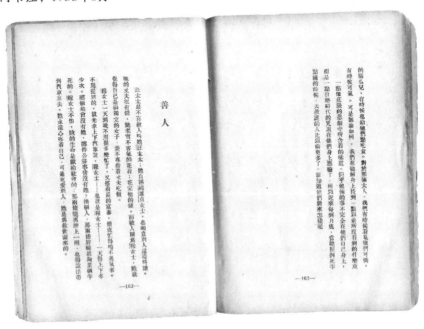

《善人》原发表页
1935年4月15日
《新小说》第1卷第3期

《善人》首页
《樱海集》初版
上海人间书屋，1935年8月

善人

老舍

馬國亮作插圖

汪太太最不喜歡被人叫作汪太太；她自稱穆鳳貞女士，也願意別人這樣叫她。她的丈夫很有錢，她老實不客氣的花着；花完他的錢，而被人稱為穆女士，她就覺得自己是個獨立的女子，並不專指着丈夫吃飯。

穆女士一天到晚看提多麼忙了，又揹着長的富泰，簡直忙得喘不過氣兒來。不用提別的，就光拿上下汽車說，穆女士——也就是穆女士！——一天得上下多少次。哪個集會沒有她，哪件公益事

邻居们

一进家门，他楞了，院子满是破烂似垃圾箱忽然疯了，院中的花草好儿。他知道这是谁作的。可是怎办呢？

他想要冷静的找主意，受过教育的人是不能凭着冲动作事的。但是他不能冷静，他的那点野蛮的血沸腾起来，他不能思索了。

扯下了衣服，他捡起两三块半大的砖头，隔着墙向明家的窗子扔了去。哗啦哗啦的声音使他感到已经是惹下祸，可是心中痛快，他继续着扔；听着玻璃的碎裂。他心里痛快，他什么也不计较了，只觉得这么作痛快，舒服，光荣。他似乎忽然由文明人变成野蛮人，觉出自己的力量与胆气，像赤裸裸的洗澡时那样舒服，无拘无束的领略着一点新的生活味道。他觉得年轻，热烈，自由，勇敢。

本篇原载1935年4月10日《水星》第2卷第1期。初收《樱海集》，上海人间书屋1935年8月出版。

小说从日常邻里碎屑争斗揭示人性之幽暗，在明先生与明太太之间，在明家与杨家之间，这些表面的争斗背后都潜伏着深深的人性暗河。明太太恨杨太太，因为杨太太是个教书的，自己"不识字"，所以恨字、恨杨太太；明先生恨杨家，是因为杨先生穷酸却有个"很好看"的太太。在外国人手下做事的明先生，"在生命里好像有些不受自己支配管辖的东西"，说的就是潜意识和无意识的作用。小说以"野蛮"战胜"文明"作结，结合时局分析，似乎隐含着老舍对民族国家之间关系的隐喻，"文明"有时需用"野蛮"达成。老舍善于观察人心，是一位人性探索者与心理侦探家，他把这些观察与揣摩熔铸到一篇篇力作之中，树起一面面镜子，使读者从中照出自己的影像。

邻居们

明太太的心眼很多。她给明先生已生了儿养了女，她也烫着头发，虽然已经快四十岁；可是她究竟得一天到晚悬着心。她知道自己有个大缺点，不认识字。为补救这个缺欠，她得使碎了心；对于儿女，对于丈夫，她无微不至的看护着。对于儿女，她放纵着，不敢责罚管教他们。她知道自己的地位还不如儿女高，在她的丈夫眼前，他不敢对他们发威。她是他们的妈妈，只因为他们有那个爸爸。她不能不多留个心眼，她的丈夫是一切，她不能打骂丈夫的儿女。她晓得丈夫要是恼了，满可以用最难堪的手段待她；明先生可以随便再娶一个，她一点办法也没有。

她爱疑心，对于凡是有字的东西，她都不放心。字里藏着一些她猜不透的秘密。因此，她恨那些识字的太太们，小姐们。可是，回过头来一想，她的丈夫，她的儿女，并不比那些读书识字的太太们更坏，她又不能不承认自己的聪明，自己的造化，与自己的身分。她不许别人说她的儿女不好，或爱淘气。儿女不好便是间接的说妈妈不好，她不能受这个。她一切听从丈夫，其次就是听从儿女；此外，她比一切人都高明。对邻居，对仆人，她时时刻刻想表示出她的尊严。孩子们和别家的儿女打架，她是可以破出命的加入战争；叫别人知道她的厉害，她是明太太，她的霸道是反射出丈夫的威严，像月亮那样的使人想起太阳的光荣。

她恨仆人们，因为他们看不起她。他们并非不口口声声的叫她明太太，而是他们有时候露出那么点神气来，使她觉得他们心里是说："脱了你那件袍子，咱们都是一样；也许你更胡涂。"越是在明太太详密的计画好了事情的时候，他们越爱露这种神气。这使她恨不能吃了他们。她常辞退仆人，她只能这么吐一口恶气。

明先生对太太是专制的，可是对她放纵儿女，和邻居吵闹，辞退仆人这些事，他给她一些自由。他以为在这些方面，太太是为明家露脸。他是个勤恳而自傲的人。在心里，他真看不起太太，可是不许别人轻看她；她无论怎样，到底是他的夫人。他不能再娶，因为他是在个笃信宗教而很发财的外国人手下作事；离婚或再娶都足以打破他的饭碗。既得将就着这位夫人，他就不许有人轻看她。他可以打她，别人可不许斜看她一眼。他既不能真爱她，所以不能不溺爱他的儿女。他的什么都得高过别人，自己的儿女就更无须乎说了。

明先生的头抬得很高。他对得起夫人，疼爱儿女，有赚钱的职业，没一点嗜好，他看自己好像看一位圣人那样可钦仰。他求不着别人，所以用不着客气。白天他去工作，晚上回家和儿女们玩耍；他永远不看书，因为书籍不能供给他什么，他已经知道了一切。看见邻居要向他点头，他转过脸去。他没有国家，没有社会。可是他有个理想，就是他怎样多积蓄一些钱，使自己安稳独立像座小山似的。

可是，他究竟还有点不满意。他嘱告自己应当满意，但在生命里好像有些不受自己支配管辖的东西。这点东西不能被别的物件代替了。他清清楚楚的看见自己身里有个黑点，像水晶里包着的一个小物件。除了这个黑点，他自信，并且自傲，他是遍体透明，无可指摘的。可是他没法去掉它，它长在他的心里。

他知道太太晓得这个黑点。明太太所以爱多心，也正因为这个黑点。她设尽方法，想把它除掉，可是她知道它越长越大。她会从丈夫的笑容与眼神里看出这黑点的大小，她可不敢动手去摸，那是太阳的黑点[1]，不定多么热呢。那些热力终久会叫别人承受，她怕，她得想方法。

明先生的小孩偷了邻居的葡萄。界墙很矮，孩子们不断的过去偷花草。邻居是对姓杨的小夫妇，向来也没说过什么，虽然他们很爱花草。明先生和明太太都不奖励孩子去偷东西，可是既然偷了来，也不便再说他们不对。况且花草又不同别的东西，摘下几朵并没什么了不得。在他们夫妇想，假如孩子们偷几朵花，而邻居找上门来不答应，那简直是不知好歹。杨氏夫妇没有找来，明太太更进一步的想，这必是杨家怕姓明的，所以不敢找来。明先生是早就知道杨家怕他。并非杨家小两口怎样明白的表示了惧意，而是明先生以为人人应当怕他，他是永远抬着头走路的人。还有呢，杨家夫妇都是教书的，明先生看不起这路人。他总以为教书的人是穷酸，没出息的。尤其叫他恨恶杨先生的是杨太太很好看。他看不起教书的，可是女教书的——设若长得够样儿——多少得另眼看待一点。杨穷酸居然有这够样的太太，比起他自己的要好上十几倍，他不能不恨。反过来一想，挺俊俏的女人而嫁个教书的，或者是缺个心眼，所以他本不打算恨杨太太，可是不能不恨。明太太也看出这么一点来——丈夫的眼睛时常往矮墙那边溜。因此，孩子们偷杨家老婆的花与葡萄是对的，是对杨老婆的一种惩罚。她早算计好了，自要那个老婆敢出一声，她预备着厉害的呢。

杨先生是最新式的中国人，处处要用礼貌表示出自己所受过的教育。对于明家孩子偷花草，他始终不愿说什么，他似乎想到明家夫妇要是受过教育的，自然会自动的过来道歉。强迫人家来道歉未免太使人难堪。可是明家始终没自动的过来道歉。杨先生还不敢动气，明家可以无礼，杨先生是要保持住自己的尊严的。及至孩子们偷去葡萄，杨先生却有点受不住了，倒不为那点东西，而是可惜自己花费的那些工夫；种了三年，这是第一次结果；只结了三四小团儿，都被孩子们摘了走。杨太太决定找明太太去报告。可是杨先生，虽然很愿意太太去，却拦住了她。他的讲礼貌与教师的身分胜过了怒气。杨太太不以为然，这是该当去的，而且是抱着客客气气的态度去，并且不想吵嘴打架。杨先生怕太太想他太软弱了，不便于坚决的拦阻。于是明太太与杨太太见了面。

杨太太很客气："明太太吧？我姓杨。"

明太太准知道杨太太是干什么来的，而且从心里头厌恶她："啊，我早知道。"

杨太太所受的教育使她红了脸，而想不出再说什么。可是她必须说点什么。"没什么，小孩们，没多大关系，拿了点葡萄。"

"是吗？"明太太的音调是音乐的："小孩们都爱葡萄，好玩。我并不许他们吃，拿着玩。"

"我们的葡萄，"杨太太的脸渐渐白起来，"不容易，三年才结果！"

"我说的也是你们的葡萄呀，酸的；我只许他们拿着玩。你们的葡萄泄气，才结那么一点！"

"小孩呀，"杨太太想起教育的理论，"都淘气。不过，杨先生和我都爱花草。"

"明先生和我也爱花草。"

"假如你们的花草被别人家的孩子偷去呢？"

"谁敢呢？"

"你们的孩子偷了别人家的呢？"

"偷了你们的，是不是？你们顶好搬家呀，别在这儿住哇。我们的孩子就是爱拿葡萄玩。"

杨太太没法再说什么了，嘴唇哆嗦着回了家。见了丈夫，她几乎要哭。

杨先生劝了她半天。虽然他觉得明太太不对，可是他不想有什么动作，他觉得明太太野蛮；跟个野蛮人打吵子是有失身分的。但是杨太太不答应，他必得给她去报仇。他想了半天，想起明先生是不能也这样野蛮的，跟明先生交涉好了。可是还不便于当面交涉，写封信吧，客客气气的写封信，并不提明太太与妻子那一场，也不提明家孩子的淘气，只求明先生嘱咐孩子们不要再来糟蹋花草。这像个受过教育的人，他觉得。他也想到什么，近邻之谊……无任感激……至为欣幸……等等好听的词句。还想像到明先生见了信，受了感动，亲自来道歉……他很满意的写成了一封并不十分短的信，叫老妈子送过去。

明太太把邻居窝回去，非常的得意。她久想窝个像杨太太那样的女人，而杨太太给了她这机会。她想像着杨太太回家去应当怎样对丈夫讲说，而后杨氏夫妇怎样一齐的醒悟过来他们的错误——即使孩子偷葡萄是不对的，可是也得看谁家的孩子呀。明家孩子偷葡萄是不应当抱怨的。这样，杨家夫妇便完全怕了明家；明太太不能不高兴。

杨家的女仆送来了信。明太太的心眼是多的。不用说，这是杨老婆写给明先生的，把她"刷"了下来。她恨杨老婆，恨字，更恨会写字的杨老婆。她决定不收那封信。

杨家的女仆把信拿了走，明太太还不放心，万一等先生回来而他们再把这信送回来呢！虽然她明知道丈夫是爱孩子的，可是那封信是杨老婆写来的；丈夫也许看在杨老婆的面上而跟自己闹一场，甚至于挨顿揍也是可能的。丈夫设若揍她一顿给杨老婆听，那可不好消化！为别的事挨揍还可以，为杨老婆……她得预备好了，等丈夫回来，先垫下底儿——说杨家为点酸葡萄而来闹了一大阵，还说要给他写信要求道歉。丈夫听了这个，必定也可以不收杨老婆的信，而胜利完全是她自己的。

她等着明先生，编好了所要说的话语，设法把丈夫常爱用的字眼都加进去。明先生回来了。明太太的话很有力量的打动了他爱子女的热情。他是可以原谅杨太太的，假若她没说孩子们不好。他既然是看不起他的孩子，便没有可原谅的了，而且勾上他的厌恶来——她嫁给那么个穷教书的，一定不是什么好东西。赶到明太太报告杨家要来信要求道歉，他更从心里觉得讨厌了；他讨厌这种没事儿就动笔的穷酸们。在洋人手下作事，他晓得签字与用打字机打的契约是有用的；他想不到穷教书的人们写信有什么用。是的，杨家再把信送来，他决定不收。他心中那个黑点使他希望看看杨太太的字迹；字是讨厌的，可是看谁写。明太太早防备到这里，她说那封信是杨先生写的。明先生没那么大工夫去看杨先生的臭信。他相信中国顶大的官儿写的信，也不如洋人签个字有用。

明太太派孩子到门口去等着，杨家送信来不收。她自己也没闲着，时时向杨家那边望一望。她得意自己的成功，没话找话，甚至于向丈夫建议，把杨家住的房买过来。明先生虽然知道手中没有买房的富余，可是答应着，因为这个建议听着有劲，过瘾，无论那所房是杨家的，还是杨家租住的，明家要买，它就得出卖，没有问题。明先生爱听孩子们说"赶明儿咱们买那个"。"买"是最大胜利。他想买房，买地，买汽车，买金物件……每一想到买，他便觉到自己的伟大。

杨先生不主张再把那封信送回去，虽然他以为明家不收他的信是故意污辱他。他甚至于想到和明先生在街上打一通儿架，可是只能这么想想，他的身分不允许他动野蛮的。他只能告诉太太，明家都是混蛋，不便和混蛋们开仗；这给他一些安慰。杨太太虽然不出气，可也想不起好方法；她开始觉得作个文明人是吃亏的事，而对丈夫发了许多悲观的议论，这些议论使他消了不少的气。

夫妇们正这样碎叨唠着出气，老妈子拿进一封信来。杨先生接过一看，门牌写对了，可是给明先生的。他忽然想到扣下这封信，可是马上觉得那不是好人应干的事。他告诉老妈子把信送到邻家去。

明太太早在那儿埋伏着呢。看见老妈子往这边来了，唯恐孩子们还不可靠，她自己出了马。"拿回去吧，我们不看这个！"

"给明先生的！"老妈子说。

"是呀，我们先生没那么大工夫看你们的信！"明太太非常的坚决。

"是送错了的，不是我们的！"老妈子把信递过去。

"送错了的？"明太太翻了翻眼，马上有了主意："叫你们先生给收着吧。当是我看不出来呢，不用打算诈我！"拍的一声，门关上了。

老妈子把信拿回来，杨先生倒为了难：他不愿亲自再去送一趟，也不肯打开看看；同时，他觉得明先生也是个混蛋——他知道明先生已经回来了，而是与明太太站在一条战线上。怎么处置这封信呢？私藏别人的信件是不光明的。想来想去，他决定给外加一个信封，改上门牌号数，第二天早上扔在邮筒里；他还得赔上二分邮票，他倒笑了。

第二天早晨，夫妇忙着去上学，忘了那封信。已经到了学校，杨先生才想起来，可是不能再回家去取。好在呢，他想，那只是一封平信，大概没有什么重要的事，迟发一天也没多大关系。

下学回来，懒得出去，把那封信可是放在书籍一块，预备第二天早上必能发出去。这样安排好，刚要吃饭，他听见明家闹起来了。明先生是高傲的人，不愿意高声的打太太，可是被打的明太太并不这样讲体面，她一劲儿的哭喊，孩子们也没敢闲着。杨先生听着，听不出怎回事来，可是忽然想起那封信，也许那是封重要的信。因为没得到这封信，而明先生误了事，所以回家打太太。这么一想，他非常的不安。他想打开信看看，又没那个勇气。不看，又怪憋闷得慌，他连晚饭也没吃好。

饭后，杨家的老妈子遇见了明家的老妈子。主人们结仇并不碍于仆人们交往。明家的老妈子走漏了消息：明先生打太太是为一封信，要紧的信。杨家的老妈回家来报告，杨先生连觉也睡不安了。所谓一封信者，他想必定就是他所存着的那一封信了。可是，既是要紧的信，为什么不挂号，而且马马虎虎写错了门牌呢？他想了半天，只能想到商人们对于文字的事是粗心的。这大概可以说明他为什么写错了门牌。又搭上明先生平日没有什么来往的信，所以邮差按着门牌送，而没注意姓名，甚至或者不记得有个明家。这样一想，使他觉出自己的优越，明先生只是个会抓几个钱的混蛋。明先生既是混蛋，杨先生很可以打开那封信看看了。私看别人的信是有罪的，可是明先生还会懂得这个？不过，万一明先生来索要呢？不妥。他把那封信拿起好几次，到底不敢拆开。同时，他也不想再寄给明先生了。既是要紧的信，在自己手中拿着是有用的。这不光明正大，但是谁叫明先生是混蛋呢，谁教他故意和杨家捣乱呢？混蛋应受惩罚。他想起那些葡萄来。他想着想着就又变了主意，他第二天早晨还是把那封送错的信发出去。而且把自己寄的那封劝告明家管束孩子的信也发了；到底叫明混蛋看看读书的人是怎样的客气与和蔼；他不希望明先生悔过，只教他明白过来教书的人是君子就够了。

明先生命令着太太去索要那封信。他已经知道了信的内容，因为已经见着了写信的人。事情已经有了预备，可是那封信不应当存在杨小子手里。事情是这样：他和一个朋友借着外国人的光儿私运了一些货物，被那个笃信宗教而很发财的洋人晓得了；那封信是朋友的警告，叫他设法别招翻了洋人。明先生不怕杨家发表了那封信，他心中没有中国政府，也没看起中国的法律；私运货物即使被中国人知道了也没多大关系。他怕杨家把那封信寄给洋人，证明他私运货物。他想杨先生必是这种鬼鬼祟祟的人，必定偷看了他的信，而去弄坏他的事。他不能自己去讨要，假若和杨小子见着面，那必定得打起来，他从心里讨厌杨先生这种人。他老觉得姓杨的该挨顿揍。他派太太去要，因为太太不收那封信才惹起这一套，他得惩罚她。

明太太不肯去，这太难堪了。她楞愿意再挨丈夫一顿打也不肯到杨家去丢脸。她耗着，把丈夫耗走，又偷偷的看看杨家夫妇也上了学，她才打发老妈子向杨家的老妈子去说。

杨先生很得意的把两封信一齐发了。他想像着明先生看看那封客气的信必定悔悟过来，而佩服杨先生的人格与手笔。

明先生被洋人传了去，受了一顿审问。幸而他已经见着写错了门牌的那位朋友，心中有个底儿，没被洋人问秃露了。可是他还不放心那封信。最难堪的是那封信偏偏落在杨穷酸手里！他得想法子惩治姓杨的。

回到了家，明先生第一句话是问太太把那封信要回来没有。明太太的心眼是多的，告诉丈夫杨家不给那封信，这样她把错儿都从自己的肩膀上推下去，明先生的气不打一处而来，就凭个穷酸教书的敢跟明先生斗气。哼！他发了命令，叫孩子们跳过墙去，先把杨家的花草都踩坏，然后再说别的。孩子们高了兴，把能踩坏的花草一点也没留下。

孩子们远征回来，邮差送到下午四点多钟那拨儿信。明先生看完了两封信，心中说不出是难受还是痛快。那封写错了门牌的信使他痛快，因为他看明白了，杨先生确是没有拆开看；杨先生那封信使他难过，使他更讨厌那个穷酸，他觉得只有穷酸才能那样客气，客气得讨厌。冲这份讨厌也该把他的花草都踏平了。

杨先生在路上，心中满痛快：既然把那封信送回了原主，而且客气的劝告了邻居，这必能感动了明先生。

一进家门，他楞了，院中的花草好似垃圾箱忽然疯了，一院子满是破烂儿。他知道这是谁作的。可是怎办呢？他想要冷静的找主意，受过教育的人是不能凭着冲动作事的。但是他不能冷静，他的那点野蛮的血沸腾起来，他不能思索了。扯下了衣服，他捡起两三块半大的砖头，隔着墙向明家的窗子扔了去。哗啦哗啦的声音使他感到已经是惹下祸，可是心中痛快，他继续着扔；听着玻璃的碎裂。他心里痛快，他什么也不计较了，只觉得这么作痛快，舒服，光荣。他似乎忽然由文明人变成野蛮人，觉出自己的力量与胆气，像赤裸裸的洗澡时那样舒服，无拘无束的领略着一点新的生活味道。他觉得年轻，热烈，自由，勇敢。

把玻璃打的差不多了，他进屋去休息。他等着明先生来找他打架，他不怕，他狂吸着烟卷，彷佛打完一个胜仗的兵士似的。等了许久，明先生那边一点动静没有。

明先生不想过来，因为他觉得杨先生不那么讨厌了。看着破碎玻璃，他虽不高兴，可也不十分不舒服。他开始想到有嘱告孩子们不要再去偷花的必要，以前他无论怎样也想不到这理；那些碎玻璃使他想到了这个。想到了这个，他也想起杨太太来。想到她，他不能不恨杨先生；可是恨与讨厌，他现在觉出来，是不十分相同的。"恨"有那么一点佩服的气味在里头。

第二天是星期日，杨先生在院中收拾花草，明先生在屋里修补窗户。世界上仿佛很平安，人类似乎有了相互的了解。

---

[1] 太阳的黑点，即太阳黑子，指在太阳光球层发生的一种太阳活动，看上去像一个深暗的斑点。

鄰居們

老舍

明太太的心眼很多。她給明先生已生了兒養了女，她也邊着頭髮，雖然已經快四十歲；可是她究竟得一天到晚鬈着心。她知道自己有個大缺點，不認識字。爲補救這個缺欠，她得使碎了心；對于兒女，對于丈夫，她無微不至的看護着。對于兒女，她放縱着，不敢真嚴管敎他們。她知道自己的地位還不如兒女高，在她的丈夫眼前，他不敢對他們發威。她是他們的媽媽，只因爲他們有那個爸爸。她不能不多留個心眼，她的丈夫是一切，她不能打罵丈夫的兒女。她曉得丈夫娶是惱了，滿可以用最難堪的手段對待她；明先生可以隨便再娶一個，她一點辦法也沒有。

癡愛疑心，對于凡是有字的東西，她都不放心。字裏藏着一些她猜不透的秘密。因此，她恨那些識字的太太們，小姐們。可是，回過頭來一想，她的丈夫，她的兒女，並不比那些讀書識字的太太們的壞，他又不能不承認自己的聰明，與自己的身分。她不許別人說他的兒女不好，或愛淘氣。兒女不好便是間接的說媽媽不好，她不能受這個。她一切聽從丈夫，其次就是聽從兒女；此外，她比一切人都高明。對鄰居，對僕人，她時時刻刻想表示出她的尊嚴。孩子們和別的兒女打架，他是可以拼命的加入戰

《邻居们》原发表页
1935年4月10日
《水星》第2卷第1期

《邻居们》首页
《樱海集》初版
上海人间书屋，1935年8月

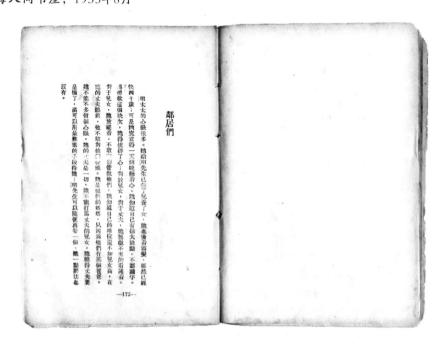

月牙儿

是的，我又看见月牙儿了，带着点寒气的一钩儿浅金。多少次了，我看见跟现在这个月牙儿一样的月牙儿；多少次了。它带着种种不同的感情，种种不同的景物，当我坐定了看它，它一次一次的在我记忆中的碧云上斜挂着。它唤醒了我的记忆，像一阵晚风吹破一朵欲睡的花。

　　本篇原载1935年4月1日至15日《国闻周报》第12卷第12至14期。初收《樱海集》，上海人间书屋1935年8月出版。

　　这是老舍小说中的名篇，表现的是母女两代人为穷困所迫而相继卖身沦为暗娼的悲剧，语言生动，情节简约，风格圆熟，格调凄美，人物的心理变幻流程自然而出奇，隐含着对生命本质与女人命运的深刻思考。如果淡去作品中的人物，几可被当作一部以"月牙儿"为意象的唯美诗篇来阅读，但最深刻的恰恰在于人物的悲惨命运，于是作品也就有了超越唯美的悲剧力量。小说以第一人称叙述，展开了"我"的诗化的、絮语般的倾诉，语言和灵魂直达读者的心底，使读者每每为"我"——一朵绝世之花的凋零而感伤，为一个纯净灵魂的陨灭而喟叹，却已然超越了一般意义上的所谓"同情"，而生发对人生的普遍沉思。"我"是女性，这就意味着一个男性作家要合理变换性别意识，模拟女性的口吻、揣摩女性的心理来进行语言组织，这一点老舍做到了。作品充满了意识流和心理分析色彩，体现了作者突破19世纪批判现实主义套路的艺术力量。同时，它又是社会学的，通过女性那微弱的"心音"来映照出社会的世相百态。经历了重重幻灭和苦痛之后，看透了这个虚伪而残忍的世界，"我"告诉我们："这世界比监狱强不了多少！"阅读的过程也就是"生活"的过程，是与主人公一起经历命运与心理变化的过程，艺术的伟大的"陌生"力量，永远使我们超越虚像而逼近惨烈的真实。从创作过程看，它脱胎于"一·二八"战火中被焚毁的长篇小说《大明湖》，某种程度上是一次记忆复原和文学再造，并超越了前者而达到了诗意小说和心理分析小说的高度。

月牙儿

一

是的，我又看见月牙儿[1]了，带着点寒气的一钩儿浅金。多少次了，我看见跟现在这个月牙儿一样的月牙儿；多少次了。它带着种种不同的感情，种种不同的景物，当我坐定了看它，它一次一次的在我记忆中的碧云上斜挂着。它唤醒了我的记忆，像一阵晚风吹破一朵欲睡的花。

二

那第一次，带着寒气的月牙儿确是带着寒气。它第 次在我的云中是酸苦，它那一点点微弱的浅金光儿照着我的泪。那时候我也不过是七岁吧，一个穿着短红棉袄的小姑娘。戴着妈妈给我缝的一顶小帽儿，蓝布的，上面印着小小的花，我记得。我倚着那间小屋的门垛，看着月牙儿。屋里是药味，烟味，妈妈的眼泪，爸爸的病；我独自在台阶上看着月牙，没人招呼我，没人顾得给我作晚饭。我晓得屋里的惨凄，因为大家说爸爸的病……可是我更感觉自己的悲惨，我冷，饿，没人理我。一直的我立到月牙儿落下去。什么也没有了，我不能不哭。可是我的哭声被妈妈的压下去；爸，不出声了，面上蒙了块白布。我要掀开白布，再看看爸，可是我不敢。屋里只是有那么点点地方，都被爸占了去。妈妈穿上白衣，我的红袄上也罩了个没缝襟边的白袍，我记得，因为不断的撕扯襟边上的白丝儿。大家都很忙，嚷嚷的声儿很高，哭得很恸，可是事情并不多，也似乎值不得嚷：爸爸就装入那么一个四块薄板的棺材里，到处都是缝子。然后，五六个人把他抬了走。妈和我在后边哭。我记得爸，记得爸的木匣。那个木匣结束了爸的一切：每逢我想起爸来，我就想到非打开那个木匣不能见着他。但是，那木匣是深深的埋在地里，我明知在城外哪个地方埋着它，可又像落在地上的一个雨点，似乎永难找到。

三

妈和我还穿着白袍，我又看见了月牙儿。那是个冷天，妈妈带我出城去看爸的坟。妈拿着很薄很薄的一落儿纸。妈那天对我特别的好，我走不动便背我一程，到城门上还给我买了一些炒栗子。什么都是凉的，只有这些栗子是热的；我舍不得吃，用它们热我的手。走了多远，我记不清了，总该是很远很远吧。在爸出殡的那天，我似乎没觉得这么远，或者是因为那天人多；这次只是我们娘儿俩，妈不说话，我也懒得出声，什么都是静寂的；那些黄土路静寂得没有头儿。天是短的，我记得那个坟：小小的一堆儿土，远处有一些高土岗儿，太阳在黄土岗儿上头斜着。妈妈似乎顾不得我了，把我放在一旁，抱着坟头儿去哭。我坐在坟头的旁边，弄着手里那几个栗子。妈哭了一阵，把那点纸焚化了，一些纸灰在我眼前卷成一两个旋儿，而后懒懒的落在地上；风很小，可是很够冷的。妈妈又哭起来。我也想爸，可是我不想哭他；我倒是为妈妈哭得可怜而也落了泪。过去拉住妈妈的手："妈不哭！妈不哭！"妈妈哭得更恸了。她把我搂在怀里。眼看太阳就落下去，四外没有一个人，只有我们娘儿俩。妈似乎也有点怕了，含着泪，扯起我就走，走出老远，她回头看了看，我也转过身去：爸的坟已经辨不清了；土岗的这边都是坟头，一小堆一小堆，一直摆到土岗底下。妈妈叹了口气。我们紧走慢走，还没走到城门，我看见了月牙儿。四外漆黑，没有声音，只有月牙儿放出一道儿冷光。我乏了，妈妈抱起我来。怎样进的城，我就不知道了，只记得迷迷忽忽的天上有个月牙儿。

四

刚八岁，我已经学会了去当东西。我知道，若是当不来钱，我们娘儿俩就不要吃晚饭；因为妈妈但分有点主意，也不肯叫我去。我准知道她每逢交给我个小包，锅里必是连一点粥底儿也看不见了。我们的锅有时干净得像个体面的寡妇。这一天，我拿的是一面镜子。只有这件东西似乎是不必要的，虽然妈妈天天得用它。这是个春天，我们的棉衣都刚脱下来就入了当铺。我拿着这面镜子，我知道怎样小心，小心而且要走得快，当铺是老早就上门的。我怕当铺的那个大红门，那个大高长柜台。一看见那个门，我就心跳。可是我必须进去，几乎是爬进去，那个高门坎儿是那么高。我得用尽了力量，递上我的东西，还得喊："当当！"得了钱和当票，我知道怎样小心的拿着，快快回家，晓得妈妈不放心。可是这一次，当铺不要这面镜子，告诉我再添一号来。我懂得什么叫"一号"。把镜子搂在胸前，我拚命的往家跑。妈妈哭了；她找不到第二件东西。我在那间小屋住惯了，总以为东西不少；及至帮着妈妈一找可当的"事"物，我的小心里才明白过来，我们的东西很少，很少。妈妈不叫我去了。可是"妈妈咱们吃什么呢？"妈妈哭着递给我她头上的银簪——只有这一件东西是银的。我知道，她拔下过来几回，都没肯交给我去当。这是妈妈出门子时，姥姥家给的一件首饰。现在，她把这末一件银器给了我，叫我把镜子放下。我尽了我的力量赶回当铺，那可怕的大门已经严严的关好了。我坐在那门墩上，握着那根银簪。不敢高声的哭，我看着天，啊，又是月牙儿照着我的眼泪！哭了好久，妈妈在黑影中来了，她拉住了我的手，呕，多么热的手，我忘了一切的苦处，连饿也忘了，只要有妈妈这只热手拉着我就好。我抽抽搭搭的说："妈！咱们回家睡觉吧。明儿早上再来！"妈一声没出。又走了一会儿："妈！你看这个月牙；爸死的那天，它就是这么斜斜着。为什么她老这么斜斜着呢？"妈还是一声没出，她的手有点颤。

五

妈妈整天的给人家洗衣裳。我老想帮助妈妈，可是插不上手。我只好等着妈妈，非到她完了事，我不去睡。有时月牙儿已经上来，她还哼哧哼哧的洗。那些臭袜子，硬牛皮似的，都是买卖的伙计们送来的。妈妈洗完这些牛皮就吃不下饭去。我坐在她旁边，看着月牙，蝙蝠专会在那条光儿底下穿过来穿过去，像银线上穿着个大菱角，极快的又掉到暗处去。我越可怜妈妈，便越爱这个月牙，因为看着它，使我心中痛快一点。它在夏天更可爱，它老有那么点凉气，像一条冰似的。我爱它给地上那点小影子，一会儿就没了；迷迷忽忽的不甚清楚，及至影子没了，地上就特别的黑，星也特别的亮，花也特别的香——我们的邻居有许多花木，那棵高高的洋槐总把花儿落到我们这边来，像一层雪似的。

六

妈妈的手起了层鳞，叫她给搓搓背顶解痒痒了。可是我不敢常劳动她，她的手是洗粗了的。她瘦，被臭袜子熏的常不吃饭。我知道妈妈要想主意了，我知道。她常把衣裳推到一边，楞着。她和自己说话。她想什么主意好？我可是猜不着。

七

妈嘱咐我不叫我别扭，要乖乖的叫"爸"：她又给我找到一个爸。这是另一个爸，我知道，因为坟里已经埋好一个爸了。妈嘱咐我的时候，眼睛看着别处。她含着泪说："不能叫你饿死！"呕，是因为不饿死我，妈才另给我找了个爸！我不明白多少事，我有点怕，又有点希望——果然不再挨饿的话。多么凑巧呢，离开我们那间小屋的时候，天上又挂着月牙。这次的月牙比哪一回都清楚，都可怕；我是要离开这住惯了的小屋了。妈坐了一乘红轿，前面还有几个鼓手，吹打得一点也不好听。轿在前边走，我和一个男人在后边跟着，他拉着我的手。那可怕的月牙放着一点光，仿佛在凉风里颤动。街上没有什么人，只有些野狗追着鼓手们咬；轿子走得很快。上哪去呢？是不是把妈抬到城外去，抬到坟地去？那个男人扯着我走，我喘不过气来，要哭都哭不出来。那男人的手心出了汗，凉得像个鱼似的，我要喊"妈"，可是不敢。一会儿，月牙像个要闭上的一道大眼缝，轿子进了个小巷。

八

我在三四年里似乎没再看见月牙。新爸对我们很好，他有两间屋子，他和妈住在里间，我在外间睡铺板。我起初还想跟妈妈睡，可是几天之后，我反倒爱"我的"小屋了。屋里有白白的墙，还有条长桌，一把椅子。这似乎都是我的。我的被子也比从前的厚实暖和了。妈妈也渐渐胖了点，脸上有了红色，手上的那层鳞也慢慢掉净。我好久没去当当了。新爸叫我去上学。有时候他还跟我玩一会儿。我不知道为什么不爱叫他"爸"，虽然我知道他很可爱。他似乎也知道这个，他常常对我那么一笑；笑的时候他有很好看的眼睛。可是，妈偷偷告诉我叫爸，我也不愿十分的别扭。我心中明白，妈和我现在是有吃的喝的，都因为有这个爸，我明白。是的，在这三四年里我想不起曾经看见过月牙儿；也许是看见过而不大记得了。爸死时那个月牙，妈轿子前面的那个月牙，我永远忘不了。那一点点光，那一点寒气，老在我心中，比什么都亮，都清凉，像块玉似的，有时候想起来仿佛能用手摸到似的。

九

我很爱上学。我老觉得学校里有不少的花，其实并没有；只是一想起学校就想到花罢了，正像一想起爸的坟就想起城外的月牙儿——在野外的小风里歪歪着。妈妈是很爱花的，虽然买不起，可是有人送给她一朵，她就顶喜欢地戴在头上。我有机会便给她折一两朵来；戴上朵鲜花，妈的后影还很年轻似的。妈喜欢，我也喜欢。在学校里我也很喜欢。也许因为这个，我想起学校便想起花来？

十

当我要在小学毕业那年，妈又叫我去当当了。我不知道为什么新爸忽然走了。他上了哪儿，妈似乎也不晓得。妈妈还叫我上学，她想爸不久就会回来的。他许多日子没回来，连封信也没有。我想妈又该洗臭袜子了，这使我极难受。可是妈妈并没这么打算。她还打扮着，还爱戴花；奇怪！她不落泪，反倒好笑；为什么呢？我不明白！好几次，我下学来，看她在门口儿立着。又隔了不久，我在路上走，有人"嗨"我了："嗨！给你妈捎个信儿去！""嗨：你卖不卖呀？小嫩的！"我的脸红得冒出火来，把头低得无可再低。我明白，只是没办法。我不能问妈妈，不能。她对我很好，而且有时候极庄重的说我："念书！念书！"妈是不识字的，为什么这样催我念书呢？我疑心；又常由疑心而想到妈是为我才作那样的事。妈是没有更好的办法。疑心的时候，我恨不能骂妈妈一顿。再一想，我要抱住她，央告她不要再作那个事。我恨自己不能帮助妈妈。所以我也想到：我在小学毕业后又有什么用呢？我和同学们打听过了，有的告诉我，去年毕业的有好几个作姨太太的。有的告诉我，谁谁当了暗门子。我不大懂这些事，可是由她们的说法，我猜到这不是好事。她们似乎什么都知道，也爱偷偷的谈论她们明知是不正当的事——这些事叫她们的脸红红的而显出得意。我更疑心妈妈了，是不是等我毕业好去作……这么一想，有时候使我不敢回家，我怕见妈妈。妈妈有时候给我点心钱，我不肯花，饿着肚子去上体操，常常要晕过去。看着别人吃点心，多么香甜呢！可是我得省着钱，万一妈妈叫我去……我可以跑，假如我手中有钱。我最阔的时候，手中有一毛多钱！在这些时候，即使在白天，我也有时望一望天上，找我的月牙儿。我心中的苦处假若可以用个形状比喻起来，必是个月牙儿形的。它无倚无靠的在灰蓝的天上挂着，光儿微弱，不大会儿便被黑暗包住。

十一

叫我最难过的是我慢慢的学会了恨妈妈。可是每当我恨她的时候，我不知不觉地便想起她背着我上坟的光景。想到了这个。我不能恨她了。我又非恨她不可。我的心像——还是像那个月牙儿，只能亮那么一会儿，而黑暗是无限的。妈妈的屋里常有男人来了，她不再躲避着我。他们的眼像狗似的看着我，舌头吐着，垂着涎。我在他们的眼中是更解馋的，我看出来。在很短的期间，我忽然明白了许多的事。我知道得保护我自己，我觉出我身上好像有什么可贵的地方；我闻得出我已有一种什么味道，使我自己害羞，多感。我身上有了些力量，可以保护自己，也可以毁了自己。我有时很硬气，有时候很软。我不知怎样好。我愿爱妈妈，这时候我有好些必要问妈妈的事，需要妈妈的安慰；可是正在这个时候，我得躲着她，我得恨她；要不然我自己便不存在了。当我睡不着的时节，我很冷静地思索，妈妈是可原谅的。她得顾我们俩的嘴。可是这个又使我要拒绝再吃她给我的饭菜。我的心就这么忽冷忽热，像冬天的风，休息一会儿，刮得更要猛；我静候着我的怒气冲来，没法儿止住。

十二

事情不容我想好方法就变得更坏了。妈妈问我，"怎样？"假若我真爱她呢，妈妈说，我应该帮助她。不然呢，她不能再管我了。这不像妈妈能说得出的话，但是她确是这么说了。她说得很清楚："我已经快老了，再过二年，想白叫人要也没人要了！"这是对的，妈妈近来擦许多的粉，脸上还露出摺子来。她要再走一步，去专伺候一个男人。她的精神来不及伺候许多男人了。为她自己想，这时候能有人要她——是个馒头铺掌柜的愿要她——她该马上就走。可是我已经是个大姑娘了，不像小时候那样容易跟在妈妈轿后走过去了。我得打主意安置自己。假若我愿意"帮助"妈妈呢，她可以不再走这一步，而由我代替她挣钱。代她挣钱，我真愿意；可是那个挣钱方法叫我哆嗦。我知道什么呢，叫我像个半老的妇人那样去挣钱？！妈妈的心是狠的，可是钱更狠。妈妈不逼着我走哪条路，她叫我自己挑选——帮助她，或是我们娘儿俩各走各的。妈妈的眼没有泪，早就干了。我怎么办呢？

十三

我对校长说了。校长是个四十多岁的妇人，胖胖的，不很精明，可是心热。我是真没了主意，要不然我怎会开口述说妈妈的……我并没和校长亲近过。当我对她说的时候，每个字都像烧红了的煤球烫着我的喉，我哑了，半天才能吐出一个字。校长愿意帮助我。她不能给我钱，只能供给我两顿饭和住处——就住在学校，和个老女仆作伴儿。她叫我帮助书记员写写字，可是不必马上就这么办，因为我的字还需要练习。两顿饭，一个住处，解决了天大的问题。我可以不迟累妈妈了，妈妈这回连轿也没坐，只坐了辆洋车，摸着黑走了。我的铺盖，她给了我。临走的时候，妈妈挣扎着不哭，可是心底下的泪到底翻上来了。她知道我不能再找她去，她的亲女儿。我呢，我连哭都忘了怎哭了，我只裂着嘴抽达，泪蒙住了我的脸。我是她的女儿，朋友，安慰。但是我帮助不了她，除非我得作那种我决不肯作的事。在事后一想，我们娘儿俩就像两个没人管的狗，为我们的嘴我们得受住一切的苦处，好像我们身上没有别的，只有一张嘴。为这张嘴，我们得把其余一切的东西都卖了。我不恨妈妈了，我明白了。不是妈妈的毛病，也不是不该长那张嘴，是粮食的毛病，凭什么没有我们的吃食呢？这个别离，把过去一切的苦楚都压过去了。那最明白我的眼泪怎流的月牙这回会没出来，这回只有黑暗，连点萤火的光也没有。妈妈就在暗中像个活鬼似的走了，连个影子也没有，即使她马上死了，恐怕也不会和爸埋在一处了，我连她将来的坟在哪里都不知道。我只有这么个妈妈，朋友。我的世界里剩下我自己。

十四

妈妈永不能相见了，爱死在我心里，像被霜打了的春花。我用心的练字，为是能帮助校长抄写些不要紧的东西。我必须有用，我是吃着别人的饭。我不像那些女同学，她们一天到晚注意别人，别人吃了什么，穿了什么，说了什么；我老注意我自己，我的影子是我的朋友。"我"老在我的心上，因为没人爱我。我爱我自己，可怜我自己，鼓励我自己，责备我自己；我知道我自己，彷佛我是另一个人似的。我身上有一点变化都使我害怕，使我欢喜，使我莫名其妙。我在我自己手中拿着，像捧着一朵娇嫩的花。我只能顾目前，没有将来，也不敢深想。嚼着人家的饭，我知道那是晌午或晚上了，要不然我简直想不起时间来；没有希望，就没有时间。我好像钉在个没有日月的地方。想起妈妈，我晓得我曾经活了十几年。对将来，我不像同学们那样盼望放假，过节，过年；假期，节，年，跟我有什么关系呢？可是我的身体是往大了长呢，我觉得出。觉出我又长大了一些，我更渺茫，我不放心我自己。我越往大了长，我越觉得自己好看，这是一点安慰；美使我抬高了自己的身分。可是我根本没身分，安慰是先甜后苦的，苦到末了又使我自傲。穷，可是好看呢！这又使我怕：妈妈也是不难看的。

十五

我又老没看月牙了，不敢去看，虽然想看。我已毕了业，还在学校里住着。晚上，学校里只有两个老仆人，一男一女。他们不知怎样对待我好，我既不是学生，也不是先生，又不是仆人，可有点像仆人。晚上，我一个人在院中走，常被月牙给赶进屋来，我没有胆子去看它。可是在屋里，我会想像它是什么样，特别是在有点小风的时候。微风仿佛会给那点微光吹到我的心上来，使我想起过去，更加重了眼前的悲哀。我的心就好像在月光下的蝙蝠，虽然是在光的下面，可是自己是黑的；黑的东西，即使会飞，也还是黑的，我没有希望。我可是不哭，我只常皱着眉。

十六

我有了点进款：给学生织些东西，她们给我点工钱。校长允许我这么办。可是进不了许多，因为她们也会织。不过她们急于要用，自己赶不来，或是给家中人打双手套或袜子，才来照顾我。虽然是这样，我的心似乎活了一点，我甚至想到：假若妈妈不走那一步，我是可以养活她的。一数我那点钱，我就知道这是梦想，可是这么想使我舒服一点。我很想看看妈妈。假若她看见我，她必能跟我来，我们能有方法活着，我想——不十分相信，可是。我想妈妈，她常到我的梦中来。有一天，我跟着学生们去到城外旅行，回来的时候已经是下午四点多了。为是快点回来，我们抄了个小道。我看见了妈妈！在个小胡同里，有一家卖馒头的，门口放着个元宝筐，筐上插着个顶大的白木头馒头。顺着墙坐着妈妈，身儿一仰一弯地拉风箱呢。从老远我就看见了那个大木馒头与妈妈，我认识她的后影。我要过去抱住她。可是我不敢，我怕学生们笑话我，她们不许我有这样的妈妈。越走越近了，我的头低下去，从泪中看了她一眼，她没看见我。我们一群人擦着她的身子走过去，她好像是什么也没看见，专心的拉她的风箱。走出老远，我回头看了看，她还在那儿拉呢。我看不清她的脸，只看到她的头发在额上披散着点。我记住这个小胡同的名儿。

十七

像有个小虫在心中咬我似的，我想去看妈妈，非看见她我心中不能安静。正在这个时候，学校换了校长。胖校长告诉我得打主意，她在这儿一天便有我一天的饭食与住处，可是她不能保险新校长也这么办。我数了数我的钱，一共是两块七毛零几个铜子。这几个钱不会叫我在最近的几天中挨饿，可是我上哪儿呢？我不敢坐在那儿呆呆地发愁，我得想主意。找妈妈去是第一个念头。可是她能收留我吗？假若她不能收留我，而我找了她去，即使不能引起她与那个卖馒头的吵闹，她也必定很难过。我得为她想，她是我的妈妈，又不是我的妈妈，我们母女之间隔着一层用穷作成的障碍。想来想去，我不肯找她去了。我应当自己担着自己的苦处。可是怎么担着自己的苦处呢？我想不起。我觉得世界很小，没有安置我与我的小铺盖卷的地方。我还不如一条狗，狗有个地方便可以躺下睡；街上不准我躺着。是的，我是人，人可以不如狗，假若我扯着脸不走，焉知新校长不往外撵我呢？我不能等着人家往外推。这是个春天。我只看见花儿开了，叶儿绿了，而觉不到一点暖气。红的花只是红的花，绿的叶只是绿的叶，我看见些不同的颜色，只是一点颜色；这些颜色没有任何意义，春在我的心中是个凉的死的东西。我不肯哭，可是泪自己往下流。

十八

我出去找事了。不找妈妈，不依赖任何人，我要自己挣饭吃。走了整整两天，抱着希望出去，带着尘土与眼泪回来。没有事情给我作。我这才真明白了妈妈，真原谅了妈妈。妈妈还洗过臭袜子，我连这个都作不上。妈妈所走的路是唯一的。学校里教给我的本事与道德都是笑话，都是吃饱了没事时的玩艺。同学们不准我有那样的妈妈，她们笑话暗门子；是的，她们得这样看，她们有饭吃。我差不多要决定了：只要有人给我饭吃，什么我也肯干；妈妈是可佩服的。我才不去死，虽然想到过；不，我要活着。我年轻，我好看，我要活着。羞耻不是我造出来的。

十九

这么一想，我好像已经找到了事似的。我敢在院中走了，一个春天的月牙在天上挂着。我看出它的美来。天是暗蓝的，没有一点云。那个月牙清亮而温柔，把一些软光儿轻轻送到柳枝上。院中有点小风，带着南边的花香，把柳条的影子吹到墙角有光的地方来，又吹到无光的地方去；光不强，影儿不重，风微微地吹，都是温柔，什么都有点睡意，可又要轻软的活动着。月牙下边，柳梢上面，有一对星儿好像微笑的仙女的眼，逗着那歪歪的月牙和那轻摆的柳枝。墙那边有棵什么树，开满了白花，月的微光把这团雪照成一半儿白亮，一半儿略带点灰影，显出难以想到的纯净。这个月牙是希望的开始，我心里说。

二十

我又找了胖校长去，她没在家。一个少年的男子把我让进去。他很体面，也很和气。我平素很怕男人，但是这个少年不叫我怕他。他叫我说什么，我便不好意思不说；他那么一笑，我心里就软了。我把找校长的意思对他说了，他很热心，答应帮助我。当天晚上，他给我送了两块钱来，我不肯收，他说这是他婶母——胖校长——给我的。他并且说他的婶母已经给我找好了地方住，第二天就可以搬过去。我要怀疑，可是不敢。他的笑脸好像笑到我的心里去。我觉得我要疑心便对不起人，他是那么温和可爱。

二十一

他的笑唇在我的脸上，从他的头发上我看着那也在微笑的月牙。春风像醉了，吹破了春云，露出月牙与一两对儿春星。河岸上的柳枝轻摆，春蛙唱着恋歌，嫩蒲的香味散在春晚的暖气里。我听着水流，像给嫩蒲一些生力，我想像着蒲梗轻快的往高里长。小蒲公英在潮暖的地上似乎正往叶尖花瓣上灌着白浆。什么都在溶化着春的力量，把春收在那微妙的地方，然后放出一些香味，像花蕊顶破了花瓣。我忘了自己，像四外的花草似的，承受着春的透入；我没了自己，像化在了那点春风与月的微光中。月儿忽然被云掩住，我想起来自己，我觉得他的热力压迫我。我失去那个月牙儿，也失去了自己，我和妈妈一样了！

二十二

我后悔，我自慰，我要哭，我喜欢，我不知道怎样好。我要跑开，永不再见他；我又想他，我寂寞。两间小屋，只有我一个人，他每天晚上来。他永远俊美，老那么温和。他供给我吃喝，还给我作了几件新衣。穿上新衣，我自己看出我的美。可是我也恨这些衣服，又舍不得脱去。我不敢思想，也懒得思想，我迷迷糊糊的，腮上老有那么两块红。我懒得打扮，又不能不打扮，太闲在了，总得找点事作。打扮的时候，我怜爱自己；打扮完了，我恨自己。我的泪很容易下来，可是我设法不哭，眼终日老那么湿润润的，可爱。我有时候疯了似的吻他，然后把他推开，甚至于破口骂他；他老笑。

二十三

我早知道，我没希望；一点云便能把月牙遮住，我的将来是黑暗。果然，没有多久，春便变成了夏，我的春梦作到了头儿。有一天，也就是刚晌午吧，来了一个少妇。她很美，可是美得不玲珑，像个磁人儿似的。她进到屋中就哭了。不用问，我已明白了。看她那个样儿，她不想跟我吵闹，我更没预备着跟她冲突。她是个老实人。她哭，可是拉住我的手："他骗了咱们俩！"她说。我以为她也只是个"爱人"。不，她是他的妻。她不跟我闹，只口口声声地说："你放了他吧！"我不知怎么才好，我可怜这个少妇。我答应了她。她笑了。看她这个样儿，我以为她是缺个心眼，她似乎什么也不懂，只知道要她的丈夫。

二十四

我在街上走了半天。很容易答应那个少妇呀，可是我怎么办呢？他给我的那些东西，我不愿意要；既然要离开他，便一刀两断。可是，放下那点东西，我还有什么呢？我上哪儿呢？我怎么能当天就有饭吃呢？好吧，我得要那些东西，无法。我偷偷的搬了走。我不后悔，只觉得空虚，像一片云那样的无倚无靠。搬到一间小屋里，我睡了一天。

二十五

我知道怎样俭省,自幼就晓得钱是好的。凑合着手里还有那点钱,我想马上去找个事。这样,我虽然不希望什么,或者也不会有危险了。事情可是并不因我长了一两岁而容易找到。我很坚决,这并无济于事,只觉得应当如此罢了。妇女挣钱怎么不容易呢!妈妈是对的,妇人只有一条路走,就是妈妈所走的路。我不肯马上就往那么走,可是知道它在不很远的地方等着我呢。我越挣扎,心中越害怕。我的希望是初月的光,一会儿就要消失。一两个星期过去了,希望越来越小。最后,我去和一排年轻的姑娘们在个小饭馆受选阅。很小的一个饭馆,很大的一个老板;我们这群都不难看,都是高小毕业的女子们,等皇赏似的,等着那个破塔似的老板挑选。他选了我。我不感谢他,可是当时确有点痛快。那群女孩子们似乎很羡慕我,有的竟自含着泪走去,有的骂声"妈的"!女子够多么不值钱呢!

二十六

我成了小饭馆的第二号女招待。摆菜,端菜,算账,报菜名,我都不在行。我有点害怕。可是"第一号"告诉我不用着急,她也都不会。她说,小顺管一切的事;我们当招待的只要给客人倒茶,递手巾把,和拿账条;别的不用管。奇怪!"第一号"的袖口卷起很高,袖口的白里子上连一个污点也没有。腕上放着一块白丝手绢,绣着"妹妹我爱你"。她一天到晚往脸上拍粉,嘴唇抹得血瓢似的。给客人点烟的时候,她的膝往人家腿上倚;还给客人斟酒,有时候她自己也喝了一口。对于客人,有的她伺候得非常的周到;有的她连理也不理,她会把眼皮一搭拉,假装没看见。她不招待的,我只好去。我怕男人。我那点经验叫我明白了些,什么爱不爱的,反正男人可怕。特别是在饭馆吃饭的男人们,他们假装义气,打架似的让座让账;他们拼命的猜拳,喝酒;他们野兽似的吞吃,他们不必要而故意的挑剔毛病,骂人。我低头递茶递手巾,我的脸发烧。客人们故意的和我说东说西,招我笑;我没心思说笑。晚上九点多钟完了事,我非常的疲乏了。到了我的小屋,连衣裳没脱,我一直地睡到天亮。醒来,我心中高兴了一些,我现在是自食其力,用我的劳力自己挣饭吃。我很早的就去上工。

二十七

"第一号"九点多才来，我已经去了两点多钟。她看不起我，可也并非完全恶意的教训我："甭那么早来，谁八点来吃饭？告诉你，丧气鬼，把脸别搭拉得那么长；你是女跑堂的，没让你在这儿送殡玩。低着头，没人多给酒钱；你干什么来了？不为挣子儿吗？你的领子太矮，咱这行全得弄高领子，绸子手绢，人家认这个！"我知道她是好意，我也知道设若我不肯笑，她也得吃掛落[2]，少分酒钱；小账是大家平分的。我也并非看不起她，从一方面看，我实在佩服她，她是为挣钱。妇女挣钱就得这么着，没第二条路。但是，我不肯学她。我彷佛看得很清楚：有朝一日，我得比她还开通，才能挣上饭吃。可是那得到了山穷水尽的时候；"万不得已"老在那儿等我们女子，我只能叫它多等几天。这叫我咬牙切齿，叫我心中冒火，可是妇女的命运不在自己手里。又干了三天，那个大掌柜的下了警告：再试我两天，我要是愿意往长了干呢，得照"第一号"那么办。"第一号"一半嘲弄，一半劝告的说："已经有人打听你，干吗藏着乖的卖傻的呢？咱们谁不知道谁是怎着？女招待嫁银行经理的，有的是；你当是咱们低贱呢？闯开脸儿干呀，咱们也他妈的坐几天汽车！"这个，逼上我的气来，我问她："你什么时候坐汽车？"她把红嘴唇撇得要掉下去："不用你耍嘴皮子，干什么说什么；天生下来的香屁股，还不会干这个呢！"我干不了，拿了一块零五分钱，我回了家。

二十八

最后的黑影又向我迈了一步。为躲它，就更走近了它。我不后悔丢了那个事，可我也真怕那个黑影。把自己卖给一个人，我会。自从那回事儿，我很明白了些男女之间的关系。女子把自己放松一些，男人闻着味儿就来了。他所要的是肉，他所给的也是肉。他咬了你，压着你，发散了兽力，你便暂时有吃有穿；然后他也许打你骂你，或者停止了你的供给。女子就这么卖了自己，有时候还很得意，我曾经觉到得意。在得意的时候，说的净是一些天上的话；过了一会儿，你觉得身上的疼痛与丧气。不过，卖给一个男人，还可以说些天上的话；卖给大家，连这些也没法说了，妈妈就没说过这样的话。怕的程度不同，使我没法接收"第一号"的劝告；"一个"男人到底使我少怕一点。可是，我并不想卖我自己。我并不需要男人，我还不到二十岁。我当初以为跟男人在一块儿必定有趣，谁知道到了一块他就要求那个我所害怕的事。是的，那时候我像把自己交给了春风，任凭人家摆布；过后一想，他是利用我的无知，畅快他自己。他的甜言蜜语使我走入梦里；醒过来，不过是一个梦，一些空虚；我得到的是两顿饭，几件衣服。我不想再这样挣饭吃，饭是实在的，实在地去挣好了。可是，实在挣不上饭吃，女子得承认自己是女子，得卖肉！一个多月，我找不到事作。

二十九

我遇见几个同学，有的升入了中学，有的在家里作姑娘。我不愿理她们，可是一说起话儿来，我觉得我比她们精明。原先，在学校的时候，我比她们傻；现在，"她们"显着呆傻了。她们似乎还都作梦呢。她们都打扮得很好，像铺子里的货物。她们的眼溜着年轻的男子，心里好像作着爱情的诗。我笑她们。是的，我必定得原谅她们，她们有饭吃，吃饱了当然只好想爱情，男女彼此织成了网，互相捕捉；有钱的，网大一些，捉住几个，然后从容地选择一个。我没有钱，我连个结网的屋角都找不到。我得直接的捉人，或是被捉，我比她们明白一些，实际一些。

三十

有一天，我碰见那个小媳妇，像磁人似的那个。她拉住了我，倒好像我是她的亲人似的。她有点颠三倒四的样儿。"你是好人！你是好人！我后悔了，"她很诚恳的说，"我后悔了！我叫你放了他，哼，还不如在你手里呢！他又弄了别人，更好了，一去不回头了！"由探问中，我知道她和他也是由恋爱而结的婚，她似乎还很爱他。他又跑了。我可怜这个小妇人，她也是还作着梦，还相信恋爱神圣。我问她现在的情形，她说她得找到他，她得从一而终。要是找不到他呢？我问。她咬上了嘴唇，她有公婆，娘家还有父母，她没有自由，她甚至于羡慕我，我没有人管着。还有人羡慕我，我真要笑了！我有自由，笑话！她有饭吃，我有自由；她没自由，我没饭吃，我俩都是女子。

三十一

自从遇上那个小磁人，我不想把自己专卖给一个男人了，我决定玩玩了；换句话说，我要浪漫地挣饭吃了。我不再为谁负着什么道德责任，我饿。浪漫足以治饿，正如同吃饱了才浪漫，这是个圆圈，从哪儿走都可以。那些女同学与小磁人都跟我差不多，她们比我多着一点梦想，我比她们更直爽，肚子饿是最大的真理。是的，我开始卖了。把我所有的一点东西都折卖了，作了一身新行头，我的确不难看。我上了市。

三十二

我想我要玩玩，浪漫。啊，我错了。我还是不大明白世故。男人并不像我想的那么容易勾引。我要勾引文明一些的人，要至多只赔上一两个吻。哈哈，人家不上那个当，人家要初次见面便摸我的乳。还有呢，人家只请我看电影，或逛逛大街，吃杯冰激凌；我还是饿着肚子回家。所谓文明人，懂得问我在哪儿毕业，家里作什么事。那个态度使我看明白，他若是要你，你得给他相当的好处；你若是没有好处可供献呢，人家只用一角钱的冰激凌换你一个吻。要卖，得痛痛快快的，拿钱来，我陪你睡。我明白了这个。小磁人们不明白这个。我和妈妈明白，我很想妈了。

三十三

据说有些女人是可以浪漫地挣饭吃，我缺乏资本；也就不必再这样想了。我有了买卖。可是我的房东不许我再住下去，他是讲体面的人。我连瞧他也没瞧，就搬了家，又搬回我妈妈和新爸曾经住过的那两间房。这里的人不讲体面，可也更真诚可爱。搬了家以后，我的买卖很不错。连文明人也来了。文明人知道了我是卖，他们是买，就肯来了；这样，他们不吃亏，也不丢身分。初干的时候，我很害怕，因为我还不到廿岁。及至作过了几天，我也就不怕了，身体上哪部分多运动都可以发达的。况且我不留情呢，我身上的各处都不闲着，手，嘴……都帮忙。他们爱这个。多嗤他们像了一滩泥，他们才觉得上了算，他们满意，还替我作义务的宣传。干过了几个月，我明白的事情更多了，差不多初次见面我就能断定他是怎样的人。有的很有钱，这样的人一开口总是问我的身价，表示他买得起我。他也很嫉妒，总想包了我；逛暗娟他也想独占，因为他有钱。对这样的人，我不大招待。他闹脾气，我不怕，我告诉他，我可以找上他的门去，报告给他的太太。在小学里念了几年书，到底是没白念，他唬不住我。教育是有用的，我相信了。有的人呢，来的时候，手里就攥着一块钱，唯恐上了当。对这种人，我跟他细讲条件，干什么多少钱，干什么多少钱，他就乖乖地回家去拿钱，很有意思。最可恨的是那些油子，不但不肯花钱，反倒要占点便宜走，什么半盒烟卷呀，什么一小瓶雪花膏呀，他们随手拿去。这种人还是得罪不的，他们在地面上很熟，得罪了他们，他们会叫巡警跟我捣乱。我不得罪他们，我喂着他们；乃至我认识了警官，才一个个的收拾他们。世界就是狼吞虎咽的世界，谁坏谁就有便宜。顶可怜的是那像中学学生样儿的，袋里装着一块钱，和几十铜子，叮当地直响，鼻子上出着汗。我可怜他们，可是也照常卖给他们。我有什么办法呢！还有老头子呢，都是些规矩人，或者家中已然儿孙成群。对他们，我不知道怎样好；但是我知道他们有钱，想在死前买些快乐，我只好供给他们所需要的。这些经验叫我认识了"钱"与"人"。钱比人更厉害一些，人是兽，钱是兽的胆子。

三十四

我发现了我身上有了病。这叫我非常的苦痛，我觉得已经不必活下去了。我休息了，我到街上去走；无目的，乱走。我想去看看妈妈，她必能给我一些安慰，我想像着自己已是快死的人了。我绕到那个小巷，希望见着妈妈；我想起她在门外拉风箱的样子。馒头铺已经关了门。打听，没人知道搬到那里去。这使我更坚决了，我非找到妈妈不可。在街上丧胆游魂地走了几天，没有一点用。我疑心她是死了，或是和馒头铺的掌柜的搬到别处去，也许在千里以外。这么一想，我哭起来。我穿好了衣裳，擦了胭脂粉，在床上躺着，等死。我相信我会不久就死去的。可是我没死。门外又敲门了，找我的。好吧，我伺候他，我把病尽力地传给他。我不觉得这对不起人，这根本不是我的过错。我又痛快了些，我吸烟，我喝酒，我好像已是三四十岁的人了。我的眼圈发青，手心很热，我不再管；有钱才能活着，先吃饱再说别的吧。我吃得并不错，谁肯吃坏的呢！我必须给自己一些好吃食，一些好衣裳，这样才稍微对得起自己一点。

三十五

一天早晨，大概有十点来钟吧，我正披着件长袍在屋中坐着，我听见院中有点脚步声。我十点来钟起来，有时候到十二点才想穿好衣裳，我近来非常的懒，能披着件衣服呆坐一两个钟头。我想不起什么，也不愿想什么，就那么独自呆坐。那点脚步声向我的门外来了，很轻很慢。不久，我看见一对眼睛，从门上那块小玻璃看呢。看了一会儿，躲开了；我懒得动，还在那儿坐着。待了一会儿，那对眼睛又来了。我再也坐不住，我轻轻的开了门。"妈！"

三十六

我们母女怎么进了屋，我说不上来。哭了多久，也不大记得。妈妈已老得不像样儿了。她的掌柜的回了老家，没告诉她，偷偷地走了，没给她留下一个钱。她把那点东西变卖了，辞了房，搬到一个大杂院里去。她已找了我半个多月。最后，她想到上这儿来，并没希望找到我，只是碰碰看，可是竟自找到了我。她不敢认我了，要不是我叫她，她也许就又走了。哭完了，我发狂似的笑起来：她找到了女儿，女儿已是个暗娼！她养着我的时候，她得那样；现在轮到我养着她了，我得那样！女子的职业是世袭的，是专门的！

三十七

我希望妈妈给我点安慰。我知道安慰不过是点空话，可是我还希望来自妈妈的口中。世上的妈妈都最会骗人，我们把妈妈的诓骗叫作安慰。我的妈妈连这个都忘了。她是饿怕了，我不怪她。她开始检点我的东西，问我的进项与花费，似乎一点也不以这种生意为奇怪。我告诉她，我有了病，希望她劝我休息几天。没有；她只说出去给我买药。"我们老干这个吗？"我问她。她没言语。可是从另一方面看，她确是想保护我，心疼我。她给我作饭，问我身上怎样，还常常的偷看我，像妈妈看睡着了的小孩那样。只是有一层她不肯说，就是叫我不用再干这行了。我心中很明白——虽然有一点不满意她——除了干这个，还想不到第二个事情作。我们母子得吃得穿——这个决定了一切。什么母女不母女，什么体面不体面，钱是无情的。

三十八

妈妈想照应我，可是她得听着看着人家蹂躏我。我想好好的对待她，可是我觉得她有时候讨厌。她什么都要管管，特别是对于钱。她的眼已失去年轻时的光泽，不过看见了钱还能发点光。对于客人，她就自居为仆人，可是当客人给少了钱的时候，她张嘴就骂。这有时候使我很为难。不错，既干这个还不是为钱吗？可是干这个的也似乎不必骂人。我有时候也会慢待人，可是我有我的办法，使客人急不得恼不得。妈妈的方法太笨了，很容易得罪人。看在钱的面上，我们不应当得罪人。我的方法或者出于我还年轻，还幼稚；妈妈便不顾一切的单单站在钱上了，她应当如此，她比我大着好些岁。恐怕再过几年我也就这样了，人老心也跟着老，渐渐的老得和钱一样的硬。是的，妈妈不客气。她有时候劈手就抢客人的皮夹，有时候留下人家的帽子或值钱一点的手套与手杖。我很怕闹出事来，可是妈妈说的好："能多弄一个是一个，咱们是拿十年当作一年活着的，等七老八十还有人要咱们吗？"有时候，客人喝醉了，她便把他架出去，找个僻静地方叫他坐下，连他的鞋都拿回来。说也奇怪，这种人倒没有来找账的，想是已人事不知，说不定也许病一大场。或者事过之后，想过滋味，也就不便再来闹了，我们不怕丢人，他们怕。

三十九

妈妈是说对了：我们是拿十年当一年活着。干了二三年，我觉出自己是变了。我的皮肤粗糙了，我的嘴唇老是焦的，我的眼睛里老灰不溜的带着血丝。我起来的很晚，还觉得精神不够。我觉出这个来，客人们更不是瞎子，熟客渐渐的少起来。对于生客，我更努力的伺候，可是也更厌恶他们，有时候我管不住自己的脾气。我暴躁，我胡说，我已经不是我自己了。我的嘴不由的老胡说，似乎是惯了。这样，那些文明人已不多照顾我，因为我丢了那点"小鸟依人"——他们唯一的诗句——的身段与气味。我得和野鸡学了。我打扮得简直不像个人，这才招得动那不文明的人。我的嘴擦得像个红血瓢，我用力咬他们，他们觉得痛快。有时候我似乎已看见我的死，接进一块钱，我彷佛死了一点。钱是延长生命的，我的挣法适得其反。我看着自己死，等着自己死。这么一想，便把别的思想全止住了。不必想了，一天一天地活下去就是了，我的妈妈是我的影子，我至好不过将来变成她那样，卖了一辈子肉，剩下的只是一些白头发与抽皱的黑皮。这就是生命。

四十

我勉强地笑，勉强地疯狂，我的痛苦不是落几个泪所能减除的。我这样的生命是没什么可惜的，可是它到底是个生命，我不愿撒手。况且我所作的并不是我自己的过错。死假如可怕，那只因为活着是可爱的。我决不是怕死的痛苦，我的痛苦久已胜过了死。我爱活着，而不应当这样活着。我想像着一种理想的生活，像作着梦似的；这个梦一会儿就过去了，实际的生活使我更觉得难过。这个世界不是个梦，是真的地狱。妈妈看出我的难过来，她劝我嫁人。嫁人，我有了饭吃，她可以弄一笔养老金。

我是她的希望。我嫁谁呢？

四十一

因为接触的男子很多了，我根本已忘了什么是爱。我爱的是我自己，及至我已爱不了自己，我爱别人干什么呢？但是打算出嫁，我得假装说我爱，说我愿意跟他一辈子。我对好几个人都这样说了，还起了誓；没人接受。在钱的管领下，人都很精明。嫖不如偷，对，偷省钱。我要是不要钱，管保人人说爱我。

四十二

正在这个期间，巡警把我抓了去。我们城里的新官儿非常地讲道德，要扫清了暗门子。正式的妓女倒还照旧作生意，因为她们纳捐；纳捐的便是名正言顺的，道德的。抓了去，他们把我放了感化院，有人教给我作工。洗，做，烹调，编织，我都会；要是这些本事能挣饭吃，我早就不干那个苦事了。我跟他们这样讲，他们不信，他们说我没出息，没道德。他们教给我工作，还告诉我必须爱我的工作。假如我爱工作，将来必定能自食其力，或是嫁个人。他们很乐观。我可没这个信心。他们最好的成绩，是已经有十几多个女的，经过他们感化而嫁了人。到这儿来领女人的，只须花两块钱的手续费和找一个妥实的铺保就够了。这是个便宜，从男人方面看；据我想，这是个笑话。我干脆就不受这个感化。当一个大官儿来检阅我们的时候，我唾了他一脸吐沫。他们还不肯放了我，我是带危险性的东西。可是他们也不肯再感化我。我换了地方，到了狱中。

四十三

狱里是个好地方，它使人坚信人类的没有起色；在我作梦的时候都见不到这样丑恶的玩艺。自从我一进来，我就不再想出去，在我的经验中，世界比这儿并强不了许多。我不愿死，假若从这儿出去而能有个较好的地方；事实上既不这样，死在哪儿不一样呢？在这里，在这里，我又看见了我的好朋友，月牙儿！多久没见着它了！妈妈干什么呢？我想起来一切。

月牙儿

（上）

老·舍

一

是的，我又看见月牙儿了，带着点寒气的一钩儿浅金。多少次了，我看见跟现在这个月牙儿一样的月牙儿；多少次了。他带着种种不同的感情，种种不同的景物，当我坐定了看他，他一次次的在我记忆上斜挂着。他唤醒了我的记忆，像一阵晚风吹破一朵欲睡的花。

那第一次，带着寒气的月牙儿确是带着寒气。他第一次在我的云中是酸苦的。他那一点点微弱的浅金光儿照着我的泪。那时候我也不过是七岁吧，一个穿着短红棉袄的小姑娘。戴着妈妈给我缝的一顶小帽儿，蓝布的，上面印着小小的花，我倚着那间小屋的门垛，看着月牙儿。那间小屋是药味，烟味，妈的眼泪，爸的病；我独自在台阶上看着月牙，没人招呼我，没人顾得给我作晚饭。我晓得屋里的惨凄，因为大家说爸爸的病……可是我感觉自己的悲惨，我冷，饿，没人理我。一直的我立到月牙儿落下去。什么也没有了，我不能不哭。可是我的哭声被妈妈的压下去；爸，不出声了，面上蒙了块白布。我要掀开白布，再看看爸，可是我不敢。屋里只有那么点点地方，都被爸占了去。妈妈穿上白衣，我的红袄上也罩了个没缝襟边的白袍，我记得，因为不断的我看爸，我就想到非打开那个木匣不能再见着他。但是，那个木匣是深深的埋在地上，我明知在城外哪个地方埋着它，可又像落在地上的一个雨点，似乎永难找到。

二

那第一次，带着寒气的月牙儿确是带着寒气。他第一次在我的云中是酸苦的。他那一点点微弱的浅金光儿照着我的泪。那时候我也不过是七岁吧，一个穿着短红棉袄的小姑娘。

我倚着那个四块薄板结束了爸的一切；每逢我想起爸来，我就想到非打开那个木匣不能见着他。

断扯襟边上的白丝儿。火炉旁的白袍儿，哭得很惨，可是事情並不多，也似乎值不得哭丧；爸爸就装入那么一个四块薄板的棺材里，到处是缝子。然后，五六个人把他抬了走，妈和我在后边哭。我记得爸，记得爸的木匣。那个木匣结束了爸的一切。

三

妈和我还穿着白袍，我又看见了月牙儿。那是个冷天，妈妈带我出城去看爸的坟。妈拿着很薄很薄的一叠儿纸。妈那天对我特别的好，我走不动便招我一程，到城门上还给我买了一些炒栗子。什么都是凉的，只有这些栗子是热的。

《月牙儿》原发表页
1935年4月1日《国闻周报》第12卷第12期

国闻周报　第十二卷　第十二期　月牙儿

---

[1] 小说中，"月牙儿"既是一个布景要素，又是一种特殊心象的直观载体，被艺术化地处理成为一个统领全篇的象征符号，构成了诗意小说的源泉，内心明灭不定的光影可与整个世界相对称，全部情感、记忆和命运都是由这一弯月牙给勾出来的。它"显现"于一个故事的起点，伴随着人物心理活动的全程持续性展开，最后又"复现"于一个故事的终点。

[2] 吃掛落（儿），京津一带方言，意指受连累、受牵连。

袁运生作《月牙儿》插图

《月牙儿》首页
《樱海集》初版
上海人间书屋，1935年8月

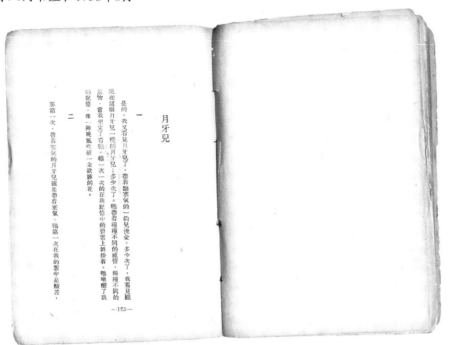

《月牙儿》俄文版，1954年

《月牙集》（晨光文学丛书）
晨光出版公司，1948年9月

1948年9月，晨光出版公司出版发行了老舍的中篇小说集，取名《月牙集》，共收入5篇作品，其中包括写于青岛的4篇，它们是：原收《樱海集》的《月牙儿》，原收《蛤藻集》的《新时代的旧悲剧》《且说屋里》和《我这一辈子》，另1篇是写于重庆的《不成问题的问题》。1947年6月23日，应晨光出版公司约请，老舍在纽约为其作序，有言："若是以字数的多少为凭，而可以把小说分为短篇，中篇，与长篇三类，这个集子似乎应当叫作中篇小说集，因为其中所收的五篇作品都是相当的长的。这五篇写著的年月并不紧紧相靠，一篇与另一篇的距离有的约在十来年之久；现在我把它们硬放在一处，实在因为'肩膀齐是兄弟'。""假若还另有理由的话，那就是这几篇都是我自己所喜欢的东西。我不善于写短篇，所以中篇，因为字数稍多，可以使我多得到点施展神通的机会；即使不能下笔如有神，起码也会有鬼！"。

阳光

想起幼年来，我便想到一株细条而开着朵大花的牡丹，在春晴的阳光下，放着明艳的红瓣儿与金黄的蕊。我便是那朵牡丹。偶尔有一点愁恼，不过像一片早霞，虽然没有阳光那样鲜亮，到底还是红的。我不大记得幼时有过阴天；不错，有的时候确是落了雨，可是我对于雨的印象是那美的虹，积水上飞来飞去的蜻蜓，与带着水珠的花。自幼我就晓得我的娇贵与美丽。自幼我便比别的小孩精明，因为我有机会学事儿。……地位的优越使我精明。可是我不愿承认地位的优越，而永远自信我很精明。因此，不但我是在阳光中，而且我自居是个明艳光暖的小太阳；我自己发着光。

本篇原载1935年5月1日《文学》第4卷第5号。初收《樱海集》，上海人间书屋1935年8月出版。

与《月牙儿》一样，这也是一部写女人命运的小说。这里，同样以第一人称叙述，通过"我"的经历来展开小说画卷。"我"是一位出身显贵、自视甚高的新女性，经历了婚姻悲剧之后变得一贫如洗，徒留命运之喟叹，自言："我的将来只有回想过去的光荣，我失去了明天的阳光！"就此，作品展示了一个女性的独特的成长史，有肉身的也有心理过程，并通过女性视野来观察世界，揭穿了男权社会的伪善与丑恶。而在这样一个男权社会中，女性幸福是不真实、不可靠、不可持续的。可以将《阳光》视为《月牙儿》的姊妹篇，从而构成一个文学上的阴阳体系。1935年9月《宇宙风》第1期登载毕树棠的评论文章，对《樱海集》中的作品进行了具体分析，写道："最长的是《月牙儿》和《阳光》两篇，算是中篇，各写一个女子生命的长成，一个是贫贱堕落，一个是欲令智昏，一个望月自卑，一个向阳失望，一阴一阳成了两相反的象征。两个故事大概是作者同时设想出来的，要描写社会的两个方面，没有幽默，只有悲情，文章有细致而简练之美，虽然是由臆想而成，却无甚刻画之迹，而《月牙儿》一篇尤为本集中的杰作。"

阳　光

一

想起幼年来，我便想到一株细条而开着朵大花的牡丹，在春晴的阳光下，放着明艳的红瓣儿与金黄的蕊。我便是那朵牡丹。偶尔有一点愁恼，不过像一片早霞，虽然没有阳光那样鲜亮，到底还是红的。我不大记得幼时有过阴天；不错，有的时候确是落了雨，可是我对于雨的印象是那美的虹，积水上飞来飞去的蜻蜓，与带着水珠的花。自幼我就晓得我的娇贵与美丽。自幼我便比别的小孩精明，因为我有机会学事儿。要说我比别人多会着什么，倒未必；我并不须学习什么。可是我精明，这大概是因为有许多人替我作事；我一张嘴，事情便作成了。这样，我的聪明是在怎样支使人，和判断别人作的怎样；好，还是不好。所以我精明。别人比我低，所以才受我的支使；别人比我笨，所以才不能老满足我的心意。地位的优越使我精明。可是我不愿承认地位的优越，而永远自信我很精明。因此，不但我是在阳光中，而且我自居是个明艳光暖的小太阳；我自己发着光。

二

我的父母兄弟，要是比起别人的，都很精明体面。可是跟我一比，他们还不算顶精明，顶体面。父母只有我这么一个女儿，兄弟只有我这么一个姊妹，我天生来的可贵。连父母都得听我的话。我永远是对的。我要在平地上跌倒，他们便争着去责打那块地；我要是说苹果咬了我的唇，他们便齐声的骂苹果。我并不感谢他们，他们应当服从我。世上的一切都应当服从我。

三

记忆中的幼年是一片阳光，照着没有经过排列的颜色，像风中的一片各色的花，摇动复杂而浓艳。我也记得我曾害过小小的病,但是病更使我娇贵,添上许多甜美的细小的悲哀,与意外的被人怜爱。我现在还记得那透明的冰糖块儿,把药汁的苦味减到几乎是可爱的。在病中我是温室里的早花,虽然稍微细弱一些,可是更秀丽可喜。

四

到学校去读书是较大的变动,可是父母的疼爱与教师的保护使我只记得我的胜利,而忘了那一点点痛苦。在低级里,我已经觉出我自己的优越。我不怕生人,对着生人我敢唱歌,跳舞。我的装束永远是最漂亮的。我的成绩也是最好的;假若我有作不上来的,回到家中自有人替我作成,而最高的分数是我的。因为这些学校中的训练,我也在亲友中得到美誉与光荣,我常去给新娘子拉纱,或提着花篮,我会眼看着我的脚尖慢慢的走,觉出我的腮上必是红得像两瓣儿海棠花。我的玩具,我的学校用品,都证明我的阔绰。我很骄傲,可也有时候很大方,我爱谁就给谁一件东西。在我生气的时候,我随便撕碎摔坏我的东西,使大家知道我的脾气。

五

入了高小,我开始觉出我的价值。我厉害,我美丽,我会说话,我背地里听见有人讲究我,说我聪明外露,说我的鼻孔有点向上翻着。我对着镜子细看,是的,他们说对了。但是那并不减少我的美丽。至于聪明外露,我喜欢这样。我的鼻孔向上撑着点,不但是件事实而且我自傲有这件事实。我觉出我的鼻孔可爱,它向上翻着点,好像是藐视一切,和一切挑战;我心中的最厉害的话先由鼻孔透出一点来;当我说过了那样的话,我的嘴唇向下撇一些,把鼻尖坠下来,像花朵在晚间自己并上那样甜美的自爱。对于功课,我不大注意;我的学校里本来不大注意功课。况且功课与我没多大关系,我和我的同学们都是阔家的女儿,我们顾衣裳与打扮还顾不来,哪有工夫去管功课呢。学校里的穷人与先生与工友们!我们不能听工友的管辖,正像不能受先生们的指挥。先生们也知道她们不应当管学生。况且我们的名誉并不因此而受损失;讲跳舞,讲唱歌,讲演剧,都是我们的最好,每次赛会都是我们第一。就是手工图画也是我们的最好,我们买得起的材料,别的学校的学生买不起。我们说不上爱学校与先生们来,可也不恨它与她们,我们的光荣常常与学校分不开。

六

在高小里，我的生活不尽是阳光了。有时候我与同学们争吵得很厉害。虽然胜利多半是我的，可是在战斗的期间到底是费心劳神的。我们常因服装与头发的式样，或别种小的事，发生意见，分成多少党。我总是作首领的。我得细心的计划，因为我是首领。我天生来是该作首领的，多数的同学好像是木头作的，只能服从，没有一点主意；我是她们的脑子。

七

在毕业的那一年，我与班友们都自居为大姑娘了。我们非常的爱上学。不是对功课有兴趣，而是我们爱学校中的自由。我们三个一群，两个一伙，挤着搂着，充分自由的讲究那些我们并不十分明白而愿意明白的事。我们不能在另一个地方找到这种谈话与欢喜，我们不再和小学生们来往，我们所知道的和我们以为已经知道的那些事使我们觉得像小说中的女子。我们什么也不知道，也不愿意知道什么；我们只喜爱小说中的人与事。我们交换着知识使大家都走入一种梦幻境界。我们知道许多女侠，许多烈女，许多不守规矩的女郎。可是我们所最喜欢的是那种多心眼的，痴情的女子，像林黛玉那样的。我们都愿意聪明，能说出些尖酸而伤感的话。我们管我们的课室叫"大观园"。是的，我们也看电影，但是电影中的动作太粗野，不像我们理想中的那么缠绵。我们既都是阔家的女儿，在谈话中也低声报告着在家中各人所看到的事，关于男女的事。这些事正如电影中的，能满足我们一时的好奇心，而没有多少味道。我们不希望干那些姨太太们所干的事，我们都自居为真正的爱人，有理想，有痴情；虽然我们并不懂得什么。无论怎说吧，我们的一半纯洁一半污浊的心使我们愿意听那些坏事，而希望自己保持住娇贵与聪明。我们是一群十四五岁的鲜花。

八

在初入中学的时候，我与班友们由大姑娘又变成了小姑娘；高年级的同学看不起我们。她们不但看不起我们，也故意的戏弄我们。她们常把我们捉了去，作她们的dear，大学生自居为男子。这个，使我们害羞，可是并非没有趣味。这使我觉到一些假装的，同时又有点味道的，爱恋情味。我们彷佛是由盆中移到地上的花，虽然环境的改变使我们感觉不安，可是我们也正在吸收新的更有力的滋养；我们觉出我们是女子，觉出女子的滋味，而自惜自怜。在这个期间，我们对于电影开始吃进点味儿；看到男女的长吻，我们似乎明白了些意思。

九

到了二三年级，我们不这么老实了。我简直可以这么说，这二年是我的黄金时代。高年级的学生没有我们的胆量大，低年级的有我们在前面挡着也闹不起来；只有我们，既然和高年级的同学学到了许多坏招数，又不像新学生那样怕先生。我们要干什么便干什么。高年级的学生会思索，我们不必思索；我们的脸一红，动作就跟着来了，像一口血似的啐出来。我们粗暴，小气，使人难堪，一天到晚唧唧咕咕，笑不正经笑，哭也不好生哭。我非常的好动怒，看谁也不顺眼。我爱作的不就去好好作，我不爱作的就干脆不去作，没有理由，更不屑于解释。这样，我的脾气越大，胆子也越大。我不怕男学生追了我。我与班友们都有了追逐的男学生，而且以此为荣。可是男学生并追不上我们，他们只使我们心跳，使我们彼此有的谈论，使我们成了电影狂。及至有机会真和男人——亲戚或家中的朋友——见面，我反倒吐吐舌头或端端肩膀，说不出什么，更谈不到交际。在事后，我觉得泄气，不成体统，可是没有办法。人是要慢慢长起来的，我现在明白了。但是，无论怎说吧，这是个黄金时代；一天一天胡胡涂涂的过去，完全没有忧虑，像棵傻大的热带的树，常开着花，一年四季是春天。

十

提到我的聪明，哼，我的鼻尖还是向上翻着点；功课呢，虽然不能算是最坏的，可至好也不过将就得个丙等。作小孩的时候，我愿意人家说我聪明；入了中学，特别是在二三年级的时候，我讨厌人家夸奖我。自然我还没完全丢掉争强好胜的心，可是不在功课上；因此，对于先生的夸奖我觉得讨厌；有的同学在功课上处处求好，得到荣誉，我恨这样的人。在我的心里，我还觉得我聪明；我以为我是不屑于表现我的聪明，所以得的分数不高；那能在功课上表现出才力来的不过是多用着点工夫而已，算不了什么。我才不那么傻用工夫，多演几道题，多作一些文章，干什么用呢？我的父母并没仗着我的学问才有饭吃。况且我的美已经是出名的，报纸上常有我的像片，称我为高材生，大家闺秀。用功与否有什么关系呢？我是个风筝，高高的在春云里，大家都仰着头看我，我只须晃动着，在春风里游戏便够了。我的上下左右都是阳光。

十一

可是到了高年级，我不这么野调无腔的了。我好像开始觉到我有了个固定的人格，虽然不似我想像的那么固定，可是我觉得自己稳重了一些，身中彷佛有点沉重的气儿。我想，这一方面是由于我的家庭，一方面是由于我自己的发育，而成的。我的家庭是个有钱而自傲的，不允许我老淘气精似的；我自己呢，从身体上与心灵上都发展着一些精微的，使我自怜的什么东西。我自然的应当自重。因为自重，我甚至于有时候循着身体或精神上的小小病痛，而显出点可怜的病态与娇羞。我好像正在培养着一种美，叫别人可怜我而又得尊敬我的美。我觉出我的尊严，而愿显露出自己的娇弱。其实我的身体很好。因为身体好，所以才想象到那些我所没有的姿态与秀弱。我彷佛要把女性所有的一切动人的情态全吸收到身上来。女子对于美的要求，至少是我这么想，是得到一切，要不然便什么也没有也好。因为这个绝对的要求，我们能把自己的一点美好扩展得像一个美的世界。我们醉心的搜求发现这一点点美所包含的力量与可爱。不用说，这样发现自己，欣赏自己，不知不觉的有个目的，为别人看。在这个时节我对于男人是老设法躲避的。我知道自己的美，而不能轻易给谁，我是有价值的。我非常的自傲，理想很高。影影抄抄的我想到假如我要属于哪个男人，他必是世间罕有的美男子，把我带到天上去。

十二

因为家里有钱，所以我得加倍的自尊自傲。有钱，自然得骄傲；因为钱多而发生的不体面的事，使我得加倍骄傲。我这时候有许多看不上眼的事都发生在家里，我得装出我们是清白的；钱买不来道德，我得装成好人。我家里的人用钱把别人家的女子买来，而希望我给他们转过脸来。别人家的女儿可以糟蹋在他们的手里，他们的女子——我——可得纯洁，给他们争脸面。我父亲，哥哥，都弄来女人，他们的乱七八糟都在我眼里。这个使我轻看他们，也使他们更重看我，他们可以胡闹，我必须贞洁。我是他们的希望。这个，使我清醒了一些，不能像先前那么欢蹦乱跳的了。

十三

可是在清醒之中，我也有时候因身体上的刺激，与心里对父兄的反感，使我想到去浪漫。我凭什么为他们而守身如玉呢？我的脸好看，我的身体美好，我有青春，我应当在个爱人的怀里。我还没想到结婚与别的大问题，我只想把青春放出一点去，像花不自己老包着香味，而是随着风传到远处去。在这么想的时节，我心中的天是蓝得近乎翠绿，我是这蓝绿空中的一片桃红的霞。可是一回到家中，我看到的是黑暗。我不能不承认我是比他们优越，于是我也就更难处置自己。即使我要肉体上的快乐，我也比他们更理想一些。因此，我既不能完全与他们一致，又恨我不能实际的得到什么。我好像是在黄昏中，不像白天也不像黑夜。我失了我自幼所有的阳光。

十四

我很想用功，可是安不下心去。偶尔想到将来，我有点害怕：我会什么呢？假若我有朝一日和家庭闹翻了，我仗着什么活着呢？把自己细细的分析一下，除了美丽，我什么也没有。可是再一想呢，我不会和家中决裂；即使是不可免的，现在也无须那样想。现在呢，我是富家的女儿；将来我总不至于陷在穷苦中吧。我庆幸我的命运，以过去的幸福预测将来的一帆风顺。在我的手里，不会有恶劣的将来，因为目前我有一切的幸福。何必多虑呢，忧虑是软弱的表示。我的前途是征服，正像我自幼便立在阳光里，我的美永远能把阳光吸了来。在这个时候，我听见一点使我不安的消息：家中已给我议婚了。

十五

我才十九岁！结婚，这并没吓住我；因为我老以为我是个足以保护自己的大姑娘。可是及至这好像真事似的要来到头上，我想起我的岁数来，我有点怕了。我不应这么早结婚。即使非结婚不可，也得容我自己去找到理想的英雄；我的同学们哪个不是抱着这样的主张，况且我是她们中最聪明的呢。可是，我也偷偷听到，家中所给提的人家，是很体面的，很有钱，有势力；我又痛快了点。并不是我想随便的被家里把我聘出去，我是觉出我的价值——不论怎说，我要是出嫁，必嫁个阔公子，跟我的兄弟一样。我过惯了舒服的日子，不能嫁个穷汉。我必须继续着在阳光里。这么一想，我想像着我已成了个少奶奶，什么都有，金钱，地位，服饰，仆人，这也许是有趣的。这使我有点害羞，可也另有点味道，一种渺茫而并非不甜美的味道。

十六

这可只是一时的想象。及至我细一想，我决定我不能这么断送了自己；我必须先尝着一点爱的味道。我是个小姐，但是在爱的里面我满可以把"小姐"放在一边。我忽然想自由，而自由必先平等。假如我爱谁，即使他是个叫花子也好。这是个理想；非常的高尚，我觉得。可是，我能不能爱个叫花子呢？不能！先不用提乞丐，就是拿个平常人说吧，一个小官，或一个当教员的，他能养得起我吗？别的我不知道，我知道我不会受苦。我生来是朵花，花不会工作，也不应当工作。花只嫁给富丽的春天。我是朵花，就得有花的香美，我必须穿的华丽，打扮得动人，有随便花用的钱，还有爱。这不是野心，我天生的是这样的人，应当享受。假若有爱而没有别的，我没法想到爱有什么好处。我自幼便精明，这时候更需要精明的思索一番了。我真用心思索了，思索的甚至于有点头疼。

十七

我的不安使我想到动作。我不能像乡下姑娘那样安安顿顿的被人家娶了走。我不能。可是从另一方面想，我似乎应当安顿着。父母这么早给我提婚，大概就是怕我不老实而丢了他们的脸。他们想乘我还全须全尾的送了出去，成全了他们的体面，免去了累赘。为作父母的想，这或者是很不错的办法，但是我不能忍受这个；我自己是个人，自幼儿娇贵；我还是得作点什么，作点惊人的，浪漫的，而又不吃亏的事。说到归齐，我是个"新"女子呀，我有我的价值呀！

十八

机会来了！我去给个同学作伴娘，同时觉得那个伴郎似乎可爱。即使他不可爱，在这么个场面下，也当可爱。看着别人结婚是最受刺激的事：新夫妇，伴郎伴娘，都在一团喜气里，都拿出生命中最像玫瑰的颜色，都在花的香味里。爱，在这种时候，像风似的刮出去刮回来，大家都荡漾着。我觉得我应当落在爱恋里，假如这个场面是在爱的风里。我，说真的，比全场的女子都美丽。设若在这里发生了爱的遇合，而没有我的事，那是个羞辱。全场中的男子就是那个伴郎长的漂亮，我要征服，就得是他。这自然只是环境使我这么想，我还不肯有什么举动；一位小姐到底是小姐。虽然我应当要什么便过去拿来，可是爱情这种事顶好得维持住点小姐的身分。及至他看我了，我可是没了主意。也就不必再想主意，他先看我的，我总算没丢了身分。况且我早就想他应当看我呢。他或者是早就明白了我的心意，而不能不照办；他既是照我的意思办，那就不必再否认自己了。

十九

事过之后，我走路都特别的爽利。我的胸脯向来没这样挺出来过，我不晓得为什么我老要笑；身上轻得像根羽毛似的。在我要笑的时节，我渺茫的看到一片绿海，被春风吹起些小小的浪。我是这绿波上的一只小船，挂着雪白的帆，在阳光下缓缓的飘浮，一直飘到那满是桃花的岛上。我想不到什么更具体的境界与事实，只感到我是在春海上游戏。我倒不十分的想他，他不过是个灵感。我还不会想到他有什么好处，我只觉得我的初次的胜利，我开始能把我的香味送出去，我开始看见一个新的境界，认识了个更大的宇宙，山水花木都由我得到鲜艳的颜色与会笑的小风。我有了力量，四肢有了弹力，我忘了我的聪明与厉害，我温柔得像一团柳絮。我设若不能再见到他，我想我不会惦记着他，可是我将永久忘不下这点快乐，好像头一次春雨那样不易被忘掉。有了这次春雨，一切便有了主张，我会去创造一个顶完美的春天。我的心展开了一条花径，桃花开后还有紫荆呢。

二十

可是，他找我来了。这个破坏了我的梦境，我落在尘土上，像只伤了翅的蝴蝶。我不能不拿出我在地上的手段来了。我不答理他，我有我的身分。我毫不迟疑的拒绝了他。等他羞惭的还勉强笑着走去之后，我低着头慢慢的走，我的心中看清楚我全身的美，甚至我的后影。我是这样的美，而且能保护我的美，我觉得我是立在高处的一个女神刻像，只准人崇拜，不许动手来摸。我有女神的美，也有女神的智慧与尊严。

二十一

过了一会儿，我又盼他再回来了；不是我盼望他，惦记他；他应当回来，好表示出他的虔诚。女神有时候也可以接收凡人的爱，只要他虔诚。果然在不久之后，他又来了。这使我心里软了点。可是我还不能就这么轻易给他什么，我自幼便精明，不能随便任着冲动行事。我必须把他揉搓得像块皮糖；能绕在我的小手指上，我才能给他所要求的百分之一二。爱是一种游戏，可由得我出主意。我真有点爱他了，因为他供给了我作游戏的材料。我总让他闻见我的香味，而这个香味像一层厚雾隔开他与我，我像雾后的一个小太阳，微微的发着光，能把四围射成一圈红晕，但是他觉不到我的热力，也看不清楚我。我非常的高兴，我觉出我青春的老练，像座小春山似的，享受着春的雨露，而稳固不能移动。我自信对男人已有了经验，似乎把我放在什么地方，我也可以有办法。我没有可怕的了，我不再想林黛玉，黛玉那种女子已经死绝了。

二十二

因此我越来越胆大了。我的理想是变成电影中那个红发女郎，多情而厉害，可以叫人握着手，及至他要吻的时候，就抢手给他个嘴巴。我不稀罕他请我看电影，请我吃饭，或送给我点礼物。我自己有钱。我要的是香火，我是女神。自然我有时候也希望一个吻，可是我的爱应当是另一种，一种没有吻的爱，我不是普通的女子。他给我开了爱的端，我只感激他这点；我的脚底下应有一群像他的青年男子；我的脚是多么好看呢！

二十三

家中还进行着我的婚事。我暗中笑他们，一声儿不出。我等着。等到有了定局再说，我会给他们一手儿看看。是的，我得多预备人，万一到和家中闹翻的时候，好挑选一个捉住不放。我在同学中成了顶可羡慕的人，因为我敢和许多男子交际。那些只有一个爱人的同学，时常的哭，把眼哭得桃儿似的。她们只有一个爱人，而且任着他的性儿欺侮，怎能不哭呢。我不哭，因为我有准备。我看不起她们，她们把小姐的身分作丢了。她们管哭哭啼啼叫作爱的甘蔗，我才不吃这样的甘蔗，我和她们说不到一块。她们没有脑子。她们常受男人的骗。回到宿舍哭一整天，她们引不起我的同情，她们该受骗！我在爱的海边游泳，她们闭着眼往里跳。这群可怜的东西。

二十四

中学毕了业，我要求家中允许我入大学。我没心程读书，只为多在外面玩玩，本来吗，洗衣有老妈，作衣裳有裁缝，作饭有厨子，教书有先生，出门有汽车，我学本事干什么呢？我得入学，因为别的女子有入大学的，我不能落后；我还想出洋呢。学校并不给我什么印象，我只记得我的高跟鞋在洋灰路上或地板上的响声，咯噔咯噔的，怪好听。我的宿室顶阔气，床下堆着十来双鞋，我永远不去整理它们，就那么堆着。屋中越乱越显出阔气。我打扮好了出来，像个青蛙从水中跳出，谁也想不到水底下有泥。我的眉须画半点多钟，哪有工夫去收拾屋子呢？赶到下雨的天，鞋上沾了点泥，我才去访那好清洁的同学，把泥留在她的屋里。她们都不敢惹我。入学不久我便被举为学校的皇后。与我长的同样美的都失败了，她们没有脑子，没有手段；我有。在中学交的男朋友全断绝了关系，连那个伴郎。我的身分更高了，我的阅历更多了，我既是皇后，至少得有个皇帝作我的爱人。被我拒绝了的那些男子还有时候给我来信，都说他们常常因想我而落泪：落吧，我有什么法子呢？他们说我狠心，我何尝狠心呢？我有我的身分，理想，与美丽。爱和生命一样，经验越多便越高明，聪明的爱是理智的，多嗜爱把心迷住——我由别人的遭遇看出来——便是悲剧。我不能这么办。作了皇后以后，我的新朋友很多很多了。我戏耍他们，嘲弄他们，他们都羊似的驯顺老实。这几乎使我绝望了，我找不到可征服的，他们永远投降，没有一点战斗的心思与力量。谁说男子强硬呢？我还没看见一个。

二十五

我的办法使我自傲，但是和别人的一比较，我又有点嫉妒：我觉得空虚。别的女同学们每每因为恋爱的波折而极伤心的哭泣，或因恋爱的成功而得意，她们有哭有笑，我没有。在一方面呢，我自信比她们高明，在另一方面呢，我又希望我也应表示出点真的感情。可是我表示不出，我只会装假，我的一切举动都被那个"小姐"管束着，我没了自己。说话，我团着舌头；行路，我扭着身儿；笑，只有声音。我作小姐作惯了，凡事都有一定的程式，我找不到自己在哪儿。因此，我也想热烈一点，愚笨一点，也使我能真哭真笑，可是不成功。我没有可哭的事，我有一切我所需要的；我也不会狂喜，我不是三岁的小孩儿能被一件玩艺儿哄得跳着脚儿笑。我看父母，他们的悲喜也多半是假的，只在说话中用几个适当的字表示他们的情感，并不真动感情。有钱，天下已没有可悲的事；欲望容易满足，也就无从狂喜；他们微笑着表示出气度不凡与雍容大雅。可是我自己到底是个青年女郎，似乎至少也应当偶然愚傻一次，我太平淡无奇了。这样，我开始和同学们捣乱了，谁叫她们有哭有笑而我没有呢？我设法引诱她们的"朋友"，和她们争斗，希望因失败或成功而使我的感情运动运动。结果，女同学们真恨我了，而我还是觉不到什么重大的刺激。我太聪明了，开通了，一定是这样；可是几时我才能把心打开，觉到一点真的滋味呢？

二十六

我几乎有点着急了，我想我得闭上眼往水里跳一下，不再细细的思索，跳下去再说。哼，到了这个时节，也不知怎么了，男子不上我的套儿了。他们跟我敷衍，不更进一步使我尝着真的滋味，他们怕我。我真急了，我想哭一场；可是无缘无故的怎好哭呢？女同学们的哭都是有理由的。我怎能白白的不为什么而哭呢？况且，我要是真哭起来，恐怕也得不到同情，而只招她们暗笑。我不能丢这个脸。我真想不再读书了，不再和这群破同学们周旋了。

二十七

正在这个期间，家中已给我定了婚。我可真得细细思索一番了。我是个小姐——我开始想——小姐的将来是什么？这么一问我把许多男朋友从心中注销了。这些男朋友都不能维持住我——小姐——所希望的将来。我的将来必须与现在差不多，最好是比现在还好上一些。家中给找的人有这个能力；我的将来，假如我愿嫁他，可很保险的。可是爱呢？这可有点不好办。那群破女同学在许多事上不如我，可是在爱上或者足以向我夸口；我怎能在这一点上输给她们呢？假若她们知道我的婚姻是家中给定的。她们得怎样轻看我呢？这倒真不好办了！既无顶好的办法，我得退一步想了：倘若有个男子，既然可以给我爱，而且对将来的保障也还下得去，虽不能十分满意，我是不是该当下嫁他呢？这把小姐的身分与应有的享受牺牲了些，可是有爱足以抵补；说到归齐，我是位新式小姐呀。是的，可以这么办。可是，这么办。怎样对付家里呢？奋斗，对，奋斗！

二十八

我开始奋斗了，我是何等的强硬呢，强硬得使我自己可怜我自己了。家中的人也很强硬呀，我真没想到他们会能这个样。他们的态度使我怀疑我的身分了，他们一向是怕我的，为什么单在这件事上这么坚决呢？大概他们是并没有把我看在眼里，小事由着我，大事可得他们拿主意。这可使我真动了气。啊，我明白了点什么，我并不是像我所想的那么贵重。我的太阳没了光，忽然天昏地暗了。

二十九

怎办呢？我既是位小姐，又是个"新"小姐，这太难安排了。我好像被圈在个夹壁墙里了，没法儿转身。身分地位是必要的，爱也是必要的，没有哪样也不行。即使我肯舍去一样，我应当舍去哪个呢？我活了这么大，向来没有着过这样的急。我不能只为我打算，我得为"小姐"打算，我不是平常的女子。抛弃了我的身分，是对不起自己。我得勇敢，可不能装疯卖傻，我不能把自己放在危险的地方。那些男朋友都说爱我，可是哪一个能满足我所应当要的，必得要的呢？他们多数是学生，他们自己也不准知道他们的将来怎样；有一两个怪漂亮的助教也跟我不错，我能不能要个小小的助教？即使他们是教授，教授还不是一群穷酸？我应当，必须，对得起自己，把自己放在最高最美丽的地点。

三十

奋斗了许多日子，我自动的停战了。家中给提的人家到底是合乎我的高尚的自尊的理想。除了欠着一点爱，别的都合适。爱，说回来，值多少钱一斤呢？我爽性不上学了，既怕同学们暗笑我，就躲开她们好了。她们有爱，爱把她们拉到泥塘里去！我才不那么傻。在家里，我很快乐，父母们对我也特别的好。我开始预备嫁衣。作好了，我偷偷的穿上看一看，戴上钻石的戒指与胸珠，确是足以压倒一切！我自傲幸而我机警，能见风转舵，使自己能成为最可羡慕的新娘子，能把一切女人压下去。假若我只为了那点爱，而随便和个穷汉结婚，头上只戴上一束纸花，手指套上个铜圈，头纱在地上抛着一尺多，我怎样活着，羞也羞死了！

三十一

　　自然我还不能完全忘掉那个无利于实际而怪好听的字——爱。但是，没法子再转过这个湾（弯）儿来。我只好拿这个当作一种牺牲，我自幼儿还没牺牲过什么，也该挑个没多大用处的东西扔出去了。况且要维持我的"新"还另有办法呢，只要有钱，我的服装，鞋袜，头发的样式，都足以作新女子的领袖。只要有钱，我可以去跳舞，交际，到最文明而热闹的地方去。钱使人有生趣，有身分，有实际的利益。我想像着结婚时的热闹与体面，婚后的娱乐与幸福，我的一生是在阳光下，永远不会有一小片黑云。我甚至于迷信了一些，觉得父母看宪书，择婚日，都是善意的。婚仪虽是新式的，可是择个吉日吉时也并没什么可反对的。他们是尽其所能的使我吉利顺当。我预备了一件红小袄，到婚期好穿在里面，以免身上太素淡了。

三十二

　　不能不承认我精明，我作对了！我的丈夫是个顶有身分，顶有财产，顶体面，而且顶有道德的人。他很精明，可是不肯自由结婚。他是少年老成，事业是新的，思想是新的，而愿意保守着旧道德。他的婚姻必须经过父母之命，媒妁之言，他要给胡闹的青年们立个好榜样，要挽回整个社会道德的堕落。他是廿世纪的孔孟，我们的结婚像片在各报纸上刊出来，差不多都有一些评论，说我们俩是挽救颓风的一对天使！我在良心上有点害羞了，我曾想过奋斗呢！曾经要求过爱的自由呢！幸而我转变的那么快，不然……

三十三

　　我的快乐增加了我的美丽，我觉得出全身发散着一种新的香味，我胖了一些，而更灵活，大气，我像一只彩凤！可是我并不专为自己的美丽而欣喜，丈夫的光荣也在我身上反映出去，到处我是最体面最有身分最被羡慕的太太。我随便说什么都有人爱听。在作小姐的时候，我的尊傲没有这么足；小姐是一股清泉，太太是一座开满了桃李的山。山是更稳固的，更大样的，更显明的，更有一定的形式与色彩的。我是一座春山，丈夫是阳光，射到山坡上，我腮上的桃花向阳光发笑，那些阳光是我一个人的。

三十四

可是我也必得说出来，我的快乐是对于我的光荣的欣赏，我像一朵阳光下的花，花知道什么是快乐吗？除了这点光荣，我必得说，我并没有从心里头感到什么可快活的。我的快活都在我见客人的时候，出门的时候，像只挂着帆，顺风而下的轻舟，在晴天碧海的中间儿。赶到我独自坐定的时候，我觉到点空虚，近于悲哀。我只好不常独自坐定，我把帆老挂起来，有阵风儿我便出去。我必须这样，免得万一我有点不满意的念头。我必须使人知道我快乐，好使人家羡慕我。还有呢，我必须谨慎一点，因为我的丈夫是讲道德的人，我不能得罪他而把他给我的光荣糟蹋了。我的光荣与身分值得用心看守着，可是因此我的快活有时候成为会变动的，像忽晴忽阴的天气，冷暖不定。不过，无论怎么说吧，我必须努力向前；后悔是没意思的，我顶好利用着风力把我的一生光美的度过去；我一开首总算已遇到顺风了，往前走就是了。

三十五

以前的事像离我很远了，我没想到能把它们这么快就忘掉。自从结婚那一天我彷彿忽然入了另一个世界，就像在个新地方醋睡似的，猛一睁眼，什么都是新的。及至过了相当时期，我又逐渐的把它们想起来，一个一个的，零散的，像拾起一些散在地上的珠子。赶到我把这些珠子又串起来，它们给我一些形容不出的情感，我不能再把这串珠子挂在项上，拿不出手来了。是的，我的丈夫的道德使我换了一对眼睛，用我这对新眼睛看，我几乎有点后悔从前是那样的狂放了。我纳闷，为什么他——一个社会上的柱石——要娶我呢？难道他不晓得我的行为吗？是，我知道，我的身分家庭足以配得上他，可是他不能不知道在学校里我是个浪漫皇后吧？我不肯问他，不问又难受。我并不怕他，我只是要明白明白。说真的，我不甚明白，他待我很好，可是我不甚明白他。他是个太阳，给我光明，而不使我摸到他。我在人群中，比在他面前更认识他；人们尊敬我，因为他们尊敬他；及至我俩坐在一处，没人提醒我或他的身分，我觉得很渺茫。在报纸上我常见到他的姓名，这个姓名最可爱；坐在他面前，我有时候忘了他是谁。他很客气，有礼貌，每每使我想到他是我的教师或什么保护人，而不是我的丈夫。在这种时节，似有一小片黑云掩住了太阳。

三十六

阳光要是常被掩住，春天也可以很阴惨。久而久之，我的快活的热度低降下来。是的，我得到了光荣，身分，丈夫；丈夫，我怎能只要个丈夫呢？我不是应当要个男子么？一个男子，哪怕是个顶粗莽的，打我骂我的男子呢，能把我压碎了，吻死的男子呢！我的丈夫只是个丈夫，他衣冠齐楚，谈吐风雅，是个最体面的杨四郎，或任何戏台上的穿绣袍的角色。他的行止言谈都是戏文儿。我这是一辈子的事呀！可是我不能马上改变态度，"太太"的地位是不好意思随便扔弃了的。不扔弃了吧，我又觉得空虚，生命是多么不易安排的东西呢！当我回到母家，大家是那么恭维我，我简直张不开口说什么。他们为我骄傲，我不能鼻一把泪一把像个受气的媳妇诉委屈，自己泄气。在娘家的时候我是小姐，现在我是姑奶奶，作小姐的时候我厉害，作姑奶奶的更得撑起架子。我母亲待我像个客人，我张不开口说什么。在我丈夫的家里呢，我更不能向谁说什么，我不能和女仆们谈心，我是太太。我什么也别说了，说出去只招人笑话；我的苦处须自己负着。是呀，我满可以冒险去把爱找到，但是我怎么对我母家与我的丈夫呢？我并不为他们生活着，可是我所有的光荣是他们给我的，因为他们给我光荣，我当初才服从他们，现在再反悔似乎不大合适吧？只有一条路给我留着呢，好好的作太太，不要想别的了。这是永远有阳光的一条路。

三十七

人到底是肉作的。我年轻，我美，我闲在，我应当把自己放在血肉的浓艳的香腻的旋风里，不能呆呆对着镜子，看着自己消灭在冰天雪地里。我应当从各方面丰富自己，我不是个尼姑。这么一想我管不了许多了。况且我若是能小心一点呢——我是有聪明的——或者一切都能得到，而出不了毛病。丈夫给我支持着身分，我自己再找到他所不能给我的，我便是个十全的女子了，这一辈子总算值得！小姐，太太，浪漫，享受，都是我的，都应当是我的；我不再迟疑了，再迟疑便对不起自己。我不害怕，我这是种冒险，牺牲；我怕什么呢？即使出了毛病，也是我吃亏，把我的身分降低，与父母丈夫都无关。自然，我不甘心丢失了身分，但是事情还没作，怎见得结果必定是坏的呢？精明而至于过虑便是愚蠢。饥鹰是不择食的。

三十八

我的海上又飘着花瓣了，点点星星暗示着远地的春光。像一只早春的蝴蝶，我顾盼着，寻求着，一些渺茫而又确定的花朵。这使我又想到作学生的时候的自由，愿意重述那种种小风流勾当。可是这次我更热烈一些，我已经在别方面成功，只缺这一样完成我的幸福。这必须得到，不准再落个空。我明白了点肉体需要什么，希望大量的增加，把一朵花完全打开，即使是个雹子也好，假如不能再细腻温柔一些，一朵花在暗中谢了是最可怜的。同时呢，我的身分也使我这次的寻求异于往日的，我须找到个地位比我的丈夫还高的，要快活便得登峰造极，我的爱须在水晶的宫殿里，花儿都是珊瑚。私事儿要作得最光荣，因为我不是平常人。

三十九

我预料着这不是什么难事，果然不是什么难事，我有眼光。一个粗莽的，俊美的，像团炸药样的贵人，被我捉住。他要我的一切，他要把我炸碎而后再收拾好，以便重新炸碎。我所缺乏的，一次就全补上了；可是我还需要第二次。我真哭真笑了，他野得像只老虎，使我不能安静，我必须全身颤动着，不论是跟他玩耍，还是与他争闹，我有时候完全把自己忘掉，完全焚烧在烈火里，然后我清醒过来，回味着创痛的甜美，像老兵谈战那样。他能一下子把我掷在天外，一下子又拉回我来贴着他的身。我晕在爱里，迷忽的在生命与死亡之间，梦似的看见全世界都是红花。我这才明白了什么是爱，爱是肉体的，野蛮的，力的，生死之间的。

四十

这个实在的，可捉摸的爱，使我甚至于敢公开的向我的丈夫挑战了。我知道他的眼睛是尖的，我不怕，在他鼻子底下漂漂亮亮的走出去，去会我的爱人。我感谢他给我的身分，可是我不能不自己找到他所不能给的。我希望点吵闹，把生命更弄得火炽一些；我确是快乐得有点发疯了。奇怪，奇怪，他一声也不出。他彷佛暗示给我——"你作对了！"多么奇怪呢！他是讲道德的人呀！他这个办法减少了好多我的热烈；不吵不闹是多么没趣味呢！不久我就明白了，他升了官，那个贵人的力量。我明白了，他有道德，而缺乏最高的地位，正像我有身分而缺乏恋爱。因为我对自己的充实，而同时也充实了他，他不便言语。我的心反倒凉了，我没希望这个，简直没想到过这个。啊，我明白了，怨不得他这么有道德而娶我这个"皇后"呢，他早就有计划！我软倒在地上，这个真伤了我的心，我原来是个傀儡。我想脱身也不行了，我本打算偷偷的玩一会儿，敢情我得长期的伺候两个男子了。是呀，假如我愿意，我多有些男朋友岂不是可喜的事。我可不能听从别人的指挥。不能像妓女似的那么干，丈夫应当养着妻子，使妻子快乐；不应当利用妻子获得利禄——这不成体统，不是官派儿！

四十一

我可是想不出好办法来。设若我去质问丈夫，他满可以说，"我待你不错，你也得帮助我。"再急了，他简直可以说，"干吗当初嫁给我呢？"我辩论不过他。我断绝了那个贵人吧，也不行，贵人是我所喜爱的，我不能因要和丈夫赌气而把我的快乐打断。况且我即使冷淡了他，他很可以找上前来，向我索要他对我丈夫的恩惠的报酬。我已落在陷坑里了。我只好闭着眼混吧。好在呢，我的身分在外表上还是那么高贵，身体上呢，也得到满意的娱乐，算了吧。我只是不满意我的丈夫，他太小看我，把我当作个礼物送出去，我可是想不出办法惩治他。这点不满意，继而一想，可也许能给我更大的自由。我这么想了：他既是仗着我满足他的志愿，而我又没向他反抗，大概他也得明白以后我的行动是自由的了，他不能再管束我。这无论怎说，是公平的吧。好了，我没法惩治他，也不便惩治他了，我自由行动就是了。焉知我自由行动的结果不叫他再高升一步呢！我笑了，这倒是个办法，我又在晴美的阳光中生活着了。

四十二

没看见过榕树，可是见过榕树的图。若是那个图是正确的，我想我现在就是株榕树，每一个枝儿都能生根，变成另一株树，而不和老本完全分离开。我是位太太，可是我有许多的枝干，在别处生了根，我自己成了个爱之林。我的丈夫有时候到外面去演讲，提倡道德，我也坐在台上；他讲他的道德，我想我的计划。我觉得这非常的有趣。社会上都知道我的浪漫，可是这并不妨碍他们管我的丈夫叫作道德家。他们尊敬我的丈夫，同时也羡慕我，只要有身分与金钱，干什么也是好的；世界上没有什么对不对，我看出来了。

四十三

要是老这么下去，我想倒不错。可是事实老不和理想一致，好像不许人有理想似的。这使我恨这个世界，这个不许我有理想的世界。我的丈夫娶了姨太太。一个讲道德的人可以娶姨太太，嫖窑子；只要不自由恋爱与离婚就不违犯道德律。我早看明白了这个，所以并不因为这点事恨他。我所不放心的是我觉到一阵风，这阵风不好。我觉到我是往下坡路走了。怎么说呢，我想他绝不是为娶小而娶小，他必定另有作用。我已不是他升官发财的唯一工具了。他找来个生力军。假如这个女的能替他谋到更高的差事，我算完了事。我没法跟他吵，他办的名正言顺，娶妾是最正当不过的事。设若我跟他闹，他满可以翻脸无情，剥夺我的自由，他既是已不完全仗着我了。我自幼就想征服世界，啊，我的力量不过如是而已！我看得很清楚，所以不必去招瘪子吃；我不管他，他也别管我，这是顶好的办法。家里坐不住，我出去消遣好了。

四十四

哼，我不能不信命运。在外边，我也碰了；我最爱的那个贵人不见我了。他另找到了爱人。这比我的丈夫娶妾给我的打击还大。我原来连一个男人也抓不住呀！这几年我相信我和男子要什么都能得到，我是顶聪明的女子。身分，地位，爱情，金钱，享受，都是我的；啊，现在，现在，这些都顺着手缝往下溜呢！我是老了么？不，我相信我还是很漂亮；服装打扮我也还是时尚的领导者。那么，是我的手段不够？不能呀，设若我的手段不高明，以前怎能有那样的成功呢？我的运气！太阳也有被黑云遮住的时候呀。是，我不要灰心，我将慢慢熬着，把这一步恶运走过去再讲。我不承认失败；只要我不慌，我的心老清楚，自会有办法。

四十五

但是，我到底还是作下了最愚蠢的事！在我独自思索的时候，我大概是动了点气。我想到了一篇电影：一个贵家的女郎，经过多少情海的风波，最后嫁了个乡村的平民，而得到顶高的快乐。村外有些小山，山上满是羽样的树叶，随着风摆动。他们的小家庭面着山，门外有架蔓玫瑰，她在玫瑰架下作活，身旁坐着个长毛的白猫，头儿随着她的手来回的动。他在山前耕作，她有时候放下手中的针线，立起来看看他。他工作回来，她已给预备好顶简单而清净的饭食，猫儿坐在桌上希冀着一点牛奶或肉屑。他们不多说话，可是眼神表现着深情……我忽然想到这个故事，而且借着气劲而想我自己也可以抛弃这一切劳心的事儿，华丽的衣服，而到那个山村去过那简单而甜美的生活。我明知这只是个无聊的故事，可是在生气的时候我信以为有其事了。我想，只要我能遇到那个多情的少年，我一定不顾一切的跟了他去。这个，使我从记忆中掘出许多旧日的朋友来：他们都干什么呢？我甚至于想起那第一个爱人，那个伴郎，他作什么了？这些人好像已离开许多许多年了，当我想起他们来，他们都有极新鲜的面貌，像一群小孩，像春后的花草，我不由的想再见着他们，他们必至少能打开我的寂寞与悲哀，必能给生命一个新的转变。我想他们，好像想起幼年所喜吃的一件食物，如若能得到它，我必定能把青春再唤回来一些。想到这儿，我没再思索一下，便出去找他们了。即使找不到他们，找个与他们相似的也行；我要尝尝生命的另一方面，可以说是生命的素淡方面吧，我已吃腻了山珍海味。

四十六

我找到一个旧日的同学。虽然不是乡村的少年，可已经合乎我的理想了。他有个入钱不多的职业，他温柔，和蔼，亲热，绝不像我日常所接触的男人。他领我入了另一世界，像是厌恶了跳舞场，而逛一回植物园那样新鲜有趣。他很小心，不敢和我太亲热了；同时我看出来，他也有点得意，好像穷人拾着一两块钱似的。我呢，也不愿太和他亲近了，只是拿他当一碟儿素菜，换换口味。可是，呕，我的愚蠢！这被我的丈夫看见了！他拿出我以为他绝不会的厉害来。我给他丢了脸，他说！我明白他的意思：我们阔人尽管乱七八糟，可是得有个范围；同等的人彼此可以交往，这个圈必得划清楚了！我犯了不可赦的罪过。

四十七

我失去了自由。遇到必须出头的时候，他把我带出去；用不着我的时候，他把我关在屋里。在大众面前，我还是太太；没人看着的时节，我是个囚犯。我开始学会了哭，以前没想到过我也会有哭的机会。可是哭有什么用呢！我得想主意。主意多了，最好的似乎是逃跑：放下一切，到村间或小城市去享受，像那个电影中玫瑰架下的女郎。可是，再一想，我怎能到那里去享受呢？我什么也不会呀！没有仆人，我连饭也吃不上，叫我逃跑，我也跑不了啊！

四十八

有了，离婚！离婚，和他要供给，那就没有可怕的了。脱离了他，而手中有钱，我的将来完全在自己的手中，爱怎着便可以怎着。想到这里，我马上办起来，看守我的仆人受了贿赂，给我找来律师。呕，我的胡涂！状子递上去了，报纸上宣扬起来，我的丈夫登时从最高的地方堕下来。他是提倡旧道德的人呀，我怎会忘了呢？离婚；呕！别的都不能打倒他，只有离婚！只有离婚！他所认识的贵人们，马上变了态度，不认识了他，也不认识了我。和我有过关系的人，一点也不责备我与他们的关系，现在恨起我来，我什么不可以作，单单必得离婚呢？我的母家与我断绝了关系。官司没有打，我的丈夫变成了个平民，官司也无须再打了，我丢了一切。假如我没有这一个举动，失了自由，而到底失不了身分啊，现在我什么也没有了。

四十九

事情还不止于此呢。我的丈夫倒下来，墙倒人推，大家开始控告他的劣迹了。贵人们看着他冷笑，没人来帮忙。我们的财产，到诉讼完结以后，已剩了不多。我还是不到三十岁的人哪，后半辈子怎么过呢？太阳不会再照着我了！我这样聪明，这样努力，结果竟会是这样，谁能相信呢！谁能想到呢！坐定了，我如同看着另一个人的样子，把我自己简略的，从实的，客观的，描写下来。有志的女郎们呀，看了我，你将知道怎样维持住你的身分，你宁可失了自由，也别弃掉你的身分。自由不会给你饭吃。控告了你的丈夫便是拆了你的粮库！我的将来只有回想过去的光荣，我失去了明天的阳光！

陽　光

老　舍

一

想思幼年來，我便想到一株細條而開着朵大花的牡丹，在春晴的陽光下放着明豔兒的紅瓣兒與金黃的蕊我便是那朵牡丹倘爾有一點愁惱不過像一片早霞雖然沒有陽光那樣鮮亮到底還是紅的，我不大記得幼時有過陰天，不錯有的時候確是落了雨可是我對於雨的印象是那美的虹積水上飛來飛去的蜻蜓與帶着水珠的花自幼我就曉得我的嬌貴與美麗自幼我便比別的小孩精明因為我有機會學事兒要說我比別人多會着什麼倒未必我並不須學習什麼可是我精明這大概是因為有許多人替我作事我一張嘴事情便作成了這樣我的聰明別人比我低所以幾受我的支使別人作的怎樣好還是不好所以幾不能老滿我的心意地位的優越使我精明可是我不願承認地位的優越而永遠自信我很精明因此不但我是在陽光中而且我自居是個明豔光暖的小太陽我自己發

二

我的父母兄弟，要是比起別人的都很精明體面可是跟我一比，他們還不算頂精明頂體面父母只有我這麼一個女兒兄弟有我這麼一個姊妹我天生來的可貴父母都得聽我的話我要永遠是對的我要在平地上跌倒他們便爭着去責打那塊地我說蘋果咬了我的唇他們便齊聲的罵蘋果我並不感謝他們，他們應當服從我世上的一切都應當服從我。

三

記憶中的幼年是一片陽光照着沒有經過排列的顏色，像風中的一片各色的花搖動複雜而濃豔我也記得我曾害過小小的病但是病更使我嬌貴添上許多甜美的悲哀與意外的被人憐愛我現在還記得那透明的冰糖塊兒把藥汁的苦味減到幾

671

《阳光》原发表页
1935年5月1日《文学》第4卷第5号

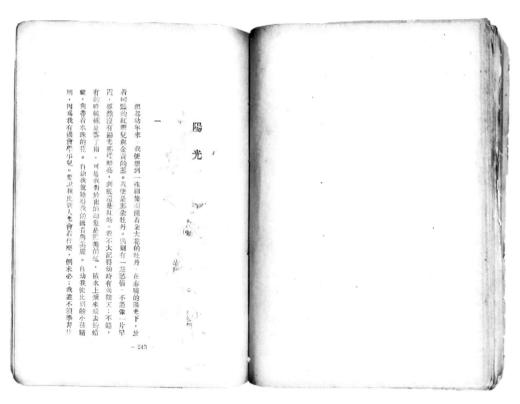

陽光

一

想起幼年來，我便想到一株細篾而開着朵大花的牡丹，在春晴的陽光下，放着同樣的紅艷兒與金黃的蕊。我便是那朵牡丹。偶爾有一些蕊稿，不過像一片早霞，縹緲沒有陽光那樣鮮亮。到底還是紅的。我不大記得幼時有過陰天；不錯，有的時候確是落了雨，可是我對於雨的印象是那麼美的紅，積水上漂來漂去的蝴蝶，與帶着水珠的花。自動我就曉得我的嬌貴與美麗。自動我便比別的小孩精明，因為我有機會學乖兒。要說我比別人乖會着什麼，倒未必；我並不須學習什

—243—

《阳光》首页
《樱海集》初版
上海人间书屋，1935年8月

老舍青岛文集 ◎ 第三卷

蛤藻集

序

取名"蛤藻",无非见景生情:住在青岛,看海很方便:潮退后,每携小女到海边上去;沙滩上有的是蛤壳与断藻,便与她拾着玩。拾来的蛤壳很不少了,但是很少出奇的。至于海藻,更不便往家中拿,往往是拾起来再送到水中去。记得在艾尔兰海边上同着一位朋友闲逛,走到一块沙滩,沙子极细极多,名为天鹅绒滩。时近初秋,沙上有些断藻,叶短有豆,很象圣诞节时用的Mistletoe。据那个友人说,踩踩这种小豆是有益于脚的,所以我们便都赤足去踏,豆破有声,怪觉有趣。在青岛,我还没遇上这样的藻,于是和小女也就少了一种赤足的游戏。

本篇写于1936年10月10日，初收《蛤藻集》，上海开明书店1936年11月出版。

《蛤藻集》是老舍在青岛收获的第二部小说集，与《樱海集》一样，亦取用青岛风物为名，充满海滨生活气息。小说集收入了《老字号》《断魂枪》《听来的故事》《新韩穆烈德》《哀启》五篇短篇小说和《且说屋里》《新时代的旧悲剧》两篇中篇小说，其中写国术与文化冲突的《断魂枪》最具代表性，被认为是老舍短篇小说的代表作。本集中的作品写于西鱼山金口二路（今金口三路）寓所和黄县路寓所。从单篇发表时间看，第一篇《老字号》刊载于1935年4月10日，最后一篇《哀启》刊载于1936年10月1日，又过了10天，决定交开明书店出集子，遂写下了这篇序文。作者从在青岛赶海说起，并回忆了1928年暑假其间在爱尔兰天鹅绒海滩游玩时的情景，言明写作如拾贝一样，"出奇者"难觅踪迹，而集子中的这些作品仅仅是普通的贝壳，聊供读者把玩而已。当然，这是老舍的自谦之言，他的短篇小说的代表作《断魂枪》就出现在这部集子中。文后特别标明写作时间为"二十五年双十节"，即1936年10月10日，为中华民国国庆日。

序

　　收入此集的有六短篇，一中篇；都是在青岛写成的。取名"蛤藻"，无非见景生情：住在青岛，看海很方便[1]：潮退后，每携小女[2]到海边上去；沙滩上有的是蛤壳与断藻，便与她拾着玩。拾来的蛤壳很不少了，但是很少出奇的。至于海藻，更不便往家中拿，往往是拾起来再送到水中去。记得在艾尔兰[3]海边上同着一位朋友闲逛，走到一块沙滩，沙子极细极多，名为天鹅绒滩。时近初秋，沙上有些断藻，叶短有豆，很象圣诞节时用的 Mistletoe[4]。据那个友人说，踩踩这种小豆是有益于脚的，所以我们便都赤足去踏，豆破有声，怪觉有趣。在青岛，我还没遇上这样的藻，于是和小女也就少了一种赤足的游戏。

　　设若以蛤及藻象征此集，那就只能说：出奇的蛤壳是不易拾着，而那有豆儿且有益于身体的藻也还没能找到。眼高手低，作出来的东西总不能使自己满意，一点不是谦虚。读者若能不把它们拾起来再马上送到水中去，象我与小女拾海藻那样，而是象蛤壳似的好歹拿回家去，加一番品评，便荣幸非常了！

老舍序于青岛。二十五年双十节[5]

---

[1]　老舍所居西鱼山寓所（金口二路，今金口三路）和黄县路寓所均处于前海地带，青岛湾处于其西南方，汇泉湾处于其东南方。

[2]　小女，即舒济，时年三岁。见《有了小孩以后》注1。

[3]　艾尔兰，Ireland，今通译爱尔兰。

[4]　Mistletoe，英语，圣诞幸运枝。

[5]　双十节，辛亥革命纪念日，中华民国国庆日。1911年（农历辛亥年）10月10日，湖北革命团体文学社、共进会在同盟会的影响和推动下发动武昌起义，因为武昌起义时间是阴历八月十九日，换算成阳历正好是十月十日，于是就有了"双十节"的说法。

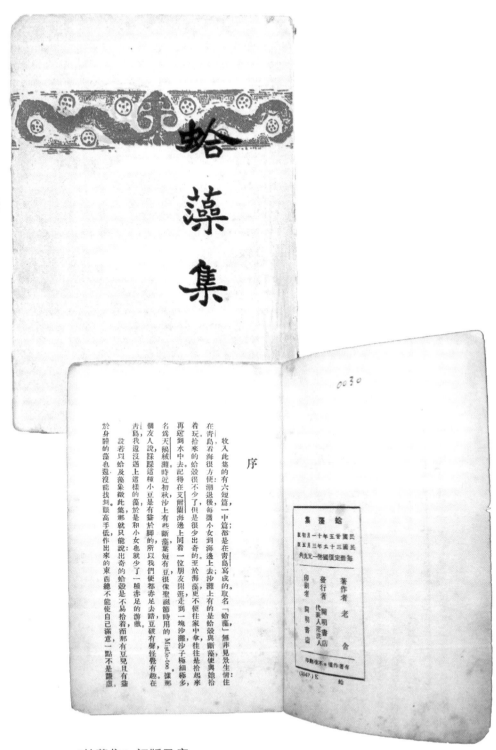

《蛤藻集》初版及序

上海开明书店，1936年11月

老字号

三合祥挂上宫灯那天，天成号门口放了两只骆驼，骆驼身上披满了各色的缎条，驼峰上安着一明一灭的五彩电灯。骆驼的左右辟了抓彩部，一人一毛钱，凑足了十个人就开彩，一毛钱有得一匹摩登绸的希望。天成门外成了庙会，挤不动的人。真有笑嘻嘻夹走一四摩登绸的嘛！

本篇原载1935年4月10日《新文学》第1卷第1期。初收《蛤藻集》，上海开明书店1936年11月出版。

这篇作品被公认为老舍的短篇佳作。作者对古今文化裂变与中西文化冲突时代下的中国商业经营方式进行了"小说式"的思考，写了老字号在变革时代的命运。世界变了，然三合祥绸缎店的钱掌柜固守传统经营方式，很保守，保的是"老字号"，守的是"老规矩"，不能适应现代商业社会，生意冷落，愤而去职。接替他的周掌柜很灵活，大玩新花样，生意红火，后来去了新字号天成，并兼并了老字号三合祥。小说设置了一重"眼睛"，即"视点"辛德治，通过他的"眼睛"，读者看到了种种事相，揭示出历史与道德的二律背反，表现出小人物在大时代激变中的无奈与无根状态。

作者希望融合老字号与新字号的优势，言"老字号是值得保存的，新办法也得学着用"，就此对变革时代的商业经营模式提出了思考。

老字号

钱掌柜走后，辛德治——三合祥的大徒弟，现在很拿点事——好几天没正经吃饭。钱掌柜是绸缎行公认的老手，正如三合祥是公认的老字号。辛德治是钱掌柜手底下教练出来的人。可是他并不专因私人的感情而这样难过，也不是自己有什么野心。他说不上来为什么这样怕，好像钱掌柜带走了一些永难恢复的东西。

周掌柜到任。辛德治明白了，他的恐怖不是虚的；"难过"几乎要改成咒骂了。周掌柜是个"野鸡"，三合祥——多少年的老字号！——要满街拉客了！辛德治的嘴撇得像个煮破了的饺子。老手，老字号，老规矩——都随着钱掌柜的走了，或者永远不再回来。钱掌柜，那样正直，那样规矩，把买卖作赔了。东家不管别的，只求年底下分红。

多少年了，三合祥永远是那么官样大气：金匾黑字，绿装修，黑柜蓝布围子，大机凳[1]包着蓝呢子套，茶几上永远放着鲜花。多少年了，三合祥除了在灯节才挂上四只宫灯，垂着大红穗子，此外没有半点不像买卖地儿的胡闹八光。多少年了，三合祥没有打过价钱，抹过零儿，或是贴张广告，或者减价半月；三合祥卖的是字号。多少年了，柜上没有吸烟卷的，没有大声说话的；有点响声只是老掌柜的咕噜水烟与咳嗽。

这些，还有许许多多可宝贵的老气度，老规矩，由周掌柜一进门，辛德治看出来，全要完！周掌柜的眼睛就不规矩，他不低着眼皮，而是满世界扫，好像找贼呢。人家钱掌柜，老坐在大机凳上合着眼，可是哪个伙计出错了口气，他也晓得。

果然，周掌柜——来了还没有两天——要把三合祥改成蹦蹦戏[2]的棚子：门前扎起血丝胡拉的一座彩牌[3]，"大减价"每个字有五尺见方，两盏煤气灯，把人们照得脸上发绿，好像一群大烟鬼。这还不够，门口一档子洋鼓洋号，从天亮吹到三更；四个徒弟，都戴上红帽子，在门口，在马路上，见人就给传单。这还不够，他派定两个徒弟专管给客人送烟递茶，哪怕是买半尺白布，也往后柜让，也递香烟：大兵，清道夫，女招待，都烧着烟卷，把屋里烧得像个佛堂。这还不够，买一尺还饶上一尺，还赠送洋娃娃，伙计们还要和客人随便说笑；客人要买的，假如柜上没有，不告诉人家没有，而拿出别种东西硬叫人家看；买过十元钱的东西，还打发徒弟送了去，柜上买了两个一走三歪的自行车！

辛德治要找个地方哭一大场去！在柜上十五六年了，没想到过——更不用说见过了——三合祥会落到这步天地！怎么见人呢？合街上有谁不敬重三合祥的？伙计们晚上出来，提着三合祥的大灯笼，连巡警们都另眼看待。那年兵变，三合祥虽然也被抢一空，可是没像左右的铺户那样连门板和言无二价的牌子都被摘了走——三合祥的金匾有种尊严！他到城里来已经二十来年了，其中的十五六年是在三合祥，三合祥是他第二家庭，他的说话，咳嗽与蓝布大衫的样式，全是三合祥给他的。他因三合祥，也为三合祥而骄傲。他为铺子去索债，都被人请进去喝碗茶；三合祥虽是个买卖，可是和照顾主儿似乎是些朋友。钱掌柜是常给照顾主儿行红白人情的。三合祥是"君子之风"的买卖：门凳上常坐着附近最体面的人；遇到街上有热闹的时候，照顾主儿的女眷们到这里向老掌柜借个座儿。这个光荣的历史，是长在辛德治的心里的。可是现在？辛德治也并不是不晓得，年头是变了。拿三合祥的左右铺户说，多少家已经把老规矩舍弃，而那些新开的更是提不得的，因为根本就没有过规矩。他知道这个。可是因此他更爱三合祥，更替它骄傲。它是人造丝品中唯一的一匹地道大缎子，仿佛是。假如三合祥也下了桥，世界就没了！哼，现在三合祥和别人家一样了，假如不是更坏！

他最恨的是对门那家正香村：掌柜的踏拉着鞋，叼着烟卷，镶着金门牙。老板娘背着抱着，好像兜儿里还带着，几个男女小孩，成天出来进去，进去出来，打着南方话，唧唧喳喳，不知喊些什么。老板和老板娘吵架也在柜上，打孩子，给孩子吃奶，也在柜上。摸不清他们是作买卖呢，还是干什么玩呢，只有老板娘的胸口老在柜前陈列着是件无可疑的事儿。那群伙计，不知是从哪儿找来的，全穿着破鞋，可是衣服多半是绸缎的。有的贴着太阳膏，有的头发梳得像漆杓，有的戴着金丝眼镜。再说那份儿厌气：一年到头老是大减价，老悬着煤气灯，老磨着留声机。买过两元钱的东西，老板便亲自让客人吃块酥糖；不吃，他能往人家嘴里送！什么东西也没有一定的价钱，洋钱也没有一定的行市。辛德治永远不正眼看"正香村"那三个字，也永不到那边买点东西。他想不到世上会有这样的买卖，而且和三合祥正对门！

更奇怪的，正香村发财，而三合祥一天比一天衰微。他不明白这是什么道理。难道买卖必定得不按着规矩作才行吗？果然如此，何必学徒呢？是个人就可以作生意了！不能是这样，不能；三合祥到底是不会那样的！谁知道竟自来了个周掌柜，三合祥的与正香村的煤气灯把街道照青了一大截，它们是一对儿！三合祥与正香村成了一对？！这莫非是作梦么？不是梦，辛德治也得按着周掌柜的办法走。我得和客人瞎扯，他得让人吸烟，他得把人诓到后柜，他得拿着假货当真货卖，他得等客人争竞才多放二寸，他得用手术量布——手指一捻就抽回来一块！他不能受这个！

可是多数的伙计似乎愿意这么作。有个女客进来，他们恨不能把她围上，恨不能把全铺子的东西都搬来给她瞧，等她买完——哪怕是买了二尺掸布——他们恨不能把她送回家去。周掌柜喜爱这个，他愿意看伙计们折跟头，打把式，更好能在空中飞。

周掌柜和正香村的老板成了好朋友。有时候还凑上天成的人们打打麻雀[4]。天成也是本街上的绸缎店，开张也有四五年了，可是钱掌柜就始终没招呼过他们。天成故意和三合祥打对仗，并且吹出风来，非把三合祥顶爬（趴）下不成。钱掌柜一声也不出，只偶尔说一句：咱们作的是字号。天成一年倒有三百六十五天是纪念，大减价。现在天成的人们也过来打牌了。辛德治不能答理他们。他有点空闲，便坐在柜里发楞，面对着货架子——原先架上的布匹都用白布包着，现在用整幅的通天扯地地作装饰，看着都眼晕，那么花红柳绿的！三合祥已经没了，他心里说。

但是，过了一节，他不能不佩服周掌柜了。节下报账，虽然没赚什么，可是没赔。周掌柜笑着给大家解释："你们得记住，这是我的头一节呀！我还有好些没施展出来的呢。还有一层，扎牌楼，赁煤气灯……哪个不花钱呢？所以呀！"他到说上劲来的时节总这么"所以呀"一下。"日后无须扎牌楼，咱会用新了的，还要省钱的办法，那可就有了赚头，所以呀！"辛德治看出来，钱掌柜是回不来了；世界确是变了。周掌柜和天成，正香村的人们说得来，他们都是发财的。

过了节，检查日货嚷嚷动了。周掌柜疯了似的上东洋货。检查的学生已经出来了，他把东洋货全摆在大面上，而且下了命令："进来买主，先拿日本布；别处不敢卖，咱们正好作一批生意。看见乡下人，明说这是东洋布，他们认这个；对城里的人，说德国货。"

检查的学生到了。周掌柜脸上要笑出几个蝴蝶儿来，让吃烟，让喝茶。"三合祥，冲这三个字，不是卖东洋货的地方，所以呀！诸位看吧！门口那些有德国布，也有土布；内柜都是国货绸缎，小号在南方有联号，自办自运。"

学生们疑心那些花布。周掌柜笑了："张福来，把后边剩下的那匹东洋布拿来。"

布拿来了。他扯住检查队的队长："先生，不屈心，只剩下这么一匹东洋布，跟先生穿的这件大衫一样的材料，所以呀！"他回过头来，"福来，把这匹料扔到街上去！"

队长看着自己的大衫，头也没抬，便走出去了。

这批随时可以变成德国货，国货，英国货的日本布赚了一大笔钱。有识货的人，当着周掌柜的面，把布扔在地上，周掌柜会笑着命令徒弟："拿真正西洋货去！难道就看不出先生是懂眼的人吗？！"然后对买主："什么人要什么货，白给你这个，你也不要，所以呀！"于是又作了一号买卖，客人临走，好像直怪舍不得周掌柜。辛德治看透了，作买卖打算要赚钱的话，得会变戏法和说相声。周掌柜是个人物。可是辛德治不想再在这儿干，他越佩服周掌柜，心里越难过。他的汗由脊梁骨下去。打算睡得安稳一些，他得离开这样的三合祥。

可是，没等到他在别处找好位置，周掌柜上天成领柜去了。天成需要这样的人，而周掌柜也愿意去，因为三合祥的老规矩太深了，彷佛是长了根，他不能充分施展他的才力。

辛德治送出周掌柜去，好像是送走了一块心病。

对于东家们，辛德治以十五六年老伙计的资格。是可以说几句话的，虽然不一定发生什么效力。他知道哪位东家是更老派些，他知道怎样打动他。他去给钱掌柜运动，也托出钱掌柜的老朋友们来帮忙。他不说钱掌柜的一切都好，而是说钱与周二位各有所长，应当折中一下，不能死守旧法，也别改变的太过火。老字号是值得保存的，新办法也得学着用。字号与利益两顾着——他知道这必能打动了东家们。

他心里，可是，另有个主意。钱掌柜回来，一切就都回来，三合祥必定是"老"三合祥，要不然便什么也不是。他想好了：减去煤气灯，洋鼓洋号，广告，传单，烟卷；至必不得已的时候，还可以减人，大概可以省去一大笔开销。况且，不出声而贱卖，尺大而货地道。难道人们就都是傻子吗？

钱掌柜果然回来了。街上只剩了正香村的煤气灯，三合祥恢复了昔日的肃静，虽然因为欢迎钱掌柜而悬挂上那四个宫灯，垂着大红穗子。

三合祥挂上宫灯那天，天成号门口放了两只骆驼，骆驼身上披满了各色的缎条，驼峰上安着一明一灭的五彩电灯。骆驼的左右辟了抓彩部，一人一毛钱，凑足了十个人就开彩，一毛钱有得一匹摩登绸的希望。天成门外成了庙会，挤不动的人。真有笑嘻嘻夹走一匹摩登绸的嘛！

三合祥的门凳上又罩上蓝呢套，钱掌柜眼皮也不抬，在那里坐着。伙计们安静地坐在柜里，有的轻轻拨弄算盘珠儿，有的徐缓地打着哈欠，辛德治口里不说什么，心中可是着急。半天儿能不进来一个买主。偶尔有人在外边打一眼，似乎是要进来，可是看看金匾，往天成那边走去。有时候已经进来，看了货，因不打价钱，又空手走了。只有几位老主顾。时常来买点东西；可也有时候只和钱掌柜说会儿话，慨叹着年月这样穷，喝两碗茶就走，什么也不买。辛德治喜欢听他们说话，这使他想起昔年的光景，可是他也晓得，昔年的光景，大概不会回来了；这条街只有天成"是"个买卖！

过了一节，三合祥非减人不可了。辛德治含着泪和钱掌柜说："我一人干五个人的活，咱们不怕？"老掌柜也说，"咱们不怕！"辛德治那晚睡得非常香甜，准备次日干五个人的活。

可是过了一年，三合祥倒给天成了。

---

[1] 大机凳，大的方凳子。

[2] 蹦蹦戏，评剧的俗称，原名平腔梆子戏，又称落子戏、唐山落子，北方的一种戏曲表演形式，乡土特色浓厚。1910年前后形成于唐山一带，流行于北京、天津、河北、山东及东北等地区。

[3] 彩牌，指商号门前扎起的彩色牌坊。

[4] 打打麻雀，即打打麻将。麻将，亦称麻雀，中国汉族人发明的一种博弈游戏。

《老字号》原发表页
1935年4月10日
《新文学》第1卷第1期

《老字号》首页
《蛤藻集》初版
上海开明书店1936年11月

號一卷一　學文新

老字號

老舍

錢掌櫃走後辛德治——三合祥的大徒弟現在很拿點事——好幾天沒正經吃飯錢掌櫃是綢緞行公認的老手正如三合祥是公認的老字號，辛德治是錢掌櫃手底下教練出來的人，可是他並不專因私人的感情而這樣難過，也不是自己有什麼野心，他說不上來為什麼這樣怕，好像錢掌櫃帶走了一些永難恢復的東西。

周掌櫃到任辛德治明白了，他的恐怖不是虛乎要改成咒罵了。周掌櫃是個「野雞」三合祥——多少年的老字號——要滿街拉客了辛德治的嘮嘮叨叨像個煮熟了的餃子老手老字號老規矩——都隨着錢掌櫃的走了。或者永遠不再回來。

錢掌櫃那樣正直，那樣規矩，把買賣作得像東家不管別的，只求年底下分紅。三合祥永遠是那麼官樣大氣，金匾黑字，綠裝修，黑櫃藍布圍子，大机凳包檀繫布圍子，大机凳包着藍呢子，茶几上永放着鮮花，多少年底下分紅。三合祥除了在燈節裏掛上四支宮燈罩着大紅穗子，此外沒有半點香煙火氣，清道夫，女招待都燒得烟燎，把屋裏燒着像個佛堂道道上來為什麼因私人的感情而這樣難過，也不是自己有什麼野心，他說不上來為什麼這樣怕，好像錢掌櫃帶走了些永難恢復的東西。

点不像買賣地見的胡鬧八光多少年了，三合祥買沒有打過價錢，往過零兒或是虛張聲勢或者減價半月，三合祥賣的是字號多少年了櫃上沒有吸烟捲的，沒有大聲說話的，有點聲響只是老掌櫃的咕嚕水烟與咳嗽。

這些還有許許多多可寶貴的老氣度老規矩，由周掌櫃一進門辛德治就不規矩他不低着眼皮，而是滿世界掃好像找人家錢掌櫃，老坐在大机凳上合着眼，可是那個伙計出錯了口氣他也瞪得眼。

果然，周掌櫃——來了還沒有兩天——要把三合祥改成罷戰的烟子門前氣起一座彩牌，「大減價」每個字有五尺見方開盡炸彈把人們照得臉上發熱好像一幕大烟鬼逼邊不夠門口一檔子洋鼓洋號從天亮到三更四徒弟都載上紅帽子，在門口，在馬路上，見人就給傳單遞過不夠怕是買半尺白布也拉徒弟專管給客人遞烟遞茶弥的是買半尺白布也柱後硬讓遞過香煙火兵清道夫，女招待都燒得烟燎，把屋裏燒着像個佛堂道道

断魂枪

东方的大梦没法子不醒了。炮声压下去马来与印度野林中的虎啸。半醒的人们，揉着眼，祷告着祖先与神灵；不大会儿，失去了国土、自由与权利。门外立着不同面色的人，枪口还热着。他们的长矛毒弩，花蛇斑彩的厚盾，都有什么用呢；连祖先与祖先所信的神明全不灵了啊！龙旗的中国也不再神秘，有了火车呀，穿坟过墓的破坏着风水。枣红色多穗的镖旗，绿鲨皮鞘的钢刀，响着串铃的口马，江湖上的智慧与黑话，义气与声名，连沙子龙，他的武艺、事业，都梦似的变成昨夜的。今天是火车、快枪，通商与恐怖。听说，有人还要杀下皇帝的头呢！

本篇原载1935年9月22日天津《大公报》副刊《文艺》第13期。初收《蛤藻集》，上海开明书店1936年11月出版。

这是一篇国术小说，是老舍短篇小说的代表之作。写的是"神枪沙子龙"的故事，在西风东渐，而"东方的大梦没法子不醒了"的时代，多少人随着无数旧梦与残梦一起被惊醒了。对此，沙子龙更是惶惑不已，先前他曾凭借"五虎断魂枪"而威名远扬，在西北一带没遇见过敌手，可如今他的镖局已改成了客栈，过去的荣耀被狂风吹走了。小说结尾，夜静人稀，沙子龙关好小门，一气刺下六十四枪，"而后，挂着枪，望着天上的群星，想起当年在野店荒林的威风"，微微一笑，说："不传！不传！"意思是自家绝技不传于别人。以"不传"二字作结，尽显苍凉与孤冷，以小人物的无奈、无力来映衬大时代之不可阻挡与大变局之不可把握，生命短暂，人世无常，所有绝技与所有故事都有可能被淹没于历史洪流之中。有人将老舍作品视为"不传的文学"，意思是他的小说不给读者一个单一的概念式解答，这是不可答之答，而正因其不确定性而深刻，令人回味。从主题意蕴上，亦可被视为《老字号》的姊妹篇，均写大变革年代固守传统而无力适应现实的小人物的处境。

老舍对传统武术精髓有着深刻的了解，笔下多次出现关于中国功夫的描写，曾有意写一部武侠小说《二拳师》，而本篇原先就是作为其中的一部分来运筹的。在济南和青岛，他与拳师素有交往，本人也坚持长期习武，因此写起来得心应手，意脉流畅贯通，文辞干净利索，神思风生水起，打通了文学与武术的内在通路。20世纪30年代的青岛，老舍写《断魂枪》，王度庐写《卧虎藏龙》，国术馆蕴聚着国术文化的能量。从本篇中，正可对中国渊源深厚的武术传统有所了解。1947年，老舍在美国访问期间，又将这篇小说改编成了三幕四场的英文话剧《五虎断魂枪》，其英文手稿现藏于哥伦比亚大学图书馆。

断魂枪

"生命是闹着玩，事事显出如此；从前我这么想过，现在我懂得了。"

沙子龙的镖局已改成客栈。

东方的大梦没法子不醒了。炮声压下去马来与印度野林中的虎啸。半醒的人们，揉着眼，祷告着祖先与神灵；不大会儿，失去了国土、自由与权利。门外立着不同面色的人，枪口还热着。他们的长矛毒弩，花蛇斑彩的厚盾，都有什么用呢；连祖先与祖先所信的神明全不灵了啊！龙旗[1]的中国也不再神秘，有了火车呀，穿坟过墓的破坏着风水。枣红色多穗的镖旗[2]，绿鲨皮鞘的钢刀，响着串铃的口马[3]，江湖上的智慧与黑话，义气与声名，连沙子龙，他的武艺、事业，都梦似的变成昨夜的。今天是火车、快枪，通商与恐怖。听说，有人还要杀下皇帝的头呢！

这是走镖[4]已没有饭吃，而国术[5]还没被革命党与教育家提倡起来的时候。

谁不晓得沙子龙是短瘦、利落、硬棒，两眼明得像霜夜的大星？可是，现在他身上放了肉。镖局改了客栈，他自己在后小院占着三间北房，大枪立在墙角，院子有几只楼鸽[6]。只是在夜间，他把小院的门关好，熟习熟习他的"五虎断魂枪"[7]。这条枪与这套枪，二十年的工夫，在西北一带，给他创出来："神枪沙子龙"五个字，没遇见过敌手。现在，这条枪与这套枪不会再替他增光显胜了；只是摸摸这凉、滑、硬而发颤的杆子，使他心中少难过一些而已。只有在夜间独自拿起枪来，才能相信自己还是"神枪沙"。在白天，他不大谈武艺与往事；他的世界已被狂风吹了走。

在他手下闯练起来的少年们还时常来找他。他们大多数是没落子弟，都有点武艺，可是没地方去用。有的在庙会上去卖艺：踢两趟腿，练套家伙，翻几个跟头，附带着卖点大力丸，混个三吊两吊的。有的实在闲不起了，去弄筐果子，或挑些毛豆角，赶早儿在街上论斤吆喝出去。那时候，米贱肉贱，肯卖膀子力气本来可以混个肚儿圆；他们可是不成：肚量既大，而且得吃口当事儿的[8]；干饽饽辣饼子[9]咽不下去。况且他们还时常去走会[10]：五虎棍、开路、太狮少狮……虽然算不了什么——比起走镖来——可是到底有个机会活动活动，露露脸。是的，走会捧场是买脸的事，他们打扮的得像个样儿，至少得有条青洋绉裤子，新漂白细市布的小褂，和一双鱼鳞洒鞋——顶好是青缎子抓地虎靴子。他们是神枪沙子龙的徒弟——虽然沙子龙并不承认——得到处露脸，走会得赔上俩钱，说不定还得打场架。没钱，上沙老师那里去求。沙老师不含糊，多少不拘，不让他们空着手儿走。可是，为打架或献技去讨教一个招数，或是请给说个对子——什么空手夺刀，或虎头钩进枪——沙老师有时说句笑话，马虎过去："教什么？拿开水浇吧！"有时直接把他们逐出去。他们不大明白沙老师是怎么了，心中也有点不乐意。

可是，他们到处为沙老师吹腾，一来是愿意使人知道他们的武艺有真传授，受过高人的指教；二来是为激动沙老师：万一有人不服气而找上老师来，老师难道还不露一两手真的么？所以：沙老师一拳就砸倒了个牛！沙老师一脚把人踢到房上去，并没使多大的劲！他们谁也没见过这种事，但是说着说着，他们相信这是真的了，有年月，有地方，千真万确，敢起誓！

王三胜——沙子龙的大伙计——在土地庙拉开了场子，摆好了家伙。抹了一鼻子茶叶末色的鼻烟，他抡了几下竹节钢鞭，把场子打大一些。放下鞭，没向四围作揖，叉着腰念了两句："脚踢天下好汉，拳打五路英雄！"向四围扫了一眼："乡亲们，王三胜不是卖艺的；玩艺儿会几套，西北路上走过镖，会过绿林上的朋友。现在闲着没事，拉个场子陪诸位玩玩。有爱练的尽管下来，王三胜以武会友，有赏脸的，我陪着。神枪沙子龙是我的师傅；玩艺地道！诸位，有愿下来的没有？"他看着，准知道没人敢下来，他的话硬，可是那条钢鞭更硬，十八斤重。

王三胜，大个子，一脸横肉，努着对大黑眼珠，看着四围。大家不出声。他脱了小褂，紧了紧深月白的腰里硬，把肚子杀进去。给手心一口唾沫，抄起大刀来：

"诸位，王三胜先练趟瞧瞧。不白练，练完了，带着的扔几个；没钱，给喊个好，助助威。这儿没生意口。好，上眼[1]！"

大刀靠了身，眼珠努出多高，脸上绷紧，胸脯子鼓出像两块老桦木根子。一踮脚，刀横起，大红缨子在肩前摆动。削砍劈拨，蹲越闪转，手起风生，忽忽直响。忽然刀在右手心上旋转，身弯下去，四围鸦雀无声，只有缨铃轻叫。刀顺过来，猛的一个踩泥，身子直挺，比众人高着一头，黑塔似的。收了势："诸位！"一手持刀，一手叉腰，看着四围。稀稀的扔下几个铜钱，他点点头。"诸位！"他等着，等着，地上依旧是那几个亮而削薄的铜钱，外层的人偷偷散去。他咽了口气："没人懂！"他低声的说，可是大家全听见了。

"有功夫！"西北角上一个黄胡子老头儿答了话。

"啊？"王三胜好似没听明白。

"我说：你——有——功——夫！"老头子的语气很不得人心。

放下大刀，王三胜随着大家的头往西北看。谁也没看起这个老人：小干巴个儿，披着件粗蓝布大衫，脸上窝窝瘪瘪，眼陷进去很深，嘴上几根细黄胡，肩上扛着条小黄草辫子，有筷子那么细而绝对不像筷子那么直顺。王三胜可是看出这老家伙有功夫，脑门亮，眼睛亮、——眼眶虽深，眼珠可黑得像两口小井，深深的闪着黑光。王三胜不怕：他看得出别人有功夫没有，可更相信自己的本事，他是沙子龙手下的大将。

"下来玩玩，大叔！"王三胜说得很得体。

点点头，老头儿往里走。这一走，四外全笑了。他的胳臂不大动；左脚往前迈，右脚随着拉上来，一步步的往前拉扯，身子整着[12]，像是患过瘫痪病。蹭到场中，把大衫扔在地上，一点没理会四围怎样笑他。

"神枪沙子龙的徒弟，你说？好，让你使枪吧；我呢？"老头子非常的干脆，很像久想动手。

人们全回来了，邻场耍狗熊的无论怎敲锣也不中用了。

"三截棍[13]进枪吧？"王三胜要看老头子一手，三截棍不是随便就拿得起来的家伙。

老头子又点点头，抬起家伙来。

王三胜努着眼，抖着枪，脸上十分难看。

老头子的黑眼珠更深更小了，像两个香火头，随着面前的枪尖儿转，王三胜忽然觉得不舒服，那俩黑眼球似乎要把枪尖吸进去！四外已围得风雨不透，大家都觉出老头子确是有威。为躲那对眼睛，王三胜耍了个枪花。老头子的黄胡子一动："请！"王三胜一扣枪，向前躬步，枪尖奔了老头子的喉头去，枪缨打了一个红旋。老人的身子忽然活展了，将身微偏，让过枪尖，前把一挂，后把撩王三胜的手。拍，拍，两响，王三胜的枪撒了手。场外叫了好。王三胜连脸带胸口全紫了，抄起枪来；一个花子，连枪带人滚了过来，枪尖奔了老人的中部。老头子的眼亮得发着黑光；腿轻轻一屈，下把掩裆，上把打着刚要抽回的枪杆；拍，枪又落在地上。

场外又是一片彩声。王三胜流了汗，不再去拾枪，努着眼，木在那里。老头子扔下家伙，拾起大衫，还是拉拉着腿，可是走得很快。大衫搭在臂上，他过来拍了王三胜一下："还得练哪，伙计！"

"别走！"王三胜擦着汗："你不离，姓王的服了！可有一样，你敢会会沙老师？"

"就是为会他才来的！"老头子的干巴脸上皱起点来，似乎是笑呢。"走；收了吧；晚饭我请！"

王三胜把兵器拢在一处，寄放在变戏法二麻子那里，陪着老头子往庙外走。后面跟着不少人，他把他们骂散。

"你老贵姓？"他问。

"姓孙哪，"老头子的话与人一样，都那么干巴。"爱练；久想会会沙子龙"。

沙子龙不把你打扁了！王三胜心里说。他脚底下加了劲，可是没把孙老头落下。他看出来，老头子的腿是老走着查拳门中的连跳步；交起手来，必定很快。但是，无论他怎样快，沙子龙是没对手的。准知道孙老头要吃亏，他心中痛快了些，放慢了些脚步。

"孙大叔贵处？"

"河间的，小地方。"孙老者也和气了些："月棍年刀一辈子枪，不容易见功夫！说真的，你那两手就不坏！"

王三胜头上的汗又回来了，没言语。

到了客栈，他心中直跳，唯恐沙老师不在家，他急于报仇。他知道老师不爱管这种事，师弟们已碰过不少回钉子，可是他相信这回必定行，他是大伙计，不比那些毛孩子；再说，人家在庙会上点名叫阵，沙老师还能丢这个脸么？

"三胜，"沙子龙正在床上看着本《封神榜》[14]，"有事吗？"

三胜的脸又紫了，嘴唇动着，说不出话来。

沙子龙坐起来，"怎了，三胜？"

"栽了跟头！"

只打了个不甚长的哈欠，沙老师没别的表示。

王三胜心中不平，但是不敢发作；他得激动老师："姓孙的一个老头儿，门外等着老师呢；把我的枪，枪，打掉了两次！"他知道"枪"字在老师心中有多大分量。没等吩咐，他慌忙跑出去。

客人进来，沙子龙在外间屋等着呢。彼此拱手坐下，他叫三胜去泡茶。三胜希望两个老人立刻交了手，可是不能不沏茶去。孙老者没话讲，用深藏着的眼睛打量沙子龙。沙很客气：

"要是三胜得罪了你，不用理他，年纪还轻。"

孙老者有些失望，可也看出沙子龙的精明。他不知怎样好了，不能拿一个人的精明断定他的武艺。"我来领教领教枪法！"他不由地说出来。

沙子龙没接碴儿。王三胜提着茶壶走进来——急于看二人动手，他没管水开了没有，就沏在壶中。

"三胜，"沙子龙拿起个茶碗来，"去找小顺们去，天汇见，陪孙老者吃饭。"

"什么！"王三胜的眼球几乎掉出来。看了看沙老师的脸，他敢怒而不敢言地说了声"是啦！"走出去，撅着大嘴。

"教徒弟不易！"孙老者说。

"我没收过徒弟。走吧，这个水不开！茶馆去喝，喝饿了就吃。沙子龙从桌子上拿起青缎子褡裢，一头装着鼻烟壶，一头装着点钱，挂在腰带上。

"不，我还不饿！"孙老者很坚决，两个"不"字把小辫从肩上抡到后边去。

"说会子话儿。"

"我来为领教领教枪法。"

"功夫早搁下了，"沙子龙指着身上，"已经放了肉！"

"这么办也行，"孙老者深深的看了沙老师一眼："不比武，教给我那趟五虎断魂枪。"

"五虎断魂枪？"沙子龙笑了："早忘净了！早忘净了！告诉你，在我这儿住几天，咱们逛逛各处，临走，多少送点盘缠。"

"我不逛，也用不着钱，我来学艺！"孙老者立起来，"我练趟给你看看，看够得上学艺不够！"一屈腰已到了院中，把楼鸽都吓飞起去。拉开架子，他打了趟查拳[15]：腿快，手飘洒，一个飞脚起去，小辫儿飘在空中，像从天上落下来一个风筝；快之中，每个架子都摆得稳，准，利落；来回六趟，把院子满都打到，走得圆，接得紧，身子在一处，而精神贯串到四面八方。抱拳收势，身儿缩紧，好似满院乱飞的燕子忽然归了巢。

"好！好！"沙子龙在阶上点着头喊。

"教给我那趟！"孙老者抱了抱拳。

沙子龙下了台阶，也抱着拳："孙老者，说真的吧；那条枪和那套枪都跟我入棺材，一齐入棺材！"

"不传？"

"不传！"

孙老者的胡子嘴动了半天，没说出什么来。到屋里抄起蓝布大衫，拉拉着腿："打搅了，再会！"

"吃过饭走！"沙子龙说。

孙老者没言语。

沙子龙把客人送到小门，然后回到屋中，对着墙角立着的大枪点了点头。

他独自上了天汇，怕是王三胜们在那里等着。他们都没有去。

　　王三胜和小顺们都不敢再到土地庙去卖艺，大家谁也不再为沙子龙吹腾；反之，他们说沙子龙栽了跟头，不敢和个老头儿动手；那个老头子一脚能踢死个牛。不要说王三胜输给他，沙子龙也不是"个儿"。不过呢，王三胜到底和老头子见了个高低，而沙子龙连句硬话也没敢说。"神枪沙子龙"慢慢似乎被人们忘了。

　　夜静人稀，沙子龙关好了小门，一气把六十四枪刺下来；而后，挂着枪，望着天上的群星，想起当年在野店荒林的威风。叹一口气，用手指慢慢摸着凉滑的枪身，又微微一笑，"不传！不传！"

---

[1]　龙旗，指绘有龙纹图案的旗子，晚清的国旗为二角黄龙旗。

[2]　镖旗，旧时客商货车上所树的旗号，表明已受到镖局的保护。

[3]　口马，口北出产的马，泛指良马。

[4]　走镖，意思是做镖局营生，本篇主人公"神枪沙子龙"曾长期走镖。

[5]　国术，指中国传统武术。此处所言"国术还没被革命党与教育家提倡起来的时候"对应于20世纪二三十年代的国术倡兴。1927年，南京国民政府接纳了有识之士的建议，在全国推广国术，明令各地建立国术馆并率先成立了中央国术馆。1929年9月，青岛特别市国术馆在陵县路成立。1931底年沈鸿烈主政青岛之后，更是积极地推动国术，于1933年在广东路1号建起青岛市国术馆新馆并自任馆长，武林名家杨明斋、高凤岭、常秉毅、秘道生、尹玉章、纪炎昌、韩冠英等均在此任教。

[6]　楼鸽，鸽子中最常见的一种，喜成群结队栖于城楼或其他建筑阁楼等处，故名楼鸽。羽毛灰色，有大鼻子，体型壮硕，在鸽群里往往担当吹哨子的角色。见老舍《小动物们》。

[7]　五虎断魂枪，指镔铁打造的一种长枪；亦指枪法套路，为沙子龙的秘法绝技。

[8]　当事儿的，指有营养的食物，吃了不至于很快就饿的食物。

[9]　辣饼子，头天剩下的隔夜干粮。

[10]　走会，指参加节庆或庙会期间举办的传统武术、歌舞与杂技表演，以下所言"五虎棍，开路，太狮少狮"均是走会的内容。

[11]　上眼，提醒观众注意看。

[12]　太极拳讲究"整劲儿"，这里指因常年习练太极拳而形成的特有行走姿势。

[13]　三节棍，武术软器械，由三条等长的短棍连接而成，也称三节鞭。

[14]　《封神榜》，即《封神演义》，亦名《商周列国全传》，依托"周兴商灭"历史背景虚构的神魔小说，明代许仲琳著，尤为武林中人所喜欢。

[15]　查拳，回族传统拳术，长拳的五大流派之一，起源于山东。

11

斷魂槍

「生命是鬧着玩，事事顯出如此；從前我這麼想過，現在我懂得了」。

沙子龍的鑣局已改成客棧。

東方的大夢沒法子不醒了。砲聲壓下去馬來與印度野林中的虎嘯半醒的人們，揉着眼睛告着祖先與神靈不大會兒失去了國土自由與權利門外立着不同而色的人槍口還熱着他們的長矛毒弩花蛇斑彩的厚盾都有什麼用呢連祖先與祖先所信的神明全不靈了啊龍旗的中國也不再神祕有了火車呀穿墳過墓的破壞着風水裳紅色多穗的鑣旗綠緞皮鞘的鋼刀響着串鈴的口馬江湖上的智慧與黑話義氣與聲名連沙子龍，他的武藝事業都夢似的變成昨夜的。今天是火車快槍通商與恐怖聽說有人還要殺下

《断魂枪》原发表页
1935年9月22日天津《大公报》
副刊《文艺》第13期

《断魂枪》首页
《蛤藻集》初版
上海开明书店1936年11月

张勇绘《文武相会》，2010年

老舍素有武术修养，每日练武，养成习惯。他对武术之道的把握让许多武林人士感到钦佩，缘此而衍生出不少文武相会的佳话。他与武术家的交往由来已久，在济南即与拳师马子元建立了深厚友谊。20世纪30年代的青岛，文武并盛。当其时也，老舍写《断魂枪》，王度庐写《卧虎藏龙》，呈现出了国术文学的荣光。图为著名画家张勇所作《文武相会》，表现的是老舍与毛丽泉切磋武艺的场景。其上题有盛唐子撰文、欧玉珉书写的一段话，阐释了老舍文武兼备的精神世界并对当时青岛的国术气氛作出了说明。文曰："文武兼备，大道之行也。老舍有侠气，友人多述之。居岛时，日日晨起习武，风雨无阻，笔下亦见刀光之飘转与剑影之飞逸。一九三六，岁在丙子，寓黄县路小楼写《断魂枪》，于武术之精要察见尤深，如所述："拉开架子，他打了一趟查拳：腿快，手飘洒，一个飞脚起去，小辫儿飘在空中，象从天上落下来一个风筝；快之中，每个架子都摆得稳、准、利落；来回六趟，把院子满都打到，走得圆，接得紧，身子在一处，而精神贯串到四面八方。抱拳收势，身儿缩紧，好似满院乱飞的燕子忽然归了巢。"言中有大宗师，风生于闪展腾挪之间，目行于日月光华之内，周流八方之姿备极灵透，至若天地之贯通，神形之交融，千秋意脉尽在其中矣。此文事耶？武事耶？法度圆融，豪气干云，所以神游万仞，意守丹田，一切无非"精神贯串到四面八方"之为。天下文章，亦复如是。青岛山海形胜之地，三十年代，文武并盛，云蒸霞蔚，成百世之追忆。有鸳鸯螳螂拳第三代掌门人孙丛宅述之，其师毛丽泉掌门，尊享武林，兼行医道，亦好艺文，当其时也，居青岛，行侠义，得缘与老舍结识，切磋武艺，赏析文章，契阔谈讌，兴怀一致焉。此文武之会也，为夐绝之灵光也，为卓荦之气象也，岁月流逝，真意不绝，至今犹感念不尽。噫！"

听来的故事

对于青岛的樱花，我久已听人讲究过；既然今年有看着的机会，一定不去未免显着自己太别扭，虽然我经验过的对风景名胜和类似樱花这路玩艺的失望使我并不十分热心。太阳刚给嫩树叶油上一层绿银光，我就动身向公园[二]走去，心里说：早点走，省得把看花的精神移到看人上去。这个主意果然不错，树下应景而设的果摊茶桌，还都没摆好呢，差不多除了几位在那儿打扫甘蔗渣子、橘皮和昨天游客们所遗下的一切七零八碎的清道夫，就只有我自己。我在那条樱花路上来回蹓跶，远观近玩的细细的看了一番樱花。

本篇原载1935年5月12日天津《大公报》副刊《文艺》第151期。初收《蛤藻集》，上海开明书店1936年11月出版。

这是以青岛为背景的一篇小说，作者调动了自己的"青岛经验"，开头写樱花和中山公园，很优美。老舍的多篇小说是在饮酒和品茶时从朋友口中套故事套出来的，《骆驼祥子》缘起于此，这篇也是。小说以宋伯公大学同班同学孟智辰为主角，可孟并未在场，宋伯公是他的故事的讲述者，不仅讲故事，而且还随时加以评析。孟智辰的升迁过程，听起来奇哉怪也，然奇事不奇，因为他"默默中抓住种种现象下的一致的真理"，抓住了"自古以来种种人的最高的生命理想"，其"成功"全靠"无为而治"，有些神秘，成为了所谓"没办法就是办法的时代"的象征。小说情节荒诞，在真实与不真实之间形成了黑色幽默。老舍的一些小说带有明显的文化反思的意味，不只写人，而由人直达文化反思，并非仅只批评某个人，而是批评某个人所代表的"文化"，往往如此。

听 来 的 故 事

宋伯公是个可爱的人。他的可爱由于互相关联的两点：他热心交友，舍己从人；朋友托给他的事，他都当作自己的事那样给办理；他永远不怕多受累。因为这个，他的经验所以比一般人的都丰富，他有许多可听的故事。大家爱他的忠诚，也爱他的故事。找他帮忙也好，找他闲谈也好，他总是使人满意的。

对于青岛的樱花，我久已听人讲究过；既然今年有看着的机会，一定不去未免显着自己太别扭，虽然我经验过的对风景名胜和类似樱花这路玩艺的失望使我并不十分热心。太阳刚给嫩树叶油上一层绿银光，我就动身向公园[1]走去，心里说：早点走，省得把看花的精神移到看人上去。这个主意果然不错，树下应景而设的果摊茶桌，还都没摆好呢，差不多除了几位在那儿打扫甘蔗渣子、橘皮和昨天游客们所遗下的一切七零八碎的清道夫，就只有我自己。我在那条樱花路[2]上来回蹓跶，远观近玩的细细的看了一番樱花。

樱花说不上有什么出奇的地方，它艳丽不如桃花，玲珑不如海棠，清素不如梨花，简直没有什么香味。它的好处在乎"盛"：每一丛有十多朵，每一枝有许多丛；再加上一株挨着一株，看过去是一团团的白雪，微染着朝阳在雪上映出的一点浅粉。来一阵微风，樱树没有海棠那样的轻动多姿，而是整团的雪全体摆动；隔着松墙看过去，不见树身，只见一片雪海轻移，倒还不错。设若有下判断的必要，我只能说樱花的好处是使人痛快，它多、它白、它亮，它使人觉得春忽然发了疯，若是以一朵或一株而论，我简直不能给它六十分以上。

无论怎说吧，我算是看过了樱花。不算冤，可也不想再看，就带着这点心情我由花径中往回走，朝阳射着我的背。走到了梅花路的路头，我疑惑我的眼是有了毛病：迎面来的是宋伯公！这个忙人会有工夫来看樱花！

不是他是谁呢，他从远远的就"嘿喽"，一直"嘿喽"到握着我的手。他的脸朝着太阳，亮得和春光一样。

"嘿喽，嘿喽，"他想不起说什么，只就着舌头的便利又补上这么两下。

"你也来看花？"我笑着问。

"可就是，我也来看花！"他松了我的手。

"算了吧，跟我回家溜溜舌头去好不好？"我愿意听他瞎扯，所以不管他怎样热心看花了。

"总得看一下，大老远来的；看一眼，我跟你回家，有工夫；今天我们的头儿逛劳山[3]去，我也放了自己一天的假。"他的眼向樱花那边望了望，表示非去看看不可的样子。

我只好陪他再走一遭了。他的看花法和我的大不相同了。在他的眼中，每棵树都像人似的，有历史，有个性，还有名字："看那棵'小歪脖'，今年也长了本事；嘿！看这位'老太太'，居然大卖力气；去年，去年，她才开了，哼，二十来朵花吧！嘿喽！"他立在一棵细高的樱树前面："'小旗杆'，这不行呀，净往云彩里钻，不别枝子！不行，我不看电线杆子，告诉你！"然后他转向我来："去年，它就这么细高，今年还这样，没办法！"

"它们都是你的朋友？"我笑了。

宋伯公也笑了："哼，那边的那一片，几时栽的，哪棵是补种的，我都知道。"

看一下！他看了一点多钟！我不明白他怎么会对这些树感到这样的兴趣。连树干上抹着的白灰，他都得摸一摸，有一片话。诚然，他讲说什么都有趣；可是我对树木本身既没他那样的热诚所以他的话也就打不到我的心里去。我希望他说些别的。我也看出来，假如我不把他拉走，他是满可以把我说得变成一棵树，一声不出的听他说个三天五天的。

我把他硬扯到家中来。我允许给他打酒买菜；他接收了我的贿赂。他忘了樱花，可是我并想不起一定的事儿来说。瞎扯了半天，我提到孟智辰来。他马上接了过去：

"提起孟智辰来，那天你见他的经过如何？"

我并不很认识这个孟先生——或者应说孟秘书长——我前几天见过他一面，还是由宋伯公介绍的。我不是要见孟先生，而是必须见孟秘书长；我有件非秘书长不办的事情。

"我见着了他，"我说，"跟你告诉我的一点也不差：四棱子脑袋；牙和眼睛老预备着发笑唯恐笑晚了；脸上的神气明明宣布着："我什么也记不住，只能陪你笑一笑。"

"是不是？"宋伯公有点得意他形容人的本事。"可是，对那件事他怎么说？"

"他，他没办法。"

"什么？又没办法？这小子又要升官了！"宋伯公咬上嘴唇，像是想着点什么。

"没办法就又要升官了？"我有点惊异。

"你看，我这儿不是想哪吗？"

我不敢再紧问了，他要说一件事就要说完全了，我必须忍耐的等他想。虽然我的惊异使我想马上问他许多问题，可是我不敢开口；"凭他那个神气，怎能当上秘书长？"这句最先来到嘴边上的，我也咽下去。

我忍耐的等着他，好像避雨的时候渴望黑云裂开一点那样。不久——虽然我觉得彷彿很久——他的眼球里透出点笑光来，我知道他是预备好了。

"哼！"他出了声："够写篇小说的！"

"说吧，下午请你看电影！"

"值得看三次电影的，真的！"宋伯公知道他所有的故事的价值："你知道，孟秘书长是我大学里的同学？一点不瞎吹！同系同班，真正的同学。那时候，他就是个重要人物：学生会的会长呀，作各种代表呀，都是他。"

"这家伙有两下子？"我问。

"有两下子？连半下子也没有！"

"因为——"

"因为他连半下子没有，所以大家得举他。明白了吧？"

"大家争会长争得不可开交，"我猜想着："所以让给他作，是不是？"

宋伯公点了点头："人家孟先生的本事是凡事无办法，因而也就没主张与意见，最好作会长，或作菩萨。"

"学问许不错？"没有办事能干的人往往有会读书的聪明，我想。

"学问？哈哈！我和他都在英文系里，人家孟先生直到毕业不晓得莎士比亚是谁。可是他毕了业，因为无论是主任、教授、讲师，都觉得应当，应当，让他毕业。不让他毕业，他们觉得对不起人。人家老孟四年的工夫，没在讲堂上发过问。哪怕教员是条驴呢，他也对着书本发楞，一声不出。教员当然也不问他；即使偶尔问到他，他会把牙露出来，把眼珠收起去，那么一笑。这是天字第一号的好学生，当然得毕业。既准他毕业，大家就得帮助他作卷子，所以他的试卷很不错，因为是教员们给作的。自然，卷子里还有错儿，那可不是教员们作的不好，是被老孟抄错了；他老觉得M和N是可以通用的，所以把name写成mane，在他，一点也不算出奇。把这些错儿应扣的分数减去，他实得平均分数八十五分，文学士。来碗茶……

"毕业后，同班的先后都找到了事；前些年大学毕业生找事还不像现在这么难。老孟没事。有几个热心教育的同学办了个中学，那时候办中学是可以发财的。他们听说老孟没事，很想拉拔他一把儿，虽然准知道他不行；同学到底是同学，谁也不肯看着他闲起来。他们约上了他。叫他作什么呢，可是？教书，他教不了；训育，他管不住学生；体育，他不会，他顶好作校长。于是他作了校长。他一点不晓得大家为什么让他作校长，可是他也不骄傲，他天生来的是馒首幌子——馒头铺门口放着的那个大馒头，大，体面，木头作的，上着点白漆。

"一来二去不是，同学们看出来这位校长太没用了，可是他既不骄傲，又没主张，生生的把他撑了，似乎不大好意思。于是大家给他运动了个官立中学的校长。这位馒头幌子笑着搬了家。这时候，他结了婚，他的夫人是自幼定下的。她家中很有钱，兄弟们中有两位在西洋留学的。她可是并不认识多少字，所以很看得起她的丈夫。结婚不久，他在校长的椅子上坐不牢了；学校里发生了风潮，他没办法。正在这个时候，他的内兄由西洋回来，得了博士；回来就作了教育部的秘书。老孟一点主意没有，可也并不着急：倒慌了教育局局长——那时候还不叫教育局；管它叫什么呢——这玩艺，免老孟的职简直是和教育部秘书开火；不免职吧，事情办不下去。局长想出条好道，去请示部秘书好了。秘书新由外国回来，还没完全把西洋忘掉，'局长看着办吧。不过，派他去考查教育也好。'局长鞠躬而退；不几天，老孟换了西装，由馒头改成了面包。临走的时候，他的内兄嘱咐他：不必调查教育，安心的念二年书倒是好办法，我可以给你办官费。再来碗热的……

"二年无话，赶老孟回到国来，博士内兄已是大学校长。校长把他安置在历史系，教授。孟教授还是不骄傲，老实不客气的告诉系主任：东洋史，他不熟；西洋史，他知道一点；中国史，他没念过。系主任给了他两门最容易的功课，老孟还是教不了。到了学年终，系主任该从新选过——那时候的主任是由教授们选举的——大家一商议，校长的妹夫既是教不了任何功课，顶好是作主任；主任只须教一门功课就行了。老孟作了系主任，一点也不骄傲，可是挺喜欢自己能少教一门功课，笑着向大家说：我就是得少教功课。好像他一点别的毛病没有，而最适宜当主任似的。有一回我到他家里吃饭，孟夫人指着脸子说他：'我哥哥也溜过学，你也溜过学，怎么哥哥会作大校长，你怎就不会？'老孟低着头对自己笑了一下：'哼，我作主任合适！'我差点没憋死，我不敢笑出来。

"后来，他的内兄校长升了部长，他作了编译局局长。叫他作司长吧，他看不懂公事；叫他作秘书吧，他不会写；叫他作编辑委员吧，他不会编也不会译，况且职位也太低。他天生来的该作局长，既不须编，也无须译，又不用天天办公。'哼，我就是作局长合适！'这家伙仿佛很有自知之明似的。可是，我俩是不错的朋友，我不能说我佩服他，也不能说讨厌他。他几乎是一种灵感，一种哲理的化身。每逢当他升官，或是我自己在事业上失败，我必找他去谈一谈。他使我对于成功或失败都感觉到淡漠，使我心中平静。由他身上，我明白了我们的时代——没办法就是办法的时代。

一个人无须为他的时代着急，也无须为个人着急，他只须天真的没办法，自然会在波浪上浮着，而相信："哼，我浮着最合适。"这并不是我的生命哲学，不过是由老孟看出来这么点道理，这个道理使我每逢遇到失败而不去着急。再来碗茶！"

他喝着茶，我问了句："这个人没什么坏心眼？"

"没有，坏心眼多少需要一些聪明；茶不错，越焖越香！"宋伯公看着手里的茶碗。"在这个年月，凡要成功的必须掏坏；现在的经济制度是大鱼吃小鱼，小鱼吃虾米的制度。掏了坏，成了功；可不见就站得住。三摇两摆，还得栽下来；没有保险的事儿。我说老孟是一种灵感，我的意思就是他有种天才，或是直觉，他无须用坏心眼而能在波浪上浮着，而且浮得很常（长）久。认识了他便认识了保身之道。他没计划，没志愿，他只觉得合适，谁也没法子治他。成功的会再失败；老孟只有成功，无为而治。"

"可是他有位好内兄？"我问了一句。

"一点不错；可是你有那么位内兄，或我有那么位内兄，照样的失败。你，我，不会觉得什么都正合适。不太自傲，便太自贱；不是想露一手儿，便是想故意的藏起一招儿，这便必出毛病。人家老孟自然。糊涂得像条骆驼，可是老那么魁梧壮实，一声不出，能在沙漠里慢慢溜达一个星期！他不去找缝子钻，社会上自然给他预备好缝子，要不怎么他老预备着发笑呢。他觉得合适。你看，现在人家是秘书长；作秘书得有本事，他没有；作总长也得有本事，而且不愿用个有本事的秘书长；老孟正合适。他见客，他作代表，他没意见，他没的可泄露，他老笑着，他有四棱脑袋，种种样样他都合适。没人看得起他，因而也没人忌恨他；没人敢不尊敬他，因为他作什么都合适，而且越作地位越高。学问，志愿，天才，性格，都足以限制个人事业的发展，老孟都没有。要得着一切的须先失去一切，就是老孟。这个人的前途不可限量。我看将来的总统是给他预备着的。你爱信不信！"

"他连一点脾气都没有？"

"没有，纯粹顺着自然。你看，那天我找他去，正赶上孟太太又和他吵呢。我一进门，他笑脸相迎的：'哼，你来得正好，太太也不怎么又炸了。'一点不动感情。我把他约出去洗澡，喝！他那件小褂，多么黑先不用提，破的就像个地板擦子。'哼，太太老不给做新的吗。'这只是陈述，并没有不满意的意思。我请他洗了澡，吃了饭，他都觉得好：'这澡堂子多舒服呀！这饭多好吃呀！'他想不起给钱，他觉得被请合适。他想不起抓外钱，可是他的太太替他收下'礼物'，他也很高兴：'多进俩钱也不错！'你看，他歪打正着，正合乎这个时代的心理——礼物送给太太，而后老爷替礼物说话。他以自己的胡涂给别人的聪明开了一条路。他觉得合适，别人也觉得合适。他好像是个神秘派的诗人，默默中抓住种种现象下的一致的真理。他抓到——虽然他自己并不知道——自古以来中国人的最高的生命理想。"

"先喝一盅吧？"我让他。

他好像没听见。"这像篇小说不？"

"不大像，主角没有强烈的性格！"我假充懂得文学似的。

"下午的电影大概要吹？"他笑了笑。"再看看樱花去也好。"

"准请看电影，"我给他斟上一盅酒。"孟先生今年多大？"

"比我——想想看——比我大好几岁呢。大概有四十八九吧。干吗？呕，我明白了，你怕他不够作总统的年纪？再过几年，五十多岁，正合适！"

---

[1] 公园，指中山公园。见《五月的青岛》注2。

[2] 樱花路，指中山公园中贯通南北的一条道路，因两旁遍植樱花，故称樱花路，长达一公里。自德占青岛以后，这里开始从世界各地引种奇花异木，逐渐形成了森林花海景观。到了20世纪30年代，中山公园内的樱花近三万株，成为青岛乃至全国观赏樱花的的胜地。参见《五月的青岛》注2。

[3] 劳山，即崂山。见《暑避》注2。

聽來的故事

宋伯公是個可愛的人他的可愛由於互相關聯的兩點：他熱心交友捨己從人，朋友託給他的事他都當作自己的事那樣給辦理他永遠不怕多受累因為這個他的經驗所以比一般人的都豐富他有許多可聽的故事大家愛他的忠誠也愛他的故事。找他幫忙也好找他閒談也好他總是使人滿意的。

對於青島的櫻花我久已聽人講究過既然今年有看着的機會一定不去未免顯着自己太別扭雖然我經驗過的對風景名勝和類似櫻花這路玩藝的失望使我並不十分熱心太陽剛給嫩樹葉油上一層綠銀光我就勤身向公園走去心裏說早點走省得把看花的精神移到看人上去這個主意果然不錯樹下應景而設的果攤茶桌還都沒擺好呢，差不多除了幾位在那兒打掃甘蔗渣子橘皮和昨天游客們所遺下的一切七零八碎的

《听来的故事》原发表页
1935年5月12日天津《大公报》
副刊《文艺》第151期

《听来的故事》前两页
《蛤藻集》初版
上海开明书店1936年11月

20世纪30年代中山公园樱花路

20世纪30年代中山公园樱花路

新时代的旧悲剧

事隔了许久，事情的真相渐渐的透露出来，大家的意见也开始显出公平。

廉伯的罪过是无可置辩的，可是要了他的命的罪名，是窃卖『白面』——搜检了来，而用面粉替换上去。然而这究竟是个『罪名』，骨子里面还是因为他想『顶』公安局长。又正赶上政府刚下了严禁白面的命令，于是局长得了手。设若没有这道命令，或是这道命令已经下了好多时候，不但廉伯的命可以保住，而且局长为使自己的地位稳固，还得至少教廉伯兼一个差事。不能枪毙他，就得给他差事，局长只有这么两条路。他不敢撤廉伯的差，廉伯可以帮助局长，也可以随时倒戈，他手下有人，能扰乱地面。大家所以都这么说：廉伯与局长是半斤八两，不过廉伯的运气差一点，情屈命不屈。

本篇原载1935年10月1日《文学》第5卷第4号"特级中篇"专栏。初收《蛤藻集》，上海开明书店1936年11月出版。

作者一向重视文化思考，在新旧文化和东西文化冲突夹缝中观察和感受着世界，领受着文化冲突所带来的精神痛苦，特别是做现代的中国人，更是不易，因为"五千年的历史压在你的背上"，而"你须担当得起这历史延续下去的责任"。这部小说就特别突出了对东方文化中"孝"的思考，缘此而探照出传统文化的道德观、价值观及行为方式，提出了在"新时代"为何还会有如此"旧悲剧"的问题，表现出对中国文化命运的深深隐忧。这是一部过短的长篇或过长的短篇，作者说："《新时代的旧悲剧》有许多的缺点。最大的缺点是有许多人物都见首不见尾，没有'下回分解'。毛病是在'中篇'。"

新时代的旧悲剧

一

"老爷子！"陈廉伯跪在织锦的垫子上，声音有点颤，想抬起头来看看父亲，可是不能办到；低着头，手扶在垫角上，半闭着眼，说下去："儿子又孝敬您一个小买卖！"说完这句话，他心中平静一些，可是再也想不出别的话来，一种渺茫的平静，像秋夜听着点远远的风声那样无可如何的把兴奋、平静、感慨与情绪的激动，全融化在一处，不知怎样才好。他的两臂似乎有点发麻，不能再呆呆的跪在那里；他只好磕下头去。磕了三个，也许是四个头，他心中舒服了好多，好像又找回来全身的力量，他敢抬头看看父亲了。

在他的眼里，父亲是位神仙，与他有直接关系的一位神仙；在他拜孔圣人、关夫子，和其他的神明的时节，他感到一种严肃与敬畏，或是一种敷衍了事的情态。唯有给父亲磕头的时节他才觉到敬畏与热情联合到一处，绝对不能敷衍了事。他似乎觉出父亲的血是在他身上，使他单纯得像初生下来的小娃娃，同时他又感到自己的能力，能报答父亲的恩惠，能使父亲给他的血肉更光荣一些，为陈家的将来开出条更光洁香热的血路；他是承上起下的关节，他对得起祖先，而必定得到后辈的钦感！

他看了父亲一眼，心中更充实了些，右手一挂，轻快的立起来，全身都似乎特别的增加了些力量。陈老先生——陈宏道，陈老先生——仍然端坐在红木椅上，微笑着看了儿子一眼，没有说什么；父子的眼睛遇到一处已经把心中的一切都倾洒出来，本来不须再说什么。陈老先生仍然端坐在那里，一部分是为回味着儿子的孝心，一部分是为等着别人进来贺喜——每逢廉伯孝敬给老先生一所房，一块地，或是——像这次——一个买卖，总是先由廉伯在堂屋里给父亲叩头，而后全家的人依次的进来道喜。

陈老先生的脸是红而开展，长眉长须还都很黑，头发可是有些白的了。大眼睛，因为上了年纪，眼皮下松松的搭拉着半圆的肉口袋；口袋上有些灰红的横纹，颇有神威。鼻子不高，可是宽，鼻孔向外撑着，身量高。手脚都很大；手扶着膝在那儿端坐，背还很直，好似座小山儿：庄严、硬朗、高傲。

廉伯立在父亲旁边，嘴微张着些，呆呆的看着父亲那个可畏可爱的旁影。他自己只有老先生的身量，而没有那点气度。他是细长，有点水蛇腰，每逢走快了的时候自己都有些发毛咕。他的模样也像老先生，可是脸色不那么红；虽然将近四十岁，脸上还没有多少须子茬；对父亲的长须，他只有羡慕而已。立在父亲旁边，他又渺茫的感到常常袭击他的那点恐惧。他老怕父亲有个山高水远，而自己压不住他的财产与事业。从气度上与面貌上看，他似乎觉得陈家到了他这一辈，好像兑了水的酒，已经没有那么厚的味道了。在别的方面，他也许比父亲还强，可是他缺乏那点神威与自信。父亲是他的主心骨，像个活神仙似的，能暗中保祐他。有父亲活着，他似乎才敢冒险，敢见钱就抓，敢和人们结仇作对，敢下毒手。每当他遇到困难，迟疑不决的时候，他便回家一会儿。父亲的红脸长须给他胆量与决断；他并不必和父亲商议什么，看看父亲的红脸就够了。现今，他又把刚置买了的产业献给父亲，父亲的福气能压得住一切；即使产业的来路有些不明不白的地方，也被他的孝心与父亲的福分给镇下去。

头一个进来贺喜的是廉伯的大孩子，大成，十一岁的男孩，大脑袋，大嗓门，有点傻，因为小时候吃多了凉药。老先生看见孙子进来，本想立起来去拉他的小手，继而一想大家还没都到全，还不便马上离开红木椅子。

"大成，"老先生声音响亮的叫，"你干什么来了？"

大成摸了下鼻子，往四围看了一眼："妈叫我进来，给爷道，道……"傻小子低下头去看地上的锦垫子。马上弯下身去摸垫子四围的绒绳，似乎把别的都忘了。

陈老先生微微的一笑，看了廉伯一眼，"痴儿多福！"连连的点头。廉伯也陪着一笑。

廉仲——老先生的二儿子——轻轻的走进来。他才有二十多岁，个子很大，脸红而胖，很像陈老先生，可是举止显着迟笨，没有老先生的气派与身分。

没等二儿子张口，老先生把脸上的微笑收起去。叫了声："廉仲！"

廉仲的胖脸上由红而紫，不知怎样才好，眼睛躲着廉伯。

"廉仲！"老先生又叫了声。"君子忧道不忧贫，你倒不用看看你哥哥尽孝，心中不安，不用！积善之家自有余福，你哥哥的顺利，与其说是他有本事，还不如说是咱们陈家过去几代积成的善果。产业来得不易，可是保守更难，此中消息，"老先生慢慢摇着头，"大不易言！箪食瓢饮，那乃是圣道，我不能以此期望你们；腾达显贵，显亲扬名，此乃人道，虽福命自天，不便强求，可是彼丈夫也，我丈夫也，有为者亦若是。我不求你和你哥哥一样的发展，你的才力本来不及他，况且又被你母亲把你惯坏；我只求你循规蹈矩的去作人，帮助父兄去守业，假如你不能自己独创的话。你哥哥今天又孝敬我一点产业，这算不了什么，我并不因此——这点产业——而喜欢；可是我确是喜欢，喜欢的是他的那点孝心。"老先生忽然看了孙子一眼："大成，叫你妹妹去！"

廉仲的胖脸上见了汗，不知怎样好，乘着父亲和大成说话，慢慢的转到老先生背后，去看墙上挂着的一张山水画。大成还没表示是否听明白祖父的话，妈妈已经携着妹妹进来了。女人在陈老先生心中是没有一点价值的，廉伯太太大概早已立在门外，等着传唤。

廉伯太太有三十四五岁，长得还富泰。倒退十年，她一定是个漂亮的小媳妇。现在还不难看，皮肤很细，可是她的白胖把青春埋葬了，只是富泰，而没有美的诱力了。在安稳之中，她有点不安的神气，眼睛偷偷的，不住的，往四下望。胖脸上老带着点笑容；似乎是给谁道歉，又似乎是自慰，正像个将死了婆婆，好脾气，而没有多少本事的中年主妇。她一进屋门，陈老先生就立了起来，好似传见的典礼已经到了末尾。

"爷爷大喜！"廉伯太太不很自然的笑着，眼睛不敢看公公，可又不晓得去看什么好。

"有什么可喜！有什么可喜！"陈老先生并没发怒，脸上可也不带一点笑容，好似个说话的机器在那儿说话，一点也不带感情，公公对儿媳是必须这样说话的，他彷佛是在表示。"好好的相夫教子，那是妇人的责任；就是别因富而骄惰，你母家是不十分富裕的，哎，哎……"老先生似乎不愿把话说到家，免得使儿媳太难堪了。

廉伯太太胖脸上将要红，可是就又挂上了点无聊的笑意，拉了拉小女儿，意思是叫她找祖父去。祖父的眼角撩到了孙女，可是没想招呼她。女儿都是赔钱的货，老先生不愿偏疼孙子，但是不由的不肯多亲爱孙女。

老先生在屋里走了几步，每一步都用极坚实的脚力放在地上，作足了昂举阔步。自己的全身投在穿衣镜里，他微停了一会儿，端详了自己一下。然后转过身来，向大儿子一笑。

"冯唐易老，李广难封！才难，才难；但是知人惜才者尤难！我已六十多了……"老先生对着镜子摇了半天头。"怀才不遇，一无所成……"他捻着须梢儿，对着镜子细端详自己的脸。

老先生没法子不爱自己的脸。他是个文人，而有武相。他有一切文人该有的仁义礼智，与守道卫教的志愿，可是还有点文人所不敢期冀的，他自比岳武穆。他是，他自己这么形容，红脸长髯高吟"大江东去"的文人。他看不起普通的白面书生。只有他，文武兼全，才担得起翼教爱民的责任。他自信学问与体魄都超乎人，他什么都知道，而且知道的最深最好。可惜，他只是个候补知县而永远没有补过实缺。因此，他一方面以为自己的怀才不遇是人间的莫大损失；在另一方面，他真喜欢大儿子——文章经济，自己的文章无疑的是可以传世的，可是经济方面只好让给儿子了。

廉伯现在作侦探长，很能抓弄些个钱。陈老先生不喜欢"侦探长"，可是侦探长有升为公安局长的希望，公安局长差不多就是原先的九门提督正堂，那么侦探长也就可以算作……至少是三品的武官吧。自从革命以后，官衔往往是不见经传的，也就只好承认官便是官，虽然有的有失典雅，可也没法子纠正。况且官总是"学优而仕"，名衔纵管不同，道理是万世不变的。老先生心中的学问老与作官相联，正如道德永远和利益分不开。儿子既是官，而且能弄钱，又是个孝子，老先生便没法子不满意。只有想到自己的官运不通，他才稍有点忌妒儿子，可是这点牢骚正好是作诗的好材料，那么作一两首律诗或绝句也便正好是哀而不伤。

老先生又在屋中走了两趟，哀意渐次发散净尽。"廉伯，今天晚上谁来吃饭。"

"不过几位熟朋友。"廉伯笑着回答。

"我不喜欢人家来道喜！"老先生的眉皱上一些。"我们的兴旺是父慈子孝的善果；是善果，他们如何能明白……"

"熟朋友，公安局长，还有王处长……"廉伯不愿一一的提名道姓，他知道老人的脾气有时候是古怪一点。

老先生没再说什么。过了一会儿："别都叫陈寿预备，外边叫几个菜，再由陈寿预备几个，显着既不太难看，又有家常便饭的味道。"老先生的眼睛放了光，显出高兴的样子来，这种待客的计划，在他看，也是"经济"的一部分。

"那么老爷子就想几个菜吧；您也同我们喝一盅？"

"好吧，我告诉陈寿；我当然出来陪一陪；廉仲，你也早些回来！"

二

陈宅西屋的房脊上挂着一钩斜月，阵阵小风把院中的声音与桂花的香味送走好远。大门口摆着三辆汽车，陈宅的三条狼狗都面对汽车的大鼻子趴着，连车带狗全一声不出，都静听着院里的欢笑。院里很热闹：外院南房里三个汽车夫，公安局长的武装警卫，和陈廉伯自用的侦探，正推牌九。里院，晚饭还没吃完。廉伯不是正式的请客，而是随便约了公安局局长，卫生处处长，市政府秘书主任，和他们的太太们来玩一玩；自然，他们都知道廉伯又置买了产业，可是只暗示出道喜的意思，并没送礼，也就不好意思要求正式请客。菜是陈寿作的，由陈老先生外点了几个，最得意的是个桂花翅子——虽然是个老菜，可是多么迎时当令呢。陈寿的手艺不错，客人们都吃得很满意；虽然陈老先生不住的骂他混蛋。老先生的嘴能够非常的雅，也能非常的野，那要看对谁讲话。

老先生喝了不少的酒，眼皮下的肉袋完全紫了；每干一盅，他用大手慢慢的捋两把胡子，检阅军队似的看客人们一眼。

"老先生海量！"大家不住的夸赞。

"哪里的话！"老先生心里十分得意，而设法不露出来，他似乎知道虚假便是涵养的别名。可是他不完全是个瘦弱的文人，他是文武双全，所以又不能不表示一些豪放的气概："几杯还可以对付，哈哈！请，请！"他又灌下一盅。

大家似乎都有点怕他。他们也许有更阔或更出名的父亲，可是没法不佩服陈老先生的气派与神威。他们看出来，假若他们的地位低卑一些，陈老先生一定不会出来陪他们吃酒。他们懂得，也自己常应用，这种虚假的应酬方法，可是他们仍然不能不佩服老先生把这个运用得有声有色，把儒者、诗人、名士、大将，所该有的套数全和演戏似的表现得生动而大气。

饭撤下去，陈福来放牌桌。陈老先生不打牌，也反对别人打牌。可是廉伯得应酬，他不便干涉。看着牌桌摆好，他闭了一会儿眼，好似把眼珠放到肉袋里去休息。而后，打了个长的哈欠。廉伯赶紧笑着问：

"老爷子要是——"

陈老先生睁开眼，落下一对大眼泪，看着大家，腮上微微有点笑意。

"老先生不打两圈？两圈？"客人们问。

"老矣，无能为矣！"老先生笑着摇头，彷佛有无限的感慨。又坐了一会儿，用大手连抹几把胡子，唧唧的咂了两下嘴，慢慢的立起来："不陪了。陈福，倒茶！"向大家微一躬身，马上挺直，扯开方步，一座牌坊似的走出去。

男女分了组：男的在东间，女的在西间。廉伯和弟弟一手，先让弟弟打。

牌打到八圈上，陈福和刘妈分着往东西屋送点心。廉伯让大家吃，大家都眼看着牌，向前面点头。廉伯再让，大家用手去摸点心，眼睛完全用在牌上。卫生处处长忘了卫生，市政府秘书主任差点把个筹码放在嘴里。廉仲不吃，眼睛钉着面前那个没用而不敢打出去的白板，恨不能用眼力把白板刻成个么筒或四万。

廉仲无论如何不肯放手那张白板。公安局长手里有这么一对儿宝贝。廉伯让点心的时节，就手儿看了大家的牌，有心给弟弟个暗号，放松那个值钱的东西，因为公安局长已经输了不少。叫弟弟少赢几块，而讨局长个喜欢，不见得不上算。可是，万一局长得了一张牌而幸起去呢？赌就是赌，没有谦让。他没通知弟弟。设若光是一张牌的事，他也许不这么狠。打给局长，讨局长的喜欢，局长，局长，他不肯服这个软儿。在这里，他自信得了点父亲的教训：应酬是手段，一往直前是陈家的精神；他自己将来不止于作公安局长，可是现在他可以，也应当作公安局长。他不能退让，没看起那手中有一对白板的局长，弟弟手里那张牌是不能送礼的。

又摸了两手，局长把白板摸了上来，和了牌。廉仲把牌推散，对哥哥一笑。廉伯的眼把弟弟的笑整个的瞪了回去。

局长自从掏了白板，转了风头，马上有了闲话："处长，给你张卫生牌吃吃！"顶了处长一张九万。可是，八圈完了，大家都立起来。

"接着来！"廉伯请大家坐下："早得很呢！"

卫生处处长想去睡觉，以重卫生，可是也想报复，局长那几张卫生牌顶得他出不来气。什么早睡晚睡，难道卫生处处长就不是人，就不许用些感情？他自己说服了自己。

秘书长一劲儿谦虚，纯粹为谦虚而谦虚，不愿挑头儿继续作战，也不便主张散局，而只说自己打得不好。

只等局长的命令。"好吧，再来；廉伯还没打呢！"

大家都迟迟的坐下，心里颇急切。廉仲不敢坐实在了，眼睛瞭着哥哥，心中直跳。一边瞭着哥哥，一边鼓逗骰子，他希望廉伯还让给他——哪怕是再让一圈呢。廉伯决定下场，廉仲像被强迫爬起来的骆驼，极慢极慢的把自己收拾起来。连一句"五家来，作梦，"都没人说一声！他的脸烧起来，别人也没注意。他恨这群人，特别恨他的哥哥。可是他舍不得走开。打不着牌，看看也多少过点瘾。他坐在廉伯旁边。看了两把，他的茄子色慢慢的降下去，只留下两小帖红而圆的膏药在颧骨上，很傻而有点美。

从第九圈上起，大家的语声和牌声比以前加高了一倍。礼貌、文化、身分、教育，都似乎不再与他们相干，或者向来就没和他们发生过关系。越到夜静人稀，他们越粗暴，把细心全放在牌张的调动上。他们用最粗暴的语气索要一个最小的筹码。他们的脸上失去那层温和的笑意，眼中射出些贼光，瞭着别人的手而掩饰自己的心情变化。他们的唇被香烟烧焦，鼻上结着冷汗珠，身上放射着湿潮的臭气。

西间里，太太们的声音并不比东间里的小，而且非常尖锐。可是她们打得慢一点，东间的第九圈开始，她们的八圈还没有完。毛病是在廉伯太太。显然的，局长太太们不大喜欢和她打，她自己也似乎不十分热心的来。可是没有她便成不上局，大家无法，她也无法。她打的慢，算和慢，每打一张她还得那么抱歉的、无聊的、无可奈何的笑一笑，大家只看她的张子，不看她的笑；她发的张子老是很臭：吃上的不感激她，吃不上的责难她。她不敢发脾气，也不大会发脾气，她只觉得很难受，而且心中嘀嘀咕咕，惟恐丈夫过来检查她——她打的不好便是给他丢人。那三家儿都是牌油子。廉伯太太对于她们的牌法如何倒不大关心，她羡慕她们因会打牌而能博得丈夫们的欢心。局长太太是二太太，可是打起牌来就有了身分，而公然的轻看廉伯太太。

八圈完了，廉伯太太缓了一口气，可是不敢明说她不愿继续受罪。刘妈进来伺候茶水，她忽然想起来，胖胖的一笑：“刘妈，二爷呢？”

局长太太们知道廉仲厉害，可是不反对他代替嫂子；要玩就玩个痛快，在赌钱的时节她们有点富于男性。廉仲一坐下，彷佛带来一股春风，大家都高兴了许多。大家都长了精神，可也都更难看了，没人再管脸上花到什么程度；最美的局长二太太的脸上也黄一块白一块的，有点像连阴天时的壁纸。屋中潮渌渌的有些臭味。

廉伯太太心中舒服了许多，但还不能马上躲开。她知道她的责任是什么，一种极难堪，极不自然，而且不被人钦佩与感激的责任。她坐在卫生处长太太旁边，手放在膝上，向桌子角儿微笑。她觉到她什么也不是，只是廉伯太太，这四个字把她捆在那里。

廉仲可是非常的得意。“赌”是他的天才所在，提到打牌，推牌九，下棋，抽签子，他都不但精通，而且手里有花活。别的，他无论怎样学也学不会；赌，一看就明白。这个，使他在家里永远得不着好气，可是在外边很有人看得起他，看他是把手儿。他恨陈老先生和廉伯，特别是在陈老先生说“都是你母亲惯坏了你”的时候。他爱母亲，设若母亲现在还活着，他绝不会受他们这么大的欺侮，他老这样想。母亲是死了，他只能跟嫂子亲近，老嫂比母，他对嫂子十分的敬爱。因此，陈老先生更不待见他，陈家的男子都是轻看妇女的，只有廉仲是个例外，没出息。

他每打一张俏皮的牌，必看嫂子一眼，好似小儿要俏而要求大人夸奖那样。有时候他还请嫂子过来看看他的牌，虽然他明知道嫂子是不很懂得牌经的。这样作，他心中舒服，嫂子的笑容明白的表示出她尊重二爷的技巧与本领，他在嫂子眼中是“二爷”，不是陈家的“吃累”。

三

快天亮了。凉风儿在还看不出一定颜色的云下轻快的吹着，吹散了院中的桂香，带来远处的犬声。风儿虽然清凉，空中可有些潮湿，草叶上挂满还没有放光的珠子。墙根下处处虫声，急促而悲哀。陈家的牌局已完，大家都用喷过香水的热毛巾擦脸上的油腻，跟着又点上香烟，烫那已经麻木了的舌尖，好似为赶一赶内部的酸闷。大家还舍不得离开牌桌。可是嘴中已不再谈玩牌的经过，而信口的谈着闲事，谈得而且很客气，彷佛把礼貌与文化又恢复了许多；廉伯太太的身分在天亮时节突然提高，大家都想起她的小孩，而殷勤的探问。陈福和刘妈都红着眼睛往屋里端鸡汤挂面，大家客气了一番，然后闭着眼往口中吞吸，嘴在运动，头可是发沉，大家停止了说话。第二把热毛巾递上来，大家才把脸上的筋肉活动开，咬着牙往回堵送哈欠。

"局长累了吧？"廉伯用极大的力量甩开心中的迷忽。

"哪！哪累！"局长用热手巾捂着脖梗。

"陈太太，真该歇歇了，我们太不客气了！"卫生处长的手心有点发热，渺茫的计划着应回家吃点什么药。

廉伯太太没说出什么来，笑了笑。

局长立起来，大家开始活动，都预备着说"谢谢"。局长说了；紧跟着一串珠似的"谢谢"。陈福赶紧往外跑，门外的汽车喇叭响成一阵，三条狼狗打着欢儿咬，全街的野狗家狗一致响应。大家仍然很客气，过一道门让一次，话很多而且声音洪亮。主人一定叫陈福去找毛衣，一定说天气很凉；客人们一定说不凉，可是都微微有点发抖。毛衣始终没拿来，汽车的门唧唧关好，又是一阵喇叭，大家手中的红香烟头儿上下摆动，"谢谢！""慢待；"嘟嘟的响成一片。陈福扯开嗓子喊狗。大门雷似的关好，上了闩。院中扯着几个长而无力的哈欠，一阵桂花香，天上剩了不几个星星。

草叶上的水珠刚刚发白，陈老先生起来了。早睡早起，勤俭兴家，他是遵行古道的。四外很安静，只有他自己的声音传达到远处，他摔门、咳嗽、骂狗、念诗……四外越安静，他越爱听自己的声音，他是警世的晨钟。

陈老先生的诗念得差不多，大成——因为晚饭吃得不甚合适——起来了，起来就嚷肚子饿。老先生最关心孩子，高声喊陈寿，想法儿先治大成的饿。陈寿已经一夜没睡，但是听见老主人喊他，他不敢再多迟延一秒钟。熬了一夜，可是得了"头儿钱"呢；他晓得这句是在老主人的嘴边上等着他，他不必找不自在。他晕头打脑的给小主人预备吃食，而且假装不困，走得很快，也很迷忽。

听着孙子不再叫唤了，老先生才安心继续读诗。天下最好听的莫过于孩子哭笑与读书声，陈家老有这两样，老先生不由的心中高兴。

陈寿喂完小主人，还不敢去睡，在老主人的屋外脚不出声的来回走；他怕一躺下便不容易再睁开眼。听着老主人的诗声落下一个调门来，他把香片茶、点心端进去。出来，就手儿喂了狗，然后轻轻跑到自己屋中，闭上了眼。

陈老先生吃过点心，到院中看花草。他并不爱花，可是每遇到它们，他不能不看，而且在自己家中是早晚必找上它们去看一会儿，因为诗中常常描写花草霜露，他可以不爱花，而不能表示自己不懂得诗。秋天的朝阳把多露的叶子照得带着金珠，他觉得应当作诗，泄一泄心中的牢骚。可是他心中，在事实上，是很舒服、快活，而且一心惦记着那个新买过来的铺子。诗无从作起。牢骚可不能去掉，不管有诗没有。没有牢骚根本算不了个儒生、诗人、名士。是的，他觉得他的六十多岁是虚度，满腹文章，未曾施展过一点。"不才明主弃！"想不起来全句。老杜、香山、东坡……都作过官；饶作过官，还那么牢骚抑郁，况且陈老先生，惭愧、空虚。他想起那个买卖。儿子孝敬给他的产业，实在的，须用心经营的，经之营之……他决定到铺子去看看。他看不起作买卖，可是不能不替儿子照管一下，再说呢，"道"在什么地方也存在着。子贡也是贤人！书须活念，不能当书痴。他开始换衣服。刚换好了鞋，廉伯自用的侦探兼陈家的门房冯有才进来请示：

"老先生，"冯有才——四十多岁，嘴像鲇鱼似的——低声的说："那个，他们送来，那什么，两个封儿。"

"为什么来告诉我？"老先生的眼睛瞪得很大。

"不是那个，大先生还睡觉哪吗，"鲇鱼嘴试着步儿笑："我不好，不敢去惊动他，所以——"

陈老先生不好意思去思索，又得出个妥当的主意："他们天亮才散，我晓得！"缓了口气。"你先收下好啦，回头交给大爷：我不管，我不管！"走过去，把那本诗拿在手中，没看冯有才。

冯有才像从鱼网的孔中漏了出去，脚不擦地的走了。老先生又把那本诗放下，看了一眼："凉风起天末，君子意如何？！""君子——意——如——何——"老先生心中茫然，惭愧，没补上过知县，连个封儿都不敢接；冯有才，混蛋，必定笑我呢！送封儿是自古有之，可是应当什么时候送呢？是不是应当直接的说来送封儿，如邮差那样喊"送信"？说不清，惭愧！文章经济，自己到底缺乏经验，空虚——"意如何！"对着镜子看了看："养拙干戈际，全生麋鹿群！"细看看镜中的老眼有没有泪珠，没有；古人的性情，有不可及者！

老先生换好衣服，正想到铺子去看看，冯有才又进来了："老先生，那什么，我刚才忘记回了：钱会长派人来送口信，请您今天过去谈谈。"

"什么时候？"

"越早越好。"

老先生的大眼睛闭了闭，冯有才退出去。老先生翻眼回味着刚才那一闭眼的神威，开始觉到生命并不空虚，一闭眼也有作用；假如自己是个"重臣"，这一闭眼应当有多么大的价值？可惜只用在冯有才那混蛋的身上；白废！到底生命还是不充实，儒者三月无君……

他决定先去访钱会长。没坐车，为是活动活动腿脚。微风吹斜了长须，触着一些阳光，须梢闪起金花。他端起架子，渐渐的忘记是自己的身体在街上走，而是一个极大极素美的镜框子，被一股什么精神与道气催动着，在街上为众人示范——镜框子当中是个活圣贤。走着走着，他觉得有点不是味儿：知道那两封儿里是支票呢，还是现款呢？交给冯有才那个混蛋收着……不能，也许不能……可是，钱若是不少，谁保得住他不携款潜逃！世道人心！他想回去，可是不好意思，身分、礼教，都不准他回去。然而这绝不是多虑，应当回去！自己越有修养，别人当然越不可靠，不是过虑。回去不呢？没办法！

四

花厅里坐着两位，钱会长和武将军。钱会长从前作过教育次长和盐运使，现在却愿意人家称呼他会长，国学会的会长。武将军是个退职的武人，自从退隐以后，一点也不像个武人，肥头大耳的倒像个富商，近来很喜欢读书。

陈老先生和他们并非旧交，还是自从儿子升了侦探长以后才与他们来往。他对钱子美钱会长有相当的敬意，一来因为会长的身分，二来因为会长对于经学确是有研究，三来因为会长沉默寡言而又善于理财——文章经济。对武将军，陈老先生很大度的当个朋友待，完全因为武将军什么也不知道而好向老先生请教。

三人打过招呼，钱会长一劲儿咕噜着水烟，两只小眼专看着水烟袋，一声不出。武将军倒想说话，而不知说什么好，在文人面前他老有点不自然。陈老先生也不便开口，以保持自己的尊严。

坐了有十分钟，钱会长的脚前一堆一堆的烟灰已经像个义冢的小模型。他放下了烟袋，用右手无名指的长指甲轻轻刮了刮头。小眼睛从心里透出点笑意，像埋在深处的种子顶出个小小的春芽。用左手小指的指甲剔动右手的无名指，小眼睛看着两片指甲的接触，笑了笑：

"陈老先生，武将军要读《春秋》[1]；怎样？我以为先读《尚书》[2]，更根本一些；自然《春秋》也好，也好！"

"一以贯之，《十三经》[3]本是个圆圈，"陈老先生手扶在膝上，看着自己的心，听着自己的声音："从哪里始，于何处止，全无不可！子美翁？"

武将军看着两位老先生，觉得他们的话非常有意思，可是又不甚明白。他搭不上嘴，只好用心的听着，心中告诉自己："这有意思，很深！"

"是的，是的！"会长又拿起水烟袋，揉着点烟丝，暂时不往烟筒上放。想了半天："宏道翁，近来以甲骨文证《尚书》者，有无是处。前天——"

"那——"

会长点头相让。陈老先生觉得差点沉稳，也不好不接下去："那，离经叛道而已。经所以传道，传道！见道有深浅，注释乃有不同，而无伤于经；以经为器，支解割裂，甲骨云乎哉！哈哈哈哈！"

"卓见！"咕噜咕噜。"前天，一个少年来见我，提到此事，我也是这么说，不谋而合。"

武将军等着听个结果，到底他应当读《春秋》还是《书经》，两位老先生全不言语了，好像刚斗过一阵的俩老鸡，休息一会儿，再斗。

陈老先生非常的得意，居然战胜了钱会长。自己的地位、经验，远不及钱子美，可是说到学问，自己并不弱，一点不弱。可见学问与经验也许不必互相关联？或者所谓学问全在嘴上，学问越大心中越空？他不敢决定，得意的劲儿渐次消散，他希望钱会长，哪怕是武将军呢，说些别的。

武将军忽然想起来："会长，娘们是南方的好，还是北方的好？"

陈老先生的耳朵似乎被什么猛的刺了一下。

武将军傻笑，脖子缩到一块，许多层肉摺。

钱会长的嘴在水烟袋上，小眼睛挤咕着，唏唏的笑。"武将军，我们谈道，你谈妇人，善于报复！"

武将军反而扬起脸来："不瞎吵，我真想知道哇。你们比我年纪大，经验多，娘们，谁个爱娘们？"

"这倒成了问题！"会长笑出了声。

陈老先生没言语，看着钱子美。他真不爱听这路话，可是不敢得罪他们；地位的优越，没办法。

"陈老先生？"武将军将错就错，闹哄起来。

"武将军天真，天真！食色性也，不过——"陈老先生假装一笑。

"等着，武将军，等多喒咱们喝几盅的时候，我告诉你；你得先背熟了《春秋》！"会长大笑起来，可依然没有多少声音，像狗喘那样。

陈老先生陪着笑起来。讲什么他也不弱于会长，他心里说，学问、手段……不过，他也的确觉到他是跟会长学了一招儿。文人所以能驾驭武人者在此，手段。

可是他自己知道，他笑得很不自然。他也想到：假若他不在这里，或者钱会长和武将军就会谈起妇女来。他得把话扯到别处去，不要大家楞着，越楞着越会使会长感到不安。

"那个，子美翁，有事商量吗？我还有点别的……"

"可就是。"钱会长想起来："别人都起不了这么早，所以我只约了你们二位来。水灾的事，马上需要巨款，咱先凑一些发出去，刻不容缓。以后再和大家商议。"

"很好！"武将军把话都听明白，而且非常愿意拿钱办善事。"会长分派吧，该拿多少！"

"昨天晚上遇见吟老，他拿一千。大家量力而为吧。"钱会长慢慢的说。

"那么，算我两千吧。"武将军把腿伸出好远，闭上眼养神，彷佛没了他的事。

陈老先生为了难。当仁不让，不能当场丢人。可是书生，没作过官的书生，哪能和盐运使与将军比呢。不错，他现在有些财产，可是他没觉到富裕，他总以为自己还是个穷读书的；因为感觉到自己穷，才能作出诗来。再说呢，那点财产都是儿子挣来的，不容易；老子随便挥霍——即使是为行善——岂不是慷他人之慨？父慈子孝，这是两方面的。为儿子才拉拢这些人！可是没拉拢出来什么，而先倒出一笔钱去，儿子的，怎对得起儿子？自然，也许出一笔钱，引起会长的敬意。对儿子不无好处；但是希望与拿现钱是两回事。引起他们的敬意，就不能少拿，而且还得快说，会长在那儿等着呢！乐天下之乐，忧天下之忧，常这么说；可谁叫自己连个知县也没补上过呢！陈老先生的难堪甚于顾虑，他恨自己。他将了把胡子，手微有一点颤。

"寒士，不过呢，当仁不让，我也拿吟老那个数儿吧。唯赈无量不及破产！哈哈！"他自己听得出哈哈中有点颤音。

他痛快了些，像把苦药吞下去那样，不感觉舒服，而是减少了迟疑与苦闷。

武将军两千，陈老先生一千，不算很小的一个数儿。可是会长连头也没抬，依然咕噜着他的水烟。陈老先生一方面羡慕会长的气度，一方面想知道到底会长拿多少呢。

"为算算钱数，会长，会长拿多少？"

会长似乎没有听见。待了半天，仍然没抬头："我昨天就汇出去了，五千；你们诸公的几千，今天晌午可以汇了走；大家还方便吧？若是不方便的话，我先打个电报去报告个数目，一半天再汇款。"

"容我们一半天的工夫也好。"陈老先生用眼睛问武将军，武将军点点头。

大家又没的可说了。

武将军又忽然想起来："宏老，走，上我那儿吃饭去！会长去不去？"

"我不陪了，还得找几位朋友去，急赈！"会长立起来，"不忙，天还早。"

陈老先生愿意离开这里，可是不十分热心到武宅去吃饭。他可没思索便答应了武将军，他知道自己心中是有点乱，有个地方去也好。他惭愧，为一千块钱而心中发乱；毛病都在他没作过盐运使与军长；他不能不原谅自己。到底心中还是发乱。

坐上将军的汽车，一会儿就到了武宅。

武将军的书房很高很大，好像个风雨操场似的，可是墙上挂满了字画，到处是桌椅，桌上挤满了摆设。字画和摆设都是很贵买来的，而几乎全是假古董。懂眼的人不好意思当着他的面说是假的，可是即使说了，将军也不在乎；遇到阴天下雨没事可作的时候，他不看那些东西，而一件件的算价钱：加到一块统计若干，而后分类，字画值多钱，铜器值若干，玉器……来回一算，他可以很高兴的过一早晨，或一后半天。

陈老先生不便说那些东西"都"是假的，也不便说"都"是真的，他指出几件不地道，而嘱咐将军："以后再买东西，找我来；或是讲明了，付过了钱哪时要退就可以退，"他可惜那些钱。

"正好，我就去请你，买不买的，说会子话儿！"武将军马上想起话来。这所房子值五万；家里现在只剩了四个娘们，原先本是九个来着，裁去了五个，保养身体，修道。他有朝一日再掌兵权也不再多杀人，太缺德……

陈老先生搭不上话，可是这么想：假若自己是宰相，还能不和将军们来往么？自己太褊狭，因为没作过官；一个儒者，书生的全部经验是由作官而来。他把心放开了些，慢慢的觉到武将军也有可爱之处，就拿将军的大方说，会长刚一提赈灾，他就认两千，无论怎说，这是有益于人民的……至少他不能得罪了将军，儿子的前途——文王的大德，武王的功绩，相辅而成，相辅而成！

仆人拿进一封信来。武将军接过来，随手放在福建漆的小桌上。仆人还等着。将军看了信封一眼："怎回事？"

"要将军的片子，要紧的信！"

"找张名片去，请王先生来！"王先生是将军的秘书。

"王先生吃饭去了，大概得待一会儿……"

将军撕开了信封。抽出信纸，顺手儿递给了陈老先生："老先生给看一眼，就是不喜欢念信！那谁，抽屉里有名片。"

陈老先生从袋中摸出大眼镜，极有气势的看信：

"武将军仁兄阁下敬启者恭维
起居纳福金体康宁为盼舍侄之事前曾面托是幸今闻钱子美
次长与
将军仁兄交情甚厚次长与秦军长交情亦甚厚如蒙
鼎助与次长书通一声则薄酬六千二位平分可也次长常至军
长家中顺便一说定奏成功无任感激心照不宣祇祝
钧安

如小弟马应龙顿首"

陈老先生的胡子挡不住他的笑了。文人的身分，正如文人的笑的资料，最显然的是来自文字。陈老先生永远忘不了这封信。

"怎回事？"武将军问。

老先生为了难；这样的信能高声朗诵的给将军念一过吗？他们俩并没有多大交情；他想用自己的话翻译给将军，可是六千元等语是没法翻得很典雅的；况且太文雅了，将军是否能听得明白，也是个问题。他用白话儿告诉了将军，深恐将军感到不安；将军听明白了，只说了声：

"就是别拜把子，麻烦！"态度非常的自然。

陈老先生明白了许多的事。

五

廉伯太太正在灯下给傻小子织毛袜子，嘴张着点，时时低声的数数针数。廉伯进来。她看了丈夫一眼，似笑非笑的低下头去照旧作活。廉伯心中觉得不合适，彷佛不大认识她了。结婚时的她忽然极清楚浮现在心中，而面前的她倒似乎渺茫不真了。他无聊的，慢慢的，坐在椅子上。不肯承认已经厌恶了太太，可也无从再爱她。她现在只是一堆肉，一堆讨厌的肉，对她没有可说的，没有可作的。

"孩子们睡了？"他不愿呆呆的坐着。

"刚睡，"她用编物针向西指了指，孩子们是由刘妈带着在西套间睡。说完，她继续的编手中的小袜子。似用着心，又似打着玩，嘴唇轻动，记着针数；有点傻气。

廉伯点上枝香烟，觉到自己正像个烟筒，细长，空空的，只会冒着点烟。吸到半枝上，他受不住了，想出去，他有地方去。可是他没动，已经忙了一天，不愿再出去。他试着找她的美点，刚找到便又不见了。不想再看。说点什么，完全拿她当个"太太"看，谈些家长里短。她一声不出，连咳嗽都是在嗓子里微微一响，恐怕使他听见似的。

"嗨！"他叫了声，低，可是非常的硬，"哑巴！"

"哟！"她将针线按在心口上，"你吓我一跳！"

廉伯的气不由的撞上来，把烟卷用力的摔在地上，蹦起一些火花。"别扭！"

"怎啦？"她慌忙把东西放下，要立起来。

他没言语；可是见她害了怕，心中痛快了些，用脚把地上的烟踩灭。

她呆呆的看着他，像被惊醒的鸡似的，不知怎样才好。

"说点什么，"他半恼半笑的说，"老编那个鸡巴东西！离冬天还远着呢，忙什么！"

她找回点笑容来："说冷可就也快；说吧。"

他本来没的可说，临时也想不出。这要是搁在新婚的时候，本来无须再说什么，有许多的事可以代替说话。现在，他必得说些什么，他与她只是一种关系；别的都死了。只剩下这点关系；假若他不愿断绝这点关系的话，他得天天回来，而且得设法找话对她说！

"二爷呢？"他随便把兄弟拾了起来。

"没回来吧；我不知道。"她觉出还有多说点的必要："没回来吃饭，横是又凑上了。"

"得给他定亲了，省得老不着家。"廉伯痛快了些，躺在床上，手枕在脑后。"你那次说的是谁来着？"

"张家的三姑娘，长得仙女似的！"

"啊，美不美没多大关系。"

她心中有点刺的慌。她娘家没有陈家阔，而自己在作姑娘的时候也很俊。

廉伯没注意她。深感觉到廉仲婚事的困难。弟弟自己没本事，全仗着哥哥，而哥哥的地位还没达到理想的高度。说亲就很难：高不成，低不就。可是即使哥哥的地位再高起许多，还不是弟弟跟着白占便宜？廉伯心中有点不自在：以陈家全体而言，弟弟应当娶个有身分的女子，以弟弟而言，痴人有个傻造化，苦了哥哥！慢慢再说吧！

把弟弟的婚事这么放下，紧跟着想起自己的事。一想起来，立刻觉得屋中有点闭气，他想出去。可是……

"说，把小凤接来好不好？你也好有个伴儿。"

廉伯太太还是笑着，一种代替哭的笑："随便。"

"别随便，你说愿意。"廉伯坐起来。"不都为我，你也好有个帮手；她不坏。"

她没话可说，转来转去还是把心中的难过笑了出来。

"说话呀，"他紧了一板："愿意就完了，省事！"

"那么不等二弟先结婚啦？"

他觉出她的厉害。她不哭不闹，而拿弟弟来支应，厉害！设若她吵闹，好办；父亲一定向着儿子，父亲不能劝告儿子纳妾，可是一定希望再有个孙子，大成有点傻，而太太不易再生养。不等弟弟先结婚了？多么冠冕堂皇！弟弟算什么东西！十几年的夫妇，跟我掏鲒坏！他立起来，找帽子，不能再在这屋里多停一分钟。

"上哪儿？这早晚！"

没有回答。

175

六

微微的月光下，那个小门像图画上的，门楼上有些树影。轻轻的拍门，他口中有点发干，恨不能一步迈进屋里去。小凤的母亲来开，他希望的是小凤自己。老妈妈问了他一句什么，他只哼了一声，一直奔了北屋去。屋中很小，很干净，还摆着盆桂花。她从东里间出来："你，哟？"

老妈妈没敢跟进来，到厨房去泡茶。他想搂住小凤。可是看了她一眼，心中凉了些，闻到桂花的香味。她没打扮着，脸黄黄的，眼圈有点发红，好似忽然老了好几岁。廉伯坐在椅上，想不起说什么好。

"我去擦把脸，就来！"她微微一笑，又进了东里间。

老妈妈拿进茶来，又闲扯了几句，廉伯没心听。老妈妈的白发在电灯下显着很松很多，蓬散开个白的光圈。他呆呆的看着这团白光，心中空虚。

不大一会儿，小凤回来了。脸上擦了点粉，换了件衣裳，年轻了些，淡绿的长袍，印着些小碎花。廉伯爱这件袍儿，可是刚才的红眼圈与黄脸仍然在心中，他觉得是受了骗。同时，他又舍不得走，她到底还有点吸力。无论如何，他不能马上又折回家去，他不能输给太太。老妈妈又躲出去。

小凤就是没擦粉，也不算难看；擦了粉，也不妖媚。高高的细条身子，长脸，没有多少血，白净。鼻眼都很清秀，牙非常的光白好看。她不健康，不妖艳，但是可爱。她身上有点什么天然带来的韵味，像春雾，像秋水，淡淡的笼罩着全身，没有什么特别的美点，而处处轻巧自然，一举一动都温柔秀气；衣服在她身上像遮月的薄云，明洁飘洒。她不爱笑，但偶尔一笑，露出一些好看的牙，是她最美的时候，可是仅仅那么一会儿，转眼即逝，使人追味，如同看着花草，忽然一个白蝶飞来，又飘然飞过了墙头。

"怎么这么晚？"她递给他一枝烟，扔给他一盒洋火。

"忙！"廉伯舒服了许多。看着蓝烟往上升，他定了定神，为什么单单爱这个贫血的女人？奇怪，自从有了这个女人，把寻花问柳的事完全当作应酬，心上只有她一个人，为什么从烟中透过一点浓而不厌的桂香，对，她的味儿长远！

"眼圈又红了，为什么？"

"没什么，"她笑得很小，只在眼角与鼻翅上轻轻一逗，可是表现出许多心事："有点头疼，吃完饭也没洗脸。"

"又吵了架？一定！"

"不愿意告诉你，弟弟又回来了！"她皱了一下眉。

"他在哪儿呢？"他喝了一大口茶，很关切的样子。

"走了，妈妈和我拿你吓唬他来着。"

"别遇上我，有他个苦子吃！"廉伯说得极大气。

"又把妈妈的钱……"她彷佛后悔了，轻轻叹了口气。

"我还得把他赶跑！"廉伯很坚决，自信有这个把握。

"也别太急了，他——"

"他还能怎样了陈廉伯？"

"不是，我没那么想；他也有好处。"

"他？"

"要不是他，咱俩还到不了一块，不是吗？"

陈廉伯哈哈的笑起来："没见过这样的红娘！"

"我简直没办法。"她又皱上了眉。"妈妈就有这么一个儿子，恨他，可是到底还疼他，作妈妈的大概都这样。只苦了我，向着妈妈不好，向着弟弟不好！"

"算了吧，说点别的，反正我有法儿治他！"廉伯其实很愿听她这么诉苦，这使他感到他的势力与身分，至少也比在家里跟夫人对楞着强；他想起夫人来："我说，今儿个我可不回家了。"

"你们也又吵了嘴，为我？"她要笑，没能笑出来。

"为你；可并没吵架。我有我的自由，我爱上这儿来别人管不着我！不过，我不愿意这么着；你是我的人，我得把你接到家中去；这么着别扭！"

"我看还是这么着好。"她低着头说。

"什么？"他看准了她的眼问。

她的眼光极软，可是也对准他的："还是这么着好。"

"怎么？"他的嘴唇并得很紧。

"你还不知道？"她还看着他，似乎没理会到他的要怒的神气。

"我不知道！"他笑了，笑得很冷。"我知道女人们别扭。吃着男人，喝着男人，吃饱喝足了成心气男人。她不愿意你去，你不愿意见她，我晓得。可是你们也要晓得，我的话才算话！"他挺了挺他的水蛇腰。

她没再说什么。

因为没有光明的将来，所以她不愿想那黑暗的过去。她只求混过今天。可是躺在陈廉伯的旁边，她睡不着，过去的图画一片片的来去，她没法赶走它们。它们引逗她的泪，可是只有哭彷佛是件容易作的事。

她并不叫"小凤"，宋凤贞才是她；"小凤"是廉伯送给她的，为是听着像个"外家"。她是师范毕业生，在小学校里教书，养活她的母亲。她不肯出嫁，因为弟弟龙云不肯负起养活老母的责任。妈妈为他们姐弟吃过很大的苦处，龙云既不肯为老人想一想，凤贞彷佛一点不能推脱奉养妈妈的义务；或者是一种权利，假如把"孝"字想到了的话。为这个，她把出嫁的许多机会让过去。

她在小学里很有人缘，她有种引人爱的态度与心路，所以大家也就喜欢她。校长是位四十多岁的老姑娘，已办了十几年的学，非常的糊涂，非常的任性，而且有一头假头发。她有钱，要办学，没人敢拦着她。连她也没挑出凤贞什么毛病来，可是她的弟弟说凤贞不好，所以她也以为凤贞可恶。凤贞怕失业，她到校长那里去说：校长的弟弟常常跟随着她，而且给她写信，她不肯答理他。校长常常辞退教员，多半是因为教员有了爱人。校长自己是老姑娘，不许手下的教员讲恋爱；因为这个，社会上对于校长是十二分尊敬的；大家好像是这样想：假若所有的校长都能这样，国家即使再弱上十倍，也会睡醒一觉就梦似的强起来。凤贞晓得这个，所以觉得跟校长说明一声，校长必会管教她的兄弟。

可是校长很简单的告诉凤贞："不准诬赖好人，也不准再勾引男子，再有这种事，哼……"

凤贞的泪全咽在肚子里。打算辞职，可是得等找到了别的事，不敢冒险。

慢慢的，这件事被大家知道了，都为凤贞不平。校长听到了一些，她心中更冒了火。有一天朝会的时候，她教训了大家一顿，话很不好听，有个暴性子的大学生喊了句："管教管教你弟弟好不好！"校长哈哈的笑起来："不用管教我弟弟，我得先管教教员！"她从袋中摸出个纸条来："看！收了我弟弟五百块钱，反说我兄弟不好。宋凤贞！我待你不错，这就是你待朋友的法儿，是不是？你给我滚！"

凤贞只剩了哆嗦。学生们马上转变过来，有的向她呸呸的啐。她不晓得怎样走回了家。到了家中，她还不敢哭；她知道那五百块钱是被弟弟使了，不能告诉妈妈；她失了业，也不能告诉妈妈。她只说不太舒服，请了两天假；她希望能快快的在别处找个事。

找了几个朋友，托给找事，人家都不大高兴理她。

龙云回来了，很恳切的告诉姐姐：

"姐，我知道你能原谅我。我有我的事业，我需要钱。我的手段也许不好，我的目的没有错儿。只有你能帮助我，正像只有你能养着母亲。为帮助母亲与我，姐，你须舍掉你自己，好像你根本没有生在世间过似的。校长弟弟的五百元，你得替我还上；但是我不希望你跟他去。侦探长在我的背后，你能拿住了侦探长，侦探长就拿不住了我，明白，姐？你得到他，他就会还那五百元的账，他就会给你找到事，他就会替你养活着母亲。得到他，替我遮掩着，假如不能替我探听什么。我得走了，他就在我背后呢！再见，姐，原谅我不能听听你的意见！记住，姐姐，你好像根本没有生在世间过！"

她明白弟弟的话。明白了别人，为别人作点什么，只有舍去自己。

弟弟的话都应验了，除了一句——他就会给你找到事。他没给凤贞找事，他要她陪着睡。凤贞没再出过街门一次，好似根本没有生在世间过。对于弟弟，她只能遮掩，说他不孝、糊涂、无赖；为弟弟探听，她不会作，也不想作，她只求混过今天，不希望什么。

七

陈老先生明白了许多的事。有本领的人使别人多懂些事，没有本事的人跟着别人学，惭愧！自己跟着别人学！但是不能不学，一事不知，君子之耻，活到老学到老！谁叫自己没补上知县呢！作官乃能知道一切。自己的祖父作过道台，自己的父亲可只作到了"坊里德表"，连个功名也没得到！父亲在族谱上不算个数，自己也差不多；可是自己的儿子……不，不能全靠着儿子，自己应当老当益壮，假若功名无望，至少得帮助儿子成全了伟大事业。自己不能作官，还不会去结交官员吗？打算帮助儿子非此不可！他看出来，作官的永远有利益，盐运使，将军，退了职还有大宗的入款。官和官声气相通，老相互帮忙。盟兄弟、亲戚、朋友，打成一片；新的官是旧官的枝叶；即使平地云雷，一步登天，还是得找着旧官宦人家求婚结友；一人作官，福及三代。他明白了这个。想到了二儿子。平日，看二儿子是个废物，现在变成了宝贝。廉伯可惜已经结了婚，廉仲大有希望。比如说武将军有个小妹或女儿，给了廉仲？即使廉仲没出息到底，可是武将军又比廉仲高明着多少？他打定了主意，廉仲必须娶个值钱的女子，哪怕丑一点呢，岁数大一点呢，都没关系。廉伯只是个侦探长，那么，丑与老便是折冲时的交换条件：陈家地位低些，可是你们的姑娘不俊秀呢！惭愧，陈家得向人家交换条件，无法，谁叫陈宏道怀才不遇呢！谈笑有鸿儒，往来无白丁，何等气概！老先生心里笑了笑。

他马上托咐了武将军，武将军不客气的问老先生有多少财产。老先生不愿意说，又不能不说，而且还得夸张着点儿说。由君子忧道不忧贫的道理说，他似乎应当这样的回答——方宅十余亩，草屋八九间。即使这是瞒心昧己的话，听着到底有些诗味。可是他现在不是在谈道，而是谈实际问题，实际问题永远不能作写诗的材料。他得多说，免得叫武将军看他不起：

"诗书门第，不过呢，也还有个十几万；先祖作过道台……"想给儿子开脱罪名。

"廉伯大概也抓弄不少？官不在大，缺得合适。"武将军很亲热的说。

"那个，还好，还好！"老先生既不肯像武人那样口直心快，又不愿说倒了行市。

"好吧，老先生，交给我了；等着我的信儿吧！"武将军答应了。

老先生吐了一口气，觉得自己并非缺乏实际的才干，只可惜官运不通；喜完不免又自怜，胡子嘴儿微微的动着，没念出声儿来："耽酒须微禄，狂歌托圣朝……"

"哼！"武将军用力拍了大腿一下："真该揍，怎就忘了呢！宝斋不是有个老妹子！"他看着陈老先生，彷彿老先生一定应该知道宝斋似的。

"哪个宝斋？"老先生没希望事来得这样快，他渺茫的有点害怕了。

"不就是孟宝斋，顶好的人！那年在南口打个大胜仗，升了旅长。后来邱军长倒戈，把他也连累上，撤了差，手中多也没有，有个二十来万，顶好的人。我想想看，他——也就四十一二，老妹子过不去二十五六，'老'妹子。合适，就这么办了，我明天就去找他，顶熟的朋友。还真就是合适！"

陈老先生心中有点慌，事情太顺当了恐怕出毛病！孟宝斋究竟是何等样的人呢？婚姻大事，不是随便闹着坑的。可是，武将军的善意是不好不接受的。怎能刚求了人家又撤回手来呢！但是，跟个旅长作亲——难道儿子不是侦探长？儿孙自有儿孙福，廉仲有命呢，跟再阔一点的人联姻，也无不可；命不济呢，娶个蛾皇似的贤女，也没用。父亲只能尽心焉而已，其余的……再说呢，武将军也不一定就马到成功，试试总没什么不可以的。他点了头。

辞别了武将军，他可是又高兴起来，即使是试试，总得算是个胜利；假使武将军看不起陈家的话，他能这样热心给作媒么？这回不成，来日方长，陈家算是已打入了另一个圈儿，老先生的力量。廉仲也不坏，有点傻造化；希望以后能多给他点好脸子看！

把二儿子的事放下，想起那一千块钱来。告诉武将军自己有十来万，未免，未免，不过，一时的手段；君子知权达变。虽然没有十来万，一千块钱还不成问题。可是，会长与将军的捐款并不必自己掏腰包，一个买卖就回来三四千——那封信！为什么自己应当白白拿出一千呢？况且，焉知道他们的捐款本身不是一种买卖呢！作官的真会理财，文章经济。大概廉伯也有些这种本领，一清早来送封儿，不算什么不体面的事；自己不要，不过是便宜了别人；人不应太迂阔了。这一千块钱怎能不叫儿子知道，而且不白白拿出去呢？陈老先生极用心的想，心中似乎充实了许多：作了一辈子书生，现在才明白官场中的情形，才有实际的问题等着解决。儿子尽孝是种光荣，但究竟是空虚的，虽然不必受之有愧，可是并显不出为父亲的真本事。这回这一千元，不能由儿子拿，老先生要露露手段，儿子的孝心是儿子的，父亲的本事是父亲的，至少这两回事——廉仲的婚事和一千元捐款——要由父亲负责，也教他们年轻的看一看，也证实一下自己并不是酸秀才。

街上彷彿比往日光亮着许多，飞尘在秋晴中都显着特别的干爽，高高的浮动着些细小金星。蓝天上飘着极高极薄的白云，将要同化在蓝色里，鹰翅下悬着白白的长丝。老先生觉得有点疲乏，可是非常高兴，头上出了些汗珠，依然扯着方步。来往的青年男女都换上初秋的新衣，独行的眼睛不很老实，同行的手拉着手，或并着肩低语。老先生恶狠狠的瞪着他们，什么样子，男女无别，混帐！老先生想到自己设若还能作官，必须斩除这些混帐们。爱民以德，齐民以礼；不过，乱国重刑，非杀几个不可！国家将亡，必有妖孽，这种男女便是妖孽。只有读经崇礼，方足以治国平天下。

但是，自己恐怕没有什么机会作官了，顶好作个修身齐家的君子吧。"圣贤虽远诗书在，殊胜邻翁击磬声！"修身，自己生平守身如执玉；齐家，父慈子孝。俯仰无愧，耿耿此心！忘了街上的男女；我道不行，且独善其身吧。

他想到新铺子中看看，儿子既然孝敬给老人，老人应当在开市以前去看看，给他们出些主意，"为商为士亦奚异"，大降德于予，必有以用其才者。

聚元粮店正在预备开市，门匾还用黄纸封着，右上角破了一块，露出极亮的一块黑漆和一个鲜红的"民"字。铺子外卸着两辆大车，一群赤背的人往里边扛面袋，背上的汗湿透了披着的大布巾，头发与眉毛上都挂着一层白霜。肥骡子在车旁用嘴偎着料袋，尾巴不住的抢打秋蝇。面和汗味裹在一处，招来不少红头的绿蝇，带着闪光乱飞。铺子里面也很紧张，笸箩已摆好，都贴好红纸签，小伙计正按着标签往里倒各种粮食，糠飞满了屋中，把新油的绿柜盖上一层黄白色。各处都是新油饰的，大红大绿，像个乡下的新娘子，尽力打扮而怪难受的。面粉堆了一人多高，还往里扛，软软的，印着绿字，像一些发肿的枕头。最着眼的是悬龛里的关公，脸和前面的一双大红烛一样红，龛底下贴着一溜米色的挂钱和两三串元宝。

陈老先生立在门外，等着孙掌柜出来迎接。伙计们和扛面的都不答理他，他的气要往上撞。"借光，别挡着道儿！"扛着两个面的，翻着眼瞪他。

"叫掌柜的出来！"陈老先生吼了一声。

"老东家！老东家！"一个大点儿的伙计认出来。

"老东家！老东家！"传递过去，大家忽然停止了工作，脸在汗与面粉的底下露出敬意。

老先生舒服了些，故意不睬不闻。抬头看匾角露出的红"民"字。

孙掌柜胖胖的由内柜扭出来，脸上的笑纹随着光线的强度增多，走到门口，脸上满是阳光也满是笑纹。山东绸的裤褂在日光下起闪，脚下的新千层布底白得使人忽然冷一下。

"请吧，请吧，老先生。"掌柜的笑向老东家放射，眼角撩着面车，千层底躲着马尿，脑瓢儿指挥小徒弟去沏茶打手巾。一点不忙，而一切都作到了掌柜的身分。慢慢的向内柜走，都不说话，掌柜的胖笑脸向左向右，微微一抬，微微向后；老先生的眼随着胖笑脸看到了一切。

到了内柜，新油漆味，老关东烟味，后院的马粪味，前面浮进来的糠味，拌成一种很沉重而得体的臭味。老先生入了另一世界。这个味道使他忘了以前的自己，而想到一些比书生更充实更有作为的事儿。平日的感情是来自书中，平日的愿望是来自书中，空的，都是空的。现在他看着墙上斜挂着一溜蓝布皮的账簿，桌上的紫红的算盘，墙角放着的大钱柜，锁着放光的巨锁，贴着"招财进宝"……他觉得这是实在的、可捉摸的事业；这个事业未必比作官好，可是到底比向着书本发呆，或高吟"天生德于予"强的多。这是生命、作为、事业。即使不幸，儿子搁下差事，这里，这里！到底是有米有面有钱，经济！

他想起那一千块来。

"孙掌柜，比如说，闲谈，咱们要是能应下来一笔赈粮；今年各处闹灾，大概不久连这里也得收容不少灾民；办赈粮能赔钱不能？请记住，这可是慈善事儿！"

孙掌柜摸不清老东家的意思，只能在笑上努力："赔不了，怎能赔呢？"

"闲谈；怎就不能赔呢？"

又笑了一顿，孙掌柜拿起长烟袋，划着了两根火柴，都倒插在烟上，而后把老玉的烟嘴放在唇间。"办赈粮只有赚，弄不到手的事儿！"撇着嘴咽了口很厚很辣的烟。"怎么说呢，是这么着：赈粮自然免税，白运，啊！——"

"还怎着？"老先生闭上眼，气派很大。

"谁当然也不肯专办赈；白运，这里头就有伸缩了。"他等了等，看老东家没作声，才接着说："赶到粮来了，发的时候还有分寸。"

"那可——"老先生睁开了眼。

"不必一定那么办，不必；假如咱们办，实入实出；占白运的便宜，不苦害难民，落个美名，正赶上开市，也好立个名誉。买卖是活的，看怎调动。"孙掌柜叼着烟袋，斜看着白千层底儿。

"买卖是活的，"在老先生耳中还响着，跟作文章一样，起承转合……

"老先生，有路子吗？"孙掌柜试着步儿问。

"什么路子？"

"办赈粮。"

"我想想看。"

"运动费可也不小。"

"有人，有人；我想想看。"老先生慢慢觉得孙掌柜并不完全讨厌。武将军与孙掌柜都不像想象的那么讨厌，自己大概是有点太板了；道足以正身，也足以杀灭生机，彷彿是要改一改，自己有了财，有了身分，传道岂不更容易；汤武都是皇帝，富有四海，仍不失为圣人。拿那一千，再拿一二千去运动也无所不可，假如能由此买卖兴隆起来，日进斗金……

他和孙掌柜详细的计议了一番。

临走，孙掌柜想起来：

"老先生，内柜还短块匾，老先生给选两个好字眼，写一写；明天我亲自去取。"

"写什么呢？"老先生似乎很尊重掌柜的意见。

"老先生想吧，我一肚子俗字！"

老先生哈哈的笑起来，微风把长须吹斜了些，在阳光中飘着疏落落的金丝。

八

"大嫂！"廉仲在窗外叫："大嫂！"

"进来，二弟。"廉伯太太从里间匆忙走出来。"哟，怎么啦？"

廉仲的脸上满是汗，脸蛋红得可怕，进到屋中，一下子坐在椅子上，好像要昏过去的样子。

"二弟，怎啦？不舒服吧？"她想去拿点糖水。

廉仲的头在椅背上摇了摇，好容易喘过气来。"大嫂！"叫了一声，他开始抽噎着哭起来，头捧在手里。

"二弟！二弟！说话！我是你的老嫂子！"

"我知道，"廉仲挣扎着说出话来，满眼是泪的看着嫂子："我只能对你说，除了你，没人在这里拿我当作人。大嫂你给我个主意！"他净下了鼻子。

"慢慢说，二弟！"廉伯太太的泪也在眼圈里。

"父亲给我定了婚，你知道？"

她点了点头。

"他没跟我提过一个字；我自己无意中所到了，女的，那个女的，大嫂，公开的跟她家里的汽车夫一块睡，谁都知道！我不算人，我没本事，他们只图她的父亲是旅长，媒人是将军，不管我……王八……"

"父亲当然不知道她的……"

"知道也罢，不知道也罢，我不能受。可是，我不是来告诉你这个。你看，大嫂，"廉仲的泪渐渐干了，红着眼圈，"我知道我没本事，我傻，可是我到底是个人。我想跑，穷死，饿死，我认命，不再登陈家的门。这口饭难咽！"

"咱们一样，二弟！"廉伯太太低声的说。

"我很想玩他们一下，"他见嫂子这样同情，爽性把心中的话都抖落出来："我知道他们的劣迹，他们强迫买卖家给送礼——乾礼。他们抄来'白面'用面粉顶换上去，他们包办赈粮……我都知道。我要是揭了他们的盖儿，枪毙，枪毙！"

"呕，二弟，别说了，怕人！你跑就跑得了，可别这么办哪！于你没好处，于他们没好处。我呢，你得为我想想吧！我一个妇道人家……"她的眼又向四下里望了，十分害怕的样子。

"是呀，所以我没这么办。我恨他们，我可不恨你，大嫂；孩子们也与我无仇无怨。我不糊涂。"廉仲笑了，好像觉得为嫂子而没那样办是极近人情的事，心中痛快了些，因为嫂子必定感激他。"我没那么办，可是我另想了主意。我本打算由昨天出去，就不登这个门了，我去赌钱，大嫂你知道我会赌？我是这么打好了主意：赌一晚上，赢个几百，我好远走高飞。"

"可是你输了。"廉伯太太低着头问。

"我输了！"廉仲闭上了眼。

"廉仲，你预备输，还是打算赢？"宋龙云问。

"赢！"廉仲的脸通红。

"不赌；两家都想赢还行。我等钱用。"

那两家都笑了。

"没你缺一手。"廉仲用手指肚来回摸着一张牌。

"来也不打麻将，没那么大工夫。"龙云向黑的屋顶喷了一口烟。

"我什么也陪着，这二位非打牌不可，专为消磨这一晚上。坐下！"廉仲很急于开牌。

"好吧，八圈，多一圈不来？"

三家勉强的点头。"坐下！"一齐说。

"先等等，拍出钱来看看，我等钱用！"龙云不肯坐下。

三家掏出票子扔在桌上，龙云用手拨弄了一下："这点钱？玩你们的吧！"

"根本无须用钱；筹码！输了的，明天早晨把款送到；赌多少的？"廉仲立起来，拉住龙云的臂。

"我等两千块用，假如你一家输，输过两千，我只要两千，多一个不要；明天早上清账！"

"坐下！你输了也是这样？"廉仲知道自己有把握。

"那还用说，打座！"

八圈完了，廉仲只和了个末把，胖手哆嗦着数筹码，他输了一千五。

"再来四圈？"他问。

"说明了八圈一散。"龙云在裤子上擦擦手上的汗："明天早晨我同你一块去取钱，等用！"

"你们呢？"廉仲问那二家，眼中带着乞怜的神气。

"再来就再来，他一家赢，我不输不赢。"

"我也输，不多，再来就再来。"

"赢家说话！"廉仲还有勇气，他知道后半夜能转败为胜，必不得已，他可以耍花活；似乎必得耍花活！

"不能再续，只来四圈；打座！"龙云彷佛也打上瘾来。

廉仲的运气转过点来。

"等会儿！"龙云递给廉仲几个筹码。"说明白了，不带花招儿的！"

廉仲拧了下眉毛，没说什么。

打下一圈来，廉仲和了三把。都不小。

"抹好了牌，再由大家随便换几对儿，心明眼亮；谁也别掏坏，谁也别吃亏！"龙云用自己门前的好几对牌换过廉仲的几对来。

廉仲不敢说什么，瞪着大家的手。

可是第二圈，他还不错，虽然只和了一把，可是很大。他对着牌笑了笑。

"脱了你的肥袖小褂！"龙云指着廉仲的胖脸说。

"干什么？"廉仲的脸紧得很难看，用嘴唇干挤出这么三个字来。

"不带变戏法儿的，仙人摘豆，随便的换，哎？"

哗——廉仲把牌推了，"输钱小事，名誉要紧，太爷不玩啦！"

"你？你要打的；捡起来！"龙云冷笑着。

"不打犯法呀！"

"好啦，不打也行，这两圈不能算数，你净欠我一千五？"

"我一个儿子不欠你的？"廉仲立起来。

"什么？你以为还出得去吗？"龙云也立起来。

"绑票是怎着？我看见过！"廉仲想吓嚇吓嚇人。牌是不能再打了，抹不了自己的牌，换不了张，自己没有必赢的把握。凭气儿，他敌不住龙云。

"用不着废话，我输了还不是一样拿出钱？"

"我没钱！"廉仲说了实话。

"嗨，你们二位请吧，我和廉仲谈谈。"龙云向那两家说："你不输不赢，你输不多；都算没事，明天见。"

那两家穿好长衣服，"再见。"

"坐下，"龙云和平了一些，"告诉我，怎回事。"

"没什么，想赢俩钱，作个路费，远走高飞。"廉仲无聊的，失望的，一笑。

"没想到输，即使输了，可以拿你哥哥唬事，侦探长。"

"他不是我哥哥！"廉仲可是想不起别的话来。他心中忽然很乱：回家要钱，绝对不敢。最后一次利用哥哥的势力，不行，龙云不是好惹的。再说呢，龙云是廉伯的对头，帮助谁也不好；廉伯拿住龙云至少是十年监禁，龙云得了手，廉伯也许吃不住。自己怎办呢？

"你干吗这么急着用钱？等两天行不行？"

"我有我的事，等钱用就是等钱用；想法拿钱好了，你！"龙云一点不让步。

"我告诉你了，没钱！"廉仲找不着别的话说。

"家里去拿。"

"你知道他们不能给我。"

"跟你嫂子要！"

"她哪有钱？"

"你怎知道她没钱？"

廉仲不言语了。

"我告诉你怎办，"龙云微微一笑，"到家对你嫂子明说，就说你输了钱，输给了我。我干吗用钱呢，你对嫂子这么讲：龙云打算弄俩钱，把妈妈姐姐都偷偷的带了走。你这么一说，必定有钱。明白不？"

"你真带她们走吗？"

"那你不用管。"

"好啦，我走吧？"廉仲立起来。

"等等！"龙云把廉仲拦住。"那儿不是张大椅子？你睡上一会儿，明天九点我放你走。我不用跟着你，你知道我是怎个人。你乖乖的把款送来，好；你一去不回头，也好；我不愿打死人，连你哥哥的命我都不想要。不过，赶到气儿上呢，我也许放一两枪玩！"龙云拍了拍后边的裤袋。

"大嫂，你知道我不能跟他们要钱？记得那年我为踢球挨那顿打？捆在树上！我想，他们想打我，现在大概还可以。"

"不必跟他们要，"廉伯太太很同情的说，"这么着吧，我给你凑几件首饰，你好歹的对付吧。"

"大嫂！我输了一千五呢！"

"二弟！"她咽了口气："不是我说你，你的胆子可也太大了！一千五！"

"他们逼的我！我平常就没有赌过多大的耍儿。父亲和哥哥逼的我！"

"输给谁了呢？"

"龙云！他……"廉仲的泪又转起来。只有嫂子疼他，怎肯瞪着眼骗她呢？

可是，不清这笔账是不行的，龙云不好惹。叫父兄知道了也了不得。只有骗嫂子这条路，　条极不光明而必须走的路！

"龙云，龙云，"他把耻辱、人情，全咽了下去，"等钱用，我也等钱用，所以越赌越大。"

"宋家都不是好人，就不应当跟他赌！"她说得不十分带气，可是露出不满意廉仲的意思。

"他说，拿到这笔钱就把母亲和姐姐偷偷的带了走！"每一个字都烫着他的喉。

"走不走吧，咱们哪儿弄这么多钱去呢？"大嫂缓和了些。"我虽然是过着这份日子，可是油盐酱醋都有定数，手里有也不过是三头五块的。"

"找点值钱的东西呢！"廉仲像坐在针上，只求快快的完结这一场。

"哪样我也不敢动呀！"大嫂楞了会儿。"我也豁出去了！别的不敢动，私货还不敢动吗？就是他跟我闹，他也不敢嚷嚷。再说呢，闹我也不怕！看他把我怎样了！他前两天交给我两包'白面'，横是值不少钱，我可不知道能清你这笔账不能？"

"哪儿呢？大嫂，快！"

九

已是初冬时节。廉伯带着两盆细瓣的白菊，去看"小凤"。菊已开足，长长的细瓣托着细铁丝，还颤颤欲堕。他嘱咐开车的不要太慌，那些白长瓣动了他的怜爱，用脚夹住盆边，唯恐摇动得太厉害了。车走的很稳，花依然颤摇，他呆呆的看着那些玉丝，心中忽然有点难过。太阳已压山了。

到了"小凤"门前，他就自搬起一盆花，叫车夫好好的搬着那一盆。门没关着，一直的进去；把花放在阶前，他告诉车夫九点钟来接。

"怎这么早？"小凤已立在阶上，"妈，快来看这两盆花，太好了！"

廉伯立在花前，手插着腰儿端详端详小凤，又看看花："帘卷西风，人比黄菊瘦！大概有这么一套吧！"他笑了。

"还真亏你记得这么一套！"小凤看着花。

"哎，今天怎么直挑我的毛病？"他笑着问。"一进门就嫌我来得早，这又亏得我……"

"我是想你忙，来不了这么早，才问。"

"啊，反正你有的说；进来吧。"

桌上放着本展开的书，页上放着个很秀美的书签儿。他顺手拿起书来："喝，你还研究侦探学？"

小凤笑了；他彷彿初次看见她笑似的，似乎没看见她这么美过。"无聊，看着玩。你横是把这个都能背来？"

"我？就没念过！"还看着她的脸，好似追逐着那点已逝去的笑。

"没念过？"

"书是书，事是事：事是地位与威权。自要你镇得住就行。好，要是作事都得拉着图书馆，才是笑话！你看我，作什么也行，一本书不用念。"

"念念可也不吃亏？"

"谁管；先弄点饭吃吃。哟，忘了，我把车夫打发了。这么着吧，咱们出去吃？"

"不用，我们有刚包好了的饺子，足够三个人吃的。我叫妈妈去给你打点酒，什么酒？"

"嗯——一瓶佛手露。可又得叫妈妈跑一趟？"

"出口儿就是。佛手露、青酱肉、醉蟹、白梨果子酒，好不好？"

"小饮赏菊？好！"廉伯非常的高兴。

吃过饭，廉伯微微有些酒意，话来得很方便。

"凤，"他拉住她的手，"我告诉你，我有代理公安局局长的希望，就在这两天！"

"是吗，那可好。"

"别对人说！"

"我永远不出门，对谁去说？跟妈说，妈也不懂。"

"龙云没来？"

"多少日子了。"

"谁也不知道，我预备好了！"廉伯向镜子里看了看自己。"这两天，"他回过头来，放低了声音："城里要出点乱子，局长还不知道呢！我知道，可是不管。等事情闹起来，局长没了办法，我出头，我知底，一伸手事就完。可是我得看准了，他决定辞职，不到他辞职我不露面。我抓着老根；也得先看准了，是不是由我代理；不是我，我还是不下手！"

"那么城里乱起来呢？"她皱了皱眉。

"乱世造英雄，凤！"廉伯非常郑重了。"小孩刺破手指，妈妈就心疼半天，妈妈是妇人。大丈夫拿事当作一件事看，当作一局棋看；历史是伟人的历史！你放心，无论怎乱，也乱不到你这儿来。遇必要的时候，我派个暗探来。"他的严重劲儿又灭去了许多。"放心了吧？"

她点点头，没说出什么来。

"没危险，"廉伯点上支烟，烟和话一齐吐出来。"没人注意我；我还不够个角儿，"他冷笑了一下，"内行人才能晓得我是他们这群东西的灵魂；没我，他们这个长那个员的连一天也作不了。所以，事情万一不好收拾呢，外间不会责备我；若是都顺顺当当照我所计划的走呢，局里的人没有敢向我摇头的。嗯？"他听了听，外面有辆汽车停住了。"我叫他九点来，钟慢了吧？"他指着桌上的小八音盒。

"不慢，是刚八点。"

院里有人叫："陈老爷！"

"谁？"廉伯问。

"局长请！"

"老朱吗？进来！"廉伯开开门，灯光射在白菊上。"局长说请快过去呢，几位处长已都到了。"

凤贞在后面拉了他一下："去得吗？"

他退回来："没事，也许他们扫听着点风声，可是万不会知底；我去，要是有工夫的话，我还回来；过十一点不用等。"他匆匆的走出去。

汽车刚走，又有人拍门，拍得很急。凤贞心里一惊。"妈！叫门！"她开了屋门等着看是谁。

龙云三步改作一步的走进来。

"妈，姐，穿衣裳，走！"

"上哪儿？"凤贞问。

妈妈只顾看儿子，没听清他说什么。

"姐，九点的火车还赶得上，你同妈妈走吧。这儿有三百块钱，姐你拿着；到了上海我再给你寄钱去，直到你找到事作为止；在南方你不会没事作了。"

"他呢？"凤贞问。

"谁？"

"陈！"

"管他干什么，一半天他不会再上这儿来。"

"没危险？"

"妇女到底是妇女，你好像很关心他？"龙云笑了。

"他待我不错！"凤贞低着头说。

"他待他自己更不错！快呀，火车可不等人！"

"就空着手走吗？"妈妈似乎听明白了点。

"我给看着这些东西，什么也丢不了，妈！"他显然是说着玩呢。

"哎，你可好好的看着！"

凤贞落了泪。

"姐，你会为他落泪，真羞！"龙云像逗着她玩似的说。

"一个女人对一个男的，"她慢慢的说，"一个同居的男的，若是不想杀他，就多少有点爱他！"

"谁管你这一套，你不是根本就没生在世间过吗？走啊，快！"

十

陈老先生很得意。二儿子的亲事算是定规了，武将军的秘书王先生给合的婚，上等婚。老先生并不深信这种合婚择日的把戏，可是既然是上等婚，便更觉出自己对儿辈是何等的尽心。

第二件可喜的事是赈粮由聚元粮店承办，利益是他与钱会长平分。他自己并不像钱会长那样爱财，他是为儿孙创下点事业。

第三件事虽然没有多少实际上的利益，可是精神上使他高兴痛快。钱会长约他在国学会讲四次经，他的题目是"正心修身"，已经讲了两次。听讲的人不能算少，多数都是坐汽车的。老先生知道自己的相貌、声音，已足惊人；况且又句句出经入史，即使没有人来听，说给自己听也是痛快的。讲过两次以后，他再在街上闲步的时节，总觉得汽车里的人对他都特别注意似的。已讲过的稿子不但在本地的报纸登出来，并且接到两份由湖北寄来的报纸，转载着这两篇文字。这使老先生特别的高兴：自己的话与力气并没白费，必定有许多许多人由此而潜心读经，说不定再加以努力也许成为普遍的一种风气，而恢复了固有的道德，光大了古代的文化；那么，老先生可以无愧此生矣！立德立功立言，老先生虽未能效忠庙廊，可是德与言已足不朽；他想象着听众眼中看他必如"每为后生谈旧事，始知老子是陈人"，那样的可敬可爱的老儒生、诗客。他开始觉到了生命，肉体的、精神的，形容不出的一点像"西风白发三千丈"的什么东西！

"廉仲怎么老不在家？"老先生在院中看菊，问了廉伯太太——拉着小妞儿正在檐前立着——这么一句。"他大概晚上去学英文，回来就不早了。"她眼望着远处，扯了个谎。

"学英文干吗？中文还写不通！小孩子！"看了孙女一眼，"不要把指头放在嘴里！"顺势也瞪了儿媳一下。

"大嫂！"廉仲忽然跑进来，以为父亲没在家，一直奔了嫂子去。及至看见父亲，他立住不敢动了："爸爸！"

老先生上下打量了廉仲一番，慢慢的，细细的，厉害的，把廉仲的心看得乱跳。看够多时，老先生往前挪了一步，廉仲低下头去。

"你上哪儿啦？天天连来看看我也不来，好像我不是你的父亲！父亲有什么对不起你的地方，说！事情是我给你找的，凭你也一月拿六十元钱？婚姻是我给说定的，你并不配娶那么好的媳妇！白天不来省问，也还可以，你得去办公；晚上怎么也不来？我还没死！进门就叫大嫂，眼里就根本没有父亲！你还不如大成呢，他知道先叫爷爷！你并不是小孩子了；眼看就成婚生子；看看你自己，哪点儿像呢！"老先生发气之间，找不到文话与诗句，只用了白话，心中更气了。

"妈，妈！"小女孩轻轻的叫，连扯妈妈的袖子："咱们上屋里去！"

廉伯太太轻轻搂了小妞子一下，没敢动。

"父亲，"廉仲还低着头，"哥哥下了监啦！您看看去！"

"什么？"

"我哥哥昨儿晚上在宋家叫局里捉了去，下了监！"

"没有的事！"

"他昨天可是一夜没回来！"廉伯太太着了急。

"冯有才呢？一问他就明白了。"老先生还不相信廉仲的话。

"冯有才也拿下去了！"

"你说公安局拿的？"老先生开始有点着急了："自家拿自家的人？为什么呢？"

"我说不清，"廉仲大着胆看了老先生一眼："很复杂！"

"都叫你说清了，敢情好了，糊涂！"

"爷爷就去看看吧！"廉伯太太的脸色白了。

"我知道他在哪儿呢？"老先生的声音很大。他只能向家里的人发怒，因为心中一时没有主意。

"您见见局长去吧；您要不去，我去！"廉伯太太是真着急。

"妇道人家上哪儿去？"老先生的火儿逼了上来："我去！我去！有事弟子服其劳，废物！"他指着廉仲骂。

"叫辆汽车吧？"廉仲为了嫂子，忍受着骂。

"你叫去呀！"老先生去拿帽子与名片。

车来了，廉仲送父亲上去；廉伯太太也跟到门口。叔嫂见车开走，慢慢的往里走。

"怎回事呢？二弟！"

"我真不知道！"廉仲敢自由的说话了。"是这么回事，大嫂，自从那天我拿走那两包东西，始终我没离开这儿，我舍不得这些朋友，也舍不得这块地方。我自幼生在这儿！把那两包东西给了龙云，他给了我一百块钱。我就白天还去作事，晚上住在个小旅馆里。每一想起婚事，我就要走；可是过一会儿，又忘了。好在呢，我知道父亲睡得早，晚上不会查看我。廉伯呢一向就不注意我，当然也不会问。我倒好几次要来看你，大嫂，我知道你一定不放心。可是我真懒得再登这个门，一看见这个街门，我就连条狗也不如了，彷佛是。我就这么对付过这些日子，说不上痛快，也说不上不痛快，马马糊糊。昨天晚上我一个人无聊瞎走，走到宋家门口，也就是九点多钟吧。哥哥的汽车在门口放着呢。门是路北的，车靠南墙放着。院里可连个灯亮也没有。车夫在车里睡着了，我推醒了他，问大爷什么时候来的。他说早来了，他这是刚把车开回来接侦探长，等了大概有二十分钟了，不见动静。所以他打了个盹儿。"

把小女孩交给了刘妈，他们叔嫂坐在了台阶上，阳光挺暖和。廉仲接着说：

"我推了推门，推不开。拍了拍，没人答应。奇怪！又等了会儿，还是没有动静。我跟开车的商议，怎么办。他说，里边一定是睡了觉，或是都出去听戏去了。我不敢信，可也不敢再打门。车夫决定在那儿等着。"

"你那天不是说，龙云要偷偷把她们送走吗？"廉伯太太想起来。

"是呀，我也疑了心；莫非龙云把她们送走，然后把哥哥诓进去……"廉仲不愿说下去，他觉得既不应当这么关心哥哥，也不应当来惊吓嫂子。可是这的确是他当时的感情，哥哥到底是哥哥，不管怎样恨他，"我决定进去，哪怕是跳墙呢！我正在打主意，远远的来了几个人，走在胡同的电灯底下，我看最先的一个像老朱，公安局的队长。他们一定是来找哥哥，我想；我可就藏在汽车后面，不愿叫他们或哥哥看见我。他们走到车前，就和开车的说开了话。他们问他等谁呢，他笑着说，还能等别人吗？呕，他还不知道，老朱说。你大概是把陈送到这儿，找地方吃饭去了，刚才又回来？我没听见车夫说什么，大概他是点了点头。好了，老朱又说了，就用你的车吧。小凤也得上局里去！说着，他们就推门了。推不开。他们似乎急了，老朱上了墙，墙里边有棵不大的树。一会儿他从里面把门开开，大家都进去。我乘势就跑出老远去，躲在黑影里等着。好大半天，他们才出来，并没有她。汽车开了。我绕着道儿去找龙云。什么地方也找不着他，我一直找到夜里两点，我知道事情是坏了：'小凤也得上局里去！'也得去！这不是说哥哥已经去了吗？他要是保护不了小凤，必定是他已顾不了自己！可是我不敢家来，我到底没得到确信。今天早晨，我给侦探队打电，找冯有才，他没在那儿。刚才我一到家，他也没在门房，我晓得他也完了。打完电，我更疑心了，可是究竟没个水落石出。我不敢向公安局去打听，我又不能不打听，乱碰吧，我找了聚元的孙掌柜去，他，昨天晚上也被人抓了去，便衣巡警把着门，铺子可是还开着，大概是为免得叫大家大惊小怪，同时又禁止伙计们出来。我假装问问米价，大伙计还精明，偷偷告诉了我一句：汽车装了走，昨晚上！"

"二弟，"廉伯太太脸上已没一点血色，出了冷汗。"二弟！你哥哥，"她哭起来。

"大嫂。别哭！咱们等爸爸回来就知道了。大概没多大关系！"

"他活不了，我知道，那两包白面！"她哭着说。

"不至于！大嫂！咱们快快想主意！"

傻小子大成拿着块点心跑来了：

"胖叔！你又欺侮妈哪？回来告诉爷爷，叫爷爷揍你！"

十一

要在平常日子，以陈老先生的服装气度，满可以把汽车开进公安局的里边去；这天门前加了岗，都持枪，上着刺刀；车一到就被拦住了。老先生要见局长，掏出片子来，巡警当时说局长今天不见客。老先生才知道事情是非常严重了，不敢发作，立刻坐上车去找钱会长。他知道了事情是很严重，可是想不出儿子犯了什么罪；儿子没有什么不好的地方。大概是在局里得罪了人，那么，有人出来调停一下也就完了。设若仍然不行呢，花上点钱，送上些礼，疏通疏通总该一天云雾散了。这么一想，他心中宽了些。

见着钱会长，他略把他所知道的说了一遍：

"子美翁你知道，廉伯是个孝子；未有孝悌而好犯上者也。他不会作出什么不体面的事来。我自己，你先生也晓得，在今日像我们这样的家庭有几个？恐怕只是廉伯于无意中开罪于人，那么我想请子美翁给调解一下，大概也就没什么了。"

"大概没多大关系，官场中彼此倾轧是常有的事，"钱会长一边咕噜着水烟，"我打听打听看。"

"会长若是能陪我到趟公安局才好，因为我到底还不知其详，最好能见见局长，再见见廉伯，然后再详为计划。"

"我想想看，"会长一劲儿点头，"事情倒不要这么急，想想看，总该有办法的。"

陈老先生心中凉了些。"子美翁看能不能代我设法去见见公安局长，我独自去，武将军能不能——"

"是的，武将军对地面的官员比我还接近，是的，找找他看！"

希望着武将军能代为出力，陈老先生忽略了钱会长的冷淡。

见着武将军，他完全用白话讲明来意，怕将军听不明白。武将军很痛快的答应与他一同去见局长。

在公安局门口，武将军递进自己的片子，马上被请进去，陈老先生在后面跟着。

局长很亲热的和将军握手，及至看见了陈老先生，他皱了一下眉，点了点头。

"刚才老先生来过，局长大概很忙，没见着，所以我同他来了。"武将军一气说完。

"啊，是的，"局长对将军说，没看老先生一眼，"对不起，适才有点紧要的公事。"

"廉伯昨晚没回去，"陈老先生往下用力的压着气，"听说被扣起来，我很不放心。"

"呕，是的，"局长还对着武将军说，"不过一种手续，没多大关系。"

"请问局长，他犯了什么法呢？"老先生的腰挺起来，语气也很冷硬。

"不便于说，老先生，"局长冷笑了一下，脸对着老先生："公事，公事，朋友也有难尽力的地方！"

"局长高见，"陈老先生晓得事情是很难办了。可是他想不出廉伯能作出什么不规矩的事。一定这是局长的阴谋，他再也压不住气。"局长晓得廉伯是个孝子，老夫是个书生，绝不会办出不法的事来。局长也有父母，也有儿女，我不敢强迫长官泄露机要，我只以爱子的一片真心来格外求情，请局长告诉我到底是怎回事！士可杀不可辱，这条老命可以不要，不能忍受……"

"哎哎，老先生说远了！"局长笑得缓和了些。"老先生既不能整天跟着他，他作的事你哪能都知道？"

"我见见廉伯呢？"老先生问。

"真对不起！"局长的头低下去，马上抬起来。

"局长，"武将军插了嘴，"告诉老先生一点，一点，他是真急。"

"当然着急，连我都替他着急，"局长微笑了下，"不过爱莫能助！"

"廉伯是不是有极大的危险？"老先生的脑门上见了汗。

"大概，或者，不至于；案子正在检理，一时自然不能完结。我呢，凡是我能尽力帮忙的地方无不尽力，无不尽力！"局长立起来。

"等一等，局长，"陈老先生也立起来，脸上煞白，两腮咬紧，胡子根儿立起来。"我最后请求你告诉我个大概，人都有个幸不幸，莫要赶尽杀绝。设若你错待了个孝子，你知道你将遗臭万年。我虽老朽，将与君周旋到底！"

"那么老先生一定要知道，好，请等一等！"局长用力按了两下铃。

进来一个警士，必恭必敬的立在桌前。

"把告侦探长的呈子取来，全份！"局长的脸也白了，可是还勉强的向武将军笑。

陈老先生坐下，手在膝上哆嗦。

不大会儿，警士把一堆呈子送在桌上。局长随便推送在武将军与老先生面前，将军没动手。陈老先生翻了翻最上边的几本，很快的翻过，已然得到几种案由：强迫商家送礼；霸占良家妇女；假公济私，借赈私运粮米；窃卖赃货……老先生不能往下看了，手扶在桌上，只剩了哆嗦。哆嗦了半天，他用尽力量抬起头来，脸上忽然瘦了一圈，极慢极低的说：

"局长，局长！谁没有错处呢！他不见得比人家坏，这些状子也未必都可靠。局长，他的命在你手里，你积德就完了！你闭一闭眼，我们全家永感大德！"

"能尽力处我无不尽力！武将军，改天再过去请安！"

武将军把老先生搀了出来。将军把他送到家中，他一句话也没说。那些罪案，他知道，多半都是真的。而且有的是他自己给儿子造成的。可是，他还不肯完全承认这是他们父子的过错，局长应负多一半责任；局长是可以把那些状子压下不问的。他的怨怒多于羞愧，心中和火烧着似的，可是说不出话来。他恨自己的势力小，不能马上把局长收拾了。他恨自己的命不好，命给他带来灾殃，不是他自己的毛病，天命！

到了家中，他越想越怕了。事不宜迟，他得去为儿子奔走。幸而他已交结了不少有势力的朋友。第一个被想到的是孟宝斋，新亲自然会帮忙。可是孟宝斋的大烟吃上没完，虽然答应给设法，而始终不动弹。老先生又去找别人，大家都劝他不要着急，也就是表示他们不愿出力。绕到晚上，老先生明白了世态炎凉还不都是街上的青年男女闹的！与他为道义之交的人们，听他讲经的人们，也丝毫没有古道。但是他没心细想这个，他身上疲乏，心中发乱。立在镜前，他已不认识自己了。他的眼陷下好深，眼下的肉袋成了些鲇皮，像一对很大的瘟臭虫。他愤恨，渺茫，心里发辣。什么都可以牺牲，只要保住儿子的命。儿媳妇在屋中放声的哭呢！她带着大成去探望廉伯，没有见到。听着她哭，老先生的泪止不住了，越想越难过，他也放了声。

他只想喝水，晚饭没有吃。早早的躺下，疲乏，可是合不上眼。想起什么都想到半截便忘了，迷乱，心中像老映着破碎不全的电影片。想得讨厌了，心中仍不愿休息，还希望在心的深处搜出一半个好主意。没有主意，他只能低声的叫，叫着廉伯的乳名。一直到夜中三点，他迷忽过去，不是睡，是像飘在云里那样惊心吊胆的闭着眼。时时彷佛看见儿子回来了，又彷佛听见儿媳妇啼哭，也看见自己死去的老伴儿……可是始终没有睁开眼，恍惚像风里的灯苗，似灭不灭，顾不得再为别人照个亮儿。

十二

太阳出来好久，老先生还半睡半醒的忍着，他不愿再见这无望的阳光。

忽然，儿媳妇与廉仲都大哭起来，老先生猛孤仃的爬起来。没顾得穿长衣，急忙的跑过来，儿媳妇已哭背过气去，他明白了。他咬上了牙，心中突然一热，咬着牙把撞上来的一口黏的咽回去。扶住门框，他吼了一声：

"廉仲，你嫂子！"他蹲在了地上，颤成一团。

廉仲和刘妈，把廉伯太太撅巴起来，她闭着眼只能抽气。

"爸，送信来了，去收尸！"廉仲的胖脸浮肿着，黄蜡似的流着两条泪。

"好！好！"老先生手把着门框想立起来，手一软，蹲得更低了些。"你去吧，用我的寿材好了；我还得大办丧事呢！哈，哈，"他坐在地上狂号起来。

陈老先生真的遍发讣闻，丧事办得很款式。来吊祭的可是没有几个人，连孟宅都没有人过来。武将军送来一个鲜花圈，钱会长送来一对挽联；廉伯的朋友没来一个。老先生随着棺材，一直送到墓地。临入土的时候，老先生拍了拍棺材："廉伯，廉伯，我还健在，会替你教子成名！"说完他亲手燃着自己写的挽联：

孝子忠臣，风波于汝莫须有；

孤灯白发，经史传孙知奈何？

事隔了许久，事情的真相渐渐的透露出来，大家的意见也开始显出公平。廉伯的罪过是无可置辩的，可是要了他的命的罪名，是窃卖"白面"——搜检了来，而用面粉替换上去。然而这究竟是个"罪名"，骨子里面还是因为他想"顶"公安局长。又正赶上政府刚下了严禁白面的命令，于是局长得了手。设若没有这道命令，或是这道命令已经下了好多时候，不但廉伯的命可以保住，而且局长为使自己的地位稳固，还得至少教廉伯兼一个差事。不能枪毙他，就得给他差事，局长只有这么两条路。他不敢撤廉伯的差，廉伯可以帮助局长，也可以随时倒戈，他手下有人，能扰乱地面。大家所以都这么说：廉伯与局长是半斤八两，不过廉伯的运气差一点，情屈命不屈。

有不少人同情于陈家：无论怎说，他是个孝子，可惜！这个增高了陈老先生的名望。那对挽联已经脍炙人口。就连公安局长也不敢再赶尽杀绝。聚元的孙掌柜不久就放了出来，陈家的财产也没受多少损失："经史传孙知奈何？"多么气势！局长不敢结世仇，而托人送来五百元的教育费，陈老先生没有收下。

陈家的财产既没受多少损失，亲友们慢慢的又转回来。陈老先生在国学会未曾讲完的那两讲——正心修身——在廉伯死的六七个月后，又经会中敦聘续讲。老先生瘦了许多，腰也弯了一些，可是声音还很足壮。听讲的人是很多，多数是想看看被枪毙的孝子的老父亲是什么样儿。老先生上台后，戴上大花镜，手微颤着摸出讲稿，长须已有几根白的，可是神气还十分的好看。讲着讲着，他一手扶着桌子，一手放在头上，楞了半天，好像忘记了点什么。忽然他摘下眼镜，匆忙的下了台。大家莫名其妙，全立起来。

会中的职员把他拦住。他低声的，极不安的说：

"我回家去看看，不放心！我的大儿子，孝子，死了。廉仲——虽然不肖——可别再跑了！他想跑，我知道！不满意我给他定下的媳妇；自由结婚，该杀！我回家看看，待一会儿再来讲：我不但能讲，还以身作则！不用拦我，我也不放心大儿媳妇。她，死了丈夫，心志昏乱；常要自杀，胡闹！她老说她害了丈夫，什么拿走两包东西咧，乱七八糟！无法，无法！几时能'买襄山县云藏市，横笛江城月满楼'呢？"说完，他弯着点腰，扯开不十分正确的方步走去。

大家都争着往外跑，先跑出去的还看见了老先生的后影，肩头上飘着些长须。

[1] 《春秋》，孔子修订的鲁国编年史，儒家六经之一，是第一部汉民族编年史暨历史散文集。

[2] 《尚书》，上古历史文献档案，中国最古老的记言体史书，汉代始称《书经》，成为儒家六经之一。

[3] 《十三经》，南宋时期形成的儒家十三部经典的总汇，包括《易》《书》《诗》《论语》《周礼》《仪礼》《礼记》《春秋左传》《春秋公羊传》《春秋谷梁传》《孝经》《尔雅》和《孟子》。

新時代的舊悲劇

老舍

「老爺子！」陳廉伯跪在織錦的墊子上，臉有點頗想抬起頭來看看有父親可是不能辦到，低着頭，手扶在墊角上半閉着眼說下去「兒子又孝敬您一個小買賣」說完這句話他心中平靜一些，可是再也想不出別的話來。一種游泆的平靜，像秋夜聽着遠遠的風暴那樣無可如何的把他與稻米拉遠在一處，不知怎樣總好他的兩肩似乎有點發麻，不能再呆呆的跪在那裏他只好磕下頭去磕了三個也許是四個頭他心中舒服了好多，好像父又找回來全身的力量他敢抬頭看看父親了。

在他的眼裏父親是位神仙與他有直接關係的一位神仙；在他孔聖人關夫子和其他的神明的時節他總覺到一種嚴肅與敬畏，唯有給父親磕頭的時節他似乎覺出父親的血是在他身上，使他單純得像初生下來的小娃娃同時他父感到敬畏與熱情聯合到一處似乎覺出父親的

自己的能力能報答父親的恩惠，德使父親給他的血肉更光榮一些，為陳家的將來開出條更光潔香熱的血路他是承上起下的關節他對得起祖先而必定得到後輩的欽感他看了父親一眼心中更充實了些，右手一拴輕快的立起來

生——仍然端坐在紅木椅上微笑着看了兒子一眼沒有說什麼陳老先生——陳宏道陳老先生給老先

全身都似乎特別的增加了些力量陳老先生——

父子的眼睛遇到一處已經把心中的一切都傾酒出來，本來不須再說什麼陳老先生仍然端坐在那裏一部分是為回味着兒子的孝心一部分是為等着別人進來賀喜——每逢廉伯孝敬給老先生一所房一塊地或是——像這次——一個買賣總是先由廉伯

陳老先生的臉是紅而開展，長眉長鬚還都很黑，頭髮可是有些白的了大眼睛閃為上了年紀眼皮下鬆弛遠都很黑可是有些灰紅的橫紋頗有神威鼻子不高可是鼻孔向外撐着身量高手腳都很大手扶着膝在那兒端坐背還很直好似

《新时代的旧悲剧》原发表页
1935年10月1日
《文学》第5卷第4号

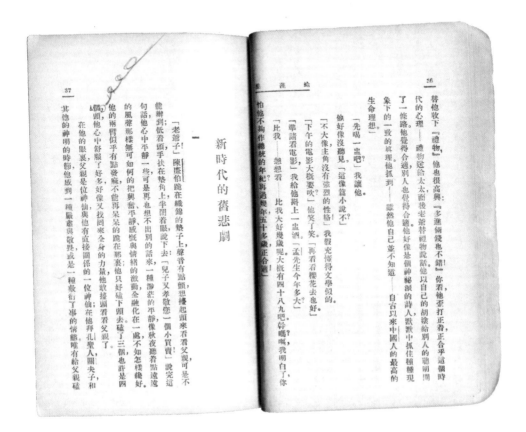

《新时代的旧悲剧》首页

《蛤藻集》初版

上海开明书店1936年11月

且说屋里

福命使自己腾达，思想使自己压得住富贵，自己的政治生活和家庭生活是个有力的证明。太太念佛吃斋，老老实实。大儿有很好的差事，长女上着大学。二太太有三个小少爷，三太太去年冬天生了个小女娃娃。理想的家庭，没闹过一桩满城风雨的笑话，好容易！最不放心的是大儿大女，在外边读书，什么坏事学不来！可是，大儿已有了差事，不久就结婚，女儿呢，只盼顺顺当当的毕了业，找个合适的小人嫁出去；别闹笑话！过政治生活的原不怕闹笑话，可是自己是老一辈的人，不能不给后辈们立个好榜样，这是政治道德。作政治没法不讲道德，政治舞台是多么危险的地方，没有道德便没有胆量去冒险。自己六十岁了，还敢出肩重任，道德不充实可能有这个勇气？自己的道德修养，不用说，一定比自己所能看到的还要高着许多，一定。

本篇原载1936年7月上海开明书店创业十周年纪念集《十年》（正编）。初收《蛤藻集》，开明书店1936年11月出版。

写的是包善卿等一群汉奸的丑相，可作者并没有将他们脸谱化、简单化。包善卿自命懂得"政治生活"，是践履"政治道法"的"政治家"，他善于玩弄权谋之术，通过疏通东洋人山木谋得日伪政府"建设委员会会长"一职，为谋得官位掌握权势，完全不顾民族国家利益。最后，包善卿的大女儿作为学生参加反日游行示威，在楼下喊出了"打倒卖国贼"的口号，包善卿"气得起不来"。作品中其他几位如方文玉、冯子才、陈升、张七等均作为影子式的人物出场。小说的深刻之处，不在于在表层意义上批评汉奸之丑态、丑行，而在于通过包善卿的所作所为对中国传统的官场文化进行了剖析与反思。在老舍看来，一个现代民族国家的国民应该具有起码的国家主义观念，而这正是当时国人所普遍缺乏的。通过这篇小说，作者呼唤的正是现代民族国家意识的建构。小说中包善卿女儿的表现正是中国的希望所在，她的民族国家意识战胜了传统的家庭伦理观念。老舍对普通的学潮并无过高评价，有时还带有讥讽意味，而本篇则对青年学生的爱国之举表示了赞赏，也是因为在他们身上国家观念已悄然植根。

且说屋里

　　一个二十世纪的中国人所能享受与占有的，包善卿已经都享受和占有过，现在还享受与占有着，他有钱、有洋楼、有汽车、有儿女、有姨太太、有古玩、有可作摆设用的书籍、有名望、有身分、有一串可以印在名片上与讣闻上的官衔、有各色的朋友、有电灯电话电铃电扇有寿数有胖胖的身体和各种补药。

　　设若他稍微能把心放松一些，他满可以胖胖的躺在床上，姨太太与儿女们把他伺候得舒舒服服的，即使就这么死去，他的财产也够教儿孙们快乐一两辈子的，他的讣闻上也会有许多名人的题字与诗文，他的棺材也会受得住几十年水土的侵蚀，而且会有六十四名杠夫抬着他游街的。

　　可是包善卿不愿休息。他有他的"政治生活"。他的"政治生活"不包含着什么主义、主张、政策、计划与宗旨。他只有一个决定，就是他不应当闲着。他要是闲散无事，就是别人正在活动与拿权，他不能受这个。他认为自己所不能参预的事都是有碍于他的，他应尽力的去破坏。反之，凡是足以使他活动的，他都觉得不该放过机会。像一只渔船，他用尽方法利用风势，调动他的帆，以便早些达到鱼多的所在。他不管那些风是否有害于别人，他只为自己的帆看风，不管别的。

　　看准了风，够上了风，便是他的"政治生活"。够上风以后，他可以用极少的劳力而获得一个中国政治家所应得的利益。所以他不愿休息，也不肯休息；平白无故的把看风与用风这点眼力与天才牺牲了，太对不起自己。越到老年，他越觉出自己的眼力准确，越觉出别人的幼稚；按兵不动是冤枉的事。况且他才刚交六十；他知道，自要有口气，凭他的经验与智慧，就是坐在那儿呼吸呼吸，也应当有政治的作用。

　　他恨那些他所不熟识的后起的要人与新事情，越老他越觉得自己的熟人们可爱，就是为朋友们打算，他也应当随手抓到机会扩张自己的势力。对于新的事情他不大懂，于是越发感到自己的老办法高明可喜。洋人也好，中国人也好，不论是谁，自要给他事作，他就应当去拥护。同样，凡不给他权势的便是敌人。他清清楚楚承认自己的宽宏大度，也清清楚楚的承认自己的嫉妒与褊狭；这是一个政治家应有的态度。他十分自傲有这个自知之明，这也就是他的厉害的地方；"得罪我与亲近我，你随便吧！"他的胖脸上的微笑表示着这个。

刚办过了六十整寿，他的像片又登在全国的报纸上，下面注着："新任建设委员会会长包善卿。"看看自己的像，他点了点头："还得我来！"他想起过去那些政治生活。过去的那些经验使他压得住这个新头衔，这个新头衔又能增多他的经验，又增高了身分，而后能产生再高的头衔。因将来的光荣与势力，他微微感到满意于现在。有一二年他的像片没这么普遍的一致的登在各报纸上了；看到这回的，他不能不感到满意；这个六十岁的照像证明出别的政客的庸碌无能，证明了自己的势力的不可轻视与必难消灭。新人新事的确出来不少，可是包善卿是青松翠柏，越老越绿。世事原无第二个办法，包善卿的办法是唯一的，过去如此，现在如此，将来还如此！他的方法是官僚的圣经，他一点不反对"官僚"这两个字；"只有不得其门而入的才叫我官僚，"他在四十岁的时候就这么说过。

看着自己的像片，他觉得不十分像自己。不错，他的胖脸，大眼睛，短须，粗脖子，与圆木筒似的身子，都在那里，可是缺乏着一些生气。这些不足以就代表包善卿。他以几十年的经验知道自己的表情与身段是怎样的玲珑可喜，像名伶那样晓得自己哪一个姿态最能叫好；他不就是这么个短粗胖子。至少他以为也应该把两个姿态照下来，两个最重要的，已经成为习惯而仍自觉的利用着，且时时加以修正的姿态。一个是在面部：每逢他遇到新朋友，或是接见属员，他的大眼会像看见个奇怪的东西似的，极明极大极傻的瞪那么一会儿，腮上的肉往下坠；然后腮上的肉慢慢的往上收缩，大眼睛里一层一层的增厚笑意，最后成为个很妩媚的微笑。微笑过后，他才开口说话，舌头稍微团着些，使语声圆柔而稍带着点娇憨，显出天真可爱。这个，哪怕是个冰人儿，也会被他马上给感动过来。

第二个是在脚部。他的脚很厚，可是很小。当他对地位高的人趋进或辞退，他会极巧妙的利用他的小脚：细逗着步儿，弯着点腿，或前或后，非常的灵动。下部的灵动很足给他一身胖肉以不少的危险，可是他会设法支持住身体，同时显出他很灵利，和他的恭敬谦卑。

找到这两点，他似乎才能找到自己。政治生活是种艺术，这两点是他的艺术的表现。他愿以这种姿态与世人相见，最好是在报纸上印出来。可是报纸上只登出个迟重肥胖的人来，似乎是美中不足。

好在，没大关系。有许多事，重大的事，是报纸所不知道的。他想到末一次的应用"脚法"：建设委员会的会长本来十之六七是给王莘老的，可是包善卿在山木那里表现了一番。王莘老所不敢答应山木的，包善卿亲手送过去："你发表我的会长，我发表你的高等顾问！"他向山木告辞时，两脚轻快的细碎的往后退着，腰儿弯着些，提出这个"互惠"条件。果然，王莘老连个委员也没弄到手，可怜的莘老！不论莘老怎样固执不通，究竟是老朋友。得设法给他找个地位！包善卿作事处处想对得住人，他不由的微笑了笑。

王莘老未免太固执！太固执！山木是个势力，不应当得罪。况且，有山木作顾问，事情可以容易办得多。他闭上眼想了半天，想个比喻。想不出来。最后想起一个：姨太太要东西的时候，不是等坐在老爷的腿儿上再说吗？但这不是个好比喻。包善卿坐在山木的腿上？笑话！不过呢，有山木在这儿，这次的政治生活要比以前哪一次都稳当、舒服、省事。东洋人喜欢拿权，作事；和他们合作，必须认清了这一点；认清这一点就是给自己的事业保了险。奇怪，王莘老作了一辈子官，连这点还看不透！王莘老什么没作过？教育、盐务、税务、铁道……都作过，都作过，难道还不明白作什么也不过是把上边交下来的，再往下交。把下边呈上来的再呈上去，只须自己签个押？为什么这次非拒绝山木不可呢？奇怪！也许是另有妙计？不能吧？打听打听看；老朋友，但是细心是没过错的。

"大概王莘老总不至于想塌我的台吧？老朋友！"他问自己。他的事永远不愿告诉别人，所以常常自问自答。"不能，王莘老不能！"他想，会长就职礼已平安的举行过；报纸上也没露骨的说什么；委员们虽然有请病假的，可是看我平安无事的就了职，大概一半天内也就会销假的；山木很喜欢，那天还请大家吃了饭，虽然饭菜不大讲究，可是也就很难为了一个东洋人！过去的都很顺当；以后的，有山木作主，大概不会出什么乱子的。是的，想法安置好王莘老吧；一半因为是老朋友，一半因为省得单为这个悬心。至于会里用人，大致也有了个谱儿，几处较硬的介绍已经敷衍过去，以后再有的，能敷衍就敷衍，不能敷衍的好在可以往山木身上推。是的，这回事儿真算我的老运不错！

想法子给山木换辆汽车，这是真的，东洋人喜欢小便宜。自己的车也该换了，不，先给山木换，自己何必忙在这一时！何不一齐呢，真！我是会长，他是顾问。不必，不必和王莘老学，总是让山木一步好！

决定了这个，他这回的政治生活显然是一帆风顺，不必再思索什么了。假如还有值得想一下的，倒是明天二姨太太的生日办不办呢？办呢，她岁数还小，怕教没吃上委员会的家伙们有所借口，说些不三不四的。不办呢，又怕临时来些位客人，不大合适。"政治生活"有个讨厌的地方，就是处处得用"思想"，不是平常人所能干的。在很小的地方，正如在很大的地方，漏了一笔就能有危险。就以娶姨太太说，过政治生活没法子不娶，同时姨太太能给人以许多麻烦。自然，他想自己在娶姨太太这件事上还算很顺利，一来是自己的福气大，二来是自己有思想，想起在哈尔滨作事时候的俄国姨太太——后来用五百元打发了的那个——他微笑了笑。再不想要洋毛子，看着那么白，原来皮肤更粗，处处带着小黄毛。最难堪的是来月信的时候，只用纸卷个小筒一塞！啵！他不喜欢看外国电影片，多一半是因为这个。连中国电影也算上，那些明星没有一个真正漂亮的。娶姨太太还是到苏杭一带找个中等人家的雏儿，林黛玉[1]似的又娇又嫩。二姨太太就是这样，比女儿还小着一岁，比女儿美得多。似乎应当给她办生日，怪可怜的。况且，乘机会请山木吃顿饭也显着不是故意的请客。是的，请山木首席，一共请三四桌人，对大家不提办生日，又不至太冷淡了小姨太太，这是思想！

福命使自己腾达，思想使自己压得住富贵，自己的政治生活和家庭生活是个有力的证明。太太念佛吃斋，老老实实。大儿有很好的差事，长女上着大学。二太太有三个小少爷，三太太去年冬天生了个小女娃娃。理想的家庭，没闹过一桩满城风雨的笑话，好容易！最不放心的是大儿大女，在外边读书，什么坏事学不来！可是，大儿已有了差事，不久就结婚；女儿呢，只盼顺顺当当的毕了业，找个合适的小人嫁出去；别闹笑话！过政治生活的原不怕闹笑话，可是自己是老一辈的人，不能不给后辈们立个好榜样，这是政治道德。作政治没法不讲道德，政治舞台是多么危险的地方，没有道德便没有胆量去冒险。自己六十岁了，还敢出肩重任，道德不充实可能有这个勇气？自己的道德修养，不用说，一定比自己所能看到的还要高着许多，一定。

他不愿再看报纸上那个像片，那不过是个短粗而无生气的胖子，而真正的自己是有思想有道德有才具有经验有运气的政治家！认清了这个，他心里非常的平静，像无波的秋水映着一轮明月。他想和姨太太们凑几圈牌，为是活动活动自己的心力，太平静了。

"老爷，方委员，"陈升轻轻的把张很大的名片放在小桌上。

"请，"包善卿喜欢方文玉，方文玉的委员完全仗着他的力量。方文玉来的时间也正好，正好二男二女——两个姨太太——凑几圈儿。

方文玉进来，包善卿并没往起立，他知道方文玉不会恼他，而且会把这样的不客气认成为亲热的表示。可是他的眼睛张大，而后渐渐的一层层透出笑意，他知道这足以补足没往起立的缺欠，而不费力的牢笼住方文玉的心。搬弄着这些小小的过节，他觉得出自己的优越，有方文玉在这儿比着，他不能不承认自己的经验与资格。

"文玉！坐，坐！懒得很，这两天够我老头儿……哈哈！"他必须这样告诉文玉，表示他并没在家里闲坐着，他最不喜欢忙乱，而最爱说他忙；会长要是忙，委员当然知道应当怎样勤苦点了。

"知道善老忙，现在，我——"方文玉不敢坐下，作出进退两难的样子，唯恐怕来的时间不对而讨人嫌。

"坐！来得正好！"看着方文玉的表演，他越发喜欢这个人，方文玉是有出息的。

方文玉有四十多岁，高身量，白净子脸，带着点烟气。他没别的嗜好，除了吃口大烟。在包善卿眼中，他是个有为的人，精明，有派头，有思想，可惜命不大强，总跳腾不起去。这回很卖了些力气给他弄到了个委员，很希望他能借着这一步而走几年好运。

"文玉你来得正好，我正说凑几圈，带着硬的呢？"包善卿团着舌尖，显出很天真淘气。

"伺候善老，输钱向来是不给的！"方文玉张开口，可是不敢高声的笑，露出几个带烟釉的长牙来。及至包善卿哈哈的笑了，他才接着出了声。

"本来也是，"包善卿笑完，很郑重的说，"一个委员拿五百六，没车马费，没办公费，苦事！不过，文玉你得会利用，眼睛别闲着；等山木拟定出工作大纲来，每个县城都得安人；留点神，多给介绍几个人。这些人都有县长的希望,可不能只靠着封介绍信！这或者能教你手里松动一点，不然的话，你得赔钱；五百六太损点，五百六！"他的大眼睛看着自己的小胖脚尖，不住的点头。待了一会儿："好吧，今天先记你的账好了。有底没有？"

"有！小刘刚弄来一批地道的，请我先尝尝，烟倒是不坏，可是价儿也够瞧的。"方文玉摇了摇头，用烧黄的手指夹起支"炮台"来。

"我这也有点，也不坏，跟二太太要好了；她有时候吃一口，我不准她多吃！咱们到里院去吧？"包善卿想立起来。

他还没站利落，电话铃响了。他不爱接电话。许多电玩艺儿，他喜欢安置，而不愿去使用。能利用电力是种权势，命令仆人们用电话叫菜或买别的东西，使他觉得他的命令能够传达很远，可是他不愿自己去叫与接电话。他知道自己不是破命去坐飞机的那种政治家。

"劳驾吧，"他立好，小胖脚尖往里一逗，很和蔼的对方文玉说。

方文玉的长腿似乎一下子就迈到了电机旁，拿起耳机，回头向包善卿笑着："喂，要哪里？包宅，啊，什么？呕，墨老！是我，是的！跟善老说话？啊，您也晓得善老不爱接电，唏唏，好，我代达！……好，都听明白了，明天见，明天见！"看了耳机一下，挂上。

"墨山？"包善卿的下巴往里收，眼睛往前弩，作足探问的姿势。

"墨山，"方文玉点了点头，有些不大愿意报告的样子。"教我跟善老说两件事，头一件，明天他来给三太太贺寿，预备打几圈。"

"记性是真好，真好！"包善卿喜欢人家记得小姨太太的生日。"第二件？"

"那什么，那什么，他听说，听说，未必真确，大概学生又要出来闹事！"

"闹什么？有什么可闹的？"包善卿声音很低，可是很清楚，几乎是一字一字的说。

"墨老说，他们要打倒建设委员会呢！"

"胡闹吗！"包善卿坐下，脚尖在地上轻轻的点动。

"那什么，善老，"方文玉就着烟头又点着了一支新的，"这倒要防备一下。委员会一切都顺利；不为别的，单为求个吉利，也不应当让他们出来，满街打着白旗，怪丧气的。好不好通知公安局，先给您这儿派一队人来，而后让他们每学校去一队，禁止出入？"

"我想想看，想想看，"包善卿的脚尖点动得更快了，舌尖慢慢地舐着厚唇，眨巴着眼。过了好大一会儿，他笑了："还是先请教山木，你看怎样？"

"好！好！"方文玉把烟灰弹在地毯上，而后用左手捏了鼻子两下，似乎是极深沉的搜索妙策："不过，无论怎说，还是先教公安局给您派一队人来，有个准备，总得有个准备。要便衣队，都带家伙，把住胡同的两头；"他的带烟气的脸上露出青筋，离离光光的眼睛放出一些浮光。"把住两头，遇必要时只好对不起了，拍拍一排枪。拍拍一排枪，没办法！"

"没办法！"包善卿也挂了气，可是还不像方文玉那么浮躁。"不过总是先问问山木好，他要用武力解决呢，咱们便问心无愧。他主张和平呢，咱们更无须乎先表示强硬。我已经想好，明天请山木吃饭，正好商量商量这个。"

"善老，"方文玉有点抱歉的神气，"请原谅我年轻气浮，明天万一太晚了呢？即使和山木可以明天会商，您这儿总是先来一队人好吧？"

"也好，先调一队人来，"包善卿低声的像对自己说。又待了一会儿，他像不愿说，而又不得不说的，看了方文玉一眼；彷佛看准方文玉是可与谈心的人，他张开了口："文玉，事情不这么简单。我不能马上找山木去。为什么？你看，东洋人处处细心。我一见了他，他必先问我，谁是主动人？你想啊，一群年幼无知的学生懂得什么，背后必有人鼓动。你大概要说××党？"他看见方文玉的嘴动了下。"不是！不是！"极肯定而有点得意的他摇了摇头。"中国就没有××党，我活了六十岁，还没有看见一个××党。学生背后必有主动人，弄点糖儿豆儿的买动了他们，主动人好上台，代替你我，你——我——"他的声音提高了些，胖脸上红起来。"咱们得先探听明白这个人或这些人是谁，然后才不至被山木问住。你看，彷佛吧山木这一问，谁是主动人？我答不出；好，山木满可以撅着小黑胡子说：谁要顶你，你都不晓得？这个，我受不了。怎么处置咱们的敌人，可以听山木的；咱们可得自己找出敌人是谁。是这样不是？是不是？"

方文玉的长脑袋在细脖儿上绕了好几个圈，心中"很"佩服，脸上"极"佩服，包善老。"我再活四十多也没您这个心路，善老！"

善老没答碴，眼皮一搭拉，接受对他的谀美。"是的，擒贼先擒王，把主动人拿住。学生自然就老实了。这就是方才说过的了：和平呢还是武力呢，咱们得听山木的，因为主动人的势力必定小不了。"他又想了想："假如咱们始终不晓得他是谁，山木满可以这么说，你既不知道为首的人，那就只好拿这回事当作学潮办吧。这可就糟了，学潮，一点学潮，咱们还办不了，还得和山木要主意？这岂不把乱子拉到咱们身上来？你说的不错，拍拍一排枪，准打回去，一点不错；可是拍拍一排枪不犯上由咱们放呀。山木要是负责的话，管他呢，拍拍一排开花炮也可以！是不是，文玉，我说的是不是？"

"是极！"方文玉用块很脏的绸子手绢擦了擦青眼圈儿。"不过，善老，就是由咱们放枪也无所不可。即使学生背后有主动人，也该惩罚他们——不好好读书，瞎闹哄什么呢！东洋朋友，中国朋友，商界，工界，农民，都拥护我们。除了学生，除了学生，不能不给小孩子们个厉害！我们出了多少力，费了多少心血，才有今日，临完他们喊打倒，善老？"看着善老连连点头，他那点吃烟人所应有的肝火消散了点。"这么办吧，善老，我先通知公安局派一队人来，然后咱们再分头打电打听打听谁是为首的人。"他的眼忽然一亮，"善老，好不好召集全体委员开个会呢？"

"想想看，"包善卿决定不肯被方文玉给催迷了头，在他的经验里，没有办法往往是最好的办法，而延宕足以杀死时间与风波。"先不用给公安局打电；他们应当赶上咱们来，这是他们当笔好差事的机会，咱们不能迎着他们去。至于开会，不必；一来是委员们没都在这儿，二来委员不都是由你我荐举的，开了会倒麻烦，倒麻烦。咱们顶好是先打听为首之人；把他打听到，"包善卿两只肥手向外一推，"一股拢总全交给山木。省心，省事，不得罪人！"

方文玉刚要张嘴，电话铃又响了。

这回。包善卿没等文玉表示出来愿代接电的意思，他的小胖脚紧动慢动的把自己连跑带转的挪过去，像个着了忙的鸭子。摘下耳机，他张开了大嘴喘了一气。"哪里？呕，冯秘书，近来好？啊，啊，啊！局长呢？呕，我忘了，是的，局长回家给老太太作寿去了，我的记性太坏了！那……嗯……请等一等，我想想看，再给你打电，好，谢谢，再见！"挂上耳机，他彷佛接不上气来了。一大堆棉花似的瘫在大椅子上。闭了会儿眼，他低声的说："记性太坏了，那天给常局长送过去的寿幛，今天就会忘了，要不得！要不得！"

"冯秘书怎么说？"方文玉很关切的问。

"哼，学生已经出来了；冯子才跟我要主意！"包善卿勉强着笑了笑。"我刚才说什么来着？咱们还没教他们派人来呢，他们已经和我要主意；要是咱们先张了嘴，公安局还不搬到我这儿来办公？跟我要主意，他们是干什么的？"

"可是学生已经出来了！"方文玉一样的想不出办法，可是因为有嗜好，所以胆子更小一点。"您想怎样回复冯子才呢？"

"他当然会给常局长打电报要主意；我不挣那份钱，管不着那段事。"包善卿看着桌上的案头日历。

"您这儿没人保护可不行呀！"方文玉又善意的警告。

"那，我有主意，"包善卿知道学生已经出来，不能不为自己的安全设法了。"文玉，你给张七打个电，教他马上送五十打手来，都带家伙，每人一天八毛，到委员会领钱。他们比巡警可靠！"

方文玉放了点心，马上给张七打了电话。包善卿也似乎无可顾虑了，躺在沙发上闭了眼。方文玉看着善老，不愿再思索什么，可是总惦记着冯秘书。善老真稳，怎么不给冯回电呢？包善卿早把冯子才忘了，他早知道冯子才若是看事不妙必会偷偷的跑掉，用不着替他担忧，他心中正一一的数点家里的人，自要包家的人都平安，别的都没大关系。他忽然睁开眼，坐起来，按电铃。一边按一边叫："陈升！陈升！"

陈升轻快的跑进来。

"陈升，大小姐回来没有？"他探着脖想看桌上的日历："今天不是礼拜天吗？"

"是礼拜，大小姐没回家，"陈升一边回答，一边倒茶。

"给学校打电，叫她回来，快！"包善卿十分着急的说。"等等再倒茶，先打电！"对于儿女，他最爱的是大小姐，最不放心的也是大小姐。她是大太太生的，又是个姑娘，所以他对于她特别的慈爱，慈爱之中还有些尊重的意思。姨太太们生的小孩自然更得宠爱，可是止于宠爱；在大姑娘身上，只有在她身上，他彷佛找到了替包家维持家庭间的纯洁与道德的负责人。她是"女儿"，她非得纯美的像一朵水仙花不可。这朵水仙花供给全家人一些清香，使全家人觉得他们有个鲜花似的千金小姐，而不至于太放肆与胡闹了。大小姐要是男女混杂的也到街上去打旗瞎喊，包家的鲜花就算落在泥中了，因为一旦和男学生们接触，女孩子是无法保持住纯洁的。

"老爷，学校电话断了！"陈升似乎还不肯放手耳机，回头说完这句，又把耳机放在耳旁。

"打发小王去接！紧自攥着耳机干什么呀！"包善卿的眼瞪得极大，短胡子都立起来。

陈升跑出去，门外汽车嘟嘟起来。紧跟着，他又跑回来："老爷，张七带着人来了。"

"叫他进来！"包善卿的手微微颤起来，"张七"两个字似乎与祸乱与厮杀有同一的意思，祸乱来在自己的门前，他开始害了怕；虽然他明知道张七是来保护他的。

张七没敢往屋中走，立在门口外："包大人，对不起您，我才带来三十五个人；今天大家都忙，因为闹学生，各处用人；我把这三十五个放在您这儿，马上再去找，误不了事，掌灯以前，必能凑齐五十名。"

"好吧，张七，"包善卿开开屋门，看了张七一眼："他们都带着家伙哪？好！赶快去再找几名来！钱由委员会领；你的，我另有份儿赏！"

"您就别再赏啦，常花您的！那么，我走了，您没别的吩咐了？"张七要往外走。

"等等，张七，汽车接大小姐去了，等汽车回来你再走；先去看看那些人们，东口西口和门口分开了站！别都扎在一堆儿！"

张七出去检阅，包善卿回头看了看方文玉，"文玉，你看怎样！不要紧吧？"关上屋门，他背着手慢慢的来回走。

"没准儿了！"方文玉也立起来，脸上更灰暗了些。"毛病是在公安局。局长没在这儿，冯子才大概——"

"大概早跑啦！"包善卿接过去。"空城计，非乱不可，非乱不可，这玩艺，这玩艺，咱们始终不知为首的是谁，有什么办法呢？"

电话！方文玉没等请示，抓下耳机来。"谁？小王？……等等！"偏着点头："善老，车夫小王在街上借的电话。学生都出去了，大小姐大概也随着走了；街上很乱，打上了！"

"叫小王赶紧回来！"

"你赶紧回来！"方文玉很凶狠的挂上耳机，心中很乱，想烧口烟吃。

"陈升！"包善卿向窗外喊："叫张七来！"

这回，张七进了屋中，很规矩的立着。

"张七，五十块钱的赏，去把大小姐给找来！你知道她的学校？"

"知道！可是，包大人，成千成万的学生哪儿去找呢？我一个人，再添上俩，找到小姐也没法硬拉出来呀！"

"你去就是了，见机而作！找了来，我另给你十块！"方文玉看着善老，交派张七。

"好吧，我去碰碰！"张七不大乐观的走出去。

"小王回来了，老爷，"陈升进来报告。

"那什么，陈升，把帽子给我。"包善卿楞了会儿，转向方文玉："文玉，你别走，我出去看看，一个女孩子人家，不能——"

"善老！"方文玉抓住了善老的手，很凉。"您怎么出去呢！让我去好了。认识我的少一点，您的像片——"

二人同时把眼转到桌上的报纸上。

"文玉你也不能出去！"包善卿腿一软，坐下了。"找山木想办法行不行？这不能算件小事吧？我的女儿！他要是派两名他的亲兵，准能找回来！"

"万一他不管，可不大得劲儿！"方文玉低声的说。

"听！"包善卿直起身来。

包宅离街不十分远，平常能听得见汽车的喇叭声。现在，像夏日大雨由远而近的那样来了一片继续不断的，混乱而低切的吵嚷，分析不出是什么声音，只是那么流动的，越来越近的一片。一种可怕的，像卷着什么血肉的一团火，或一股怒潮，向前滚进。

方文玉的脸由灰白而惨绿，猛的张开口，咽了一口气。"善老，咱们得逃吧？"

包善卿的嘴动了动，没说出什么来，脸完全紫了。怒气与惧怕往两下处扯他的心，使他说不出话来。"学生！学生！一群毛孩子！"他心里说："你们懂得什么！懂得什么！包善卿的政治生活非生生让你们吵散不可！包善卿有什么对不起人的地方！混账，一群混账！"

张七拉开屋门，没顾得摘帽子："大人，他们到了！我去找大小姐，恰好和他们走碰了头！"

"西口把严没有？"包善卿好容易说出话来。

"他们不上这儿来，上教场去集合。"

"自要进来，开枪，我告诉你！"包善卿听到学生们不进胡同，强硬了些。

"听！"张七把屋门推开。

"打倒卖国贼！"千百个嗓子同时喊出。

包善卿的大眼向四下里找了找，好似"卖国贼"三个字像个风筝似的从空中落了下来。他没找到什么，可是从空中又降下一声："打倒卖国贼！"他看了看方文玉，看了看张七，勉强的要笑笑，没笑出来。"七，""张"字没能说利落："大小姐呢？我教你去找大小姐！"

"这一队正是大小姐学校里的，后面还有一大群男学生。"

"看见她了？"

"第一个打旗的就是大小姐！"

"打倒卖国贼！"又从空中传来一声。

在这一声里，包善卿彷彿清清楚楚的听见了自己女儿的声音。

"好，好！"他的手与嘴唇一劲儿颤。"无父无君，男盗女娼的一群东西！我会跟你算账，甭忙，大小姐！别人家的孩子我管不了，你跑不出我的手心去！爸爸是卖国贼，好！"

"善老！善老！"方文玉的瘾已上来，强挣扎着劝慰："不必生这么大的气，大小姐年轻，一时糊涂，不能是真心反抗您，绝对不能！"

"你不知道！"包善卿颤得更厉害了。"她要是想要钱，要衣裳，要车，都可以呀，跟我明说好了；何必满街去喊呢！疯了？卖国贼，爸爸是卖国贼，好听？混账，不要脸！"

电话！没人去接。方文玉已经瘾得不爱动，包善卿气得起不来。

张七等铃响了半天，搭讪着过去摘下耳机。"……等等。大人，公安局冯秘书。"

"挂上，没办法！"包善卿躺在沙发上。

"陈升！陈升！"方文玉低声的叫。

陈升就在院里呢，赶快进来。

方文玉向里院那边指了指，然后撅起嘴唇，像叫猫似的轻轻响了几下。

陈升和张七一同退出去。

---

[1] 林黛玉，曹雪芹著《红楼梦》中的女主角，金陵十二钗之首。

且說屋裏

一個二十世紀的中國人所能享受與佔有的，包善卿已經都享受和佔有過現在還享受與佔有着他有錢、有洋樓、有汽車、有兒女、有姨太太、有古玩、有可作擺設用的書籍、有名望、有身分、有一串可以印在名片上與計聞上的官銜、有各色的朋友、有電燈電話電鈴電扇、有壽數、有胖胖的身體和各種補藥。

設若他稍微能把心放鬆一些，他滿可以胖胖的躺在牀上姨太太與兒女們把他伺候得舒舒服服的，即使就這麼死去他的財產也夠教兒孫們快樂一兩輩子的，他的計聞上也會有許多名人的題字與詩文他的棺材也會受得住幾十年水土的侵蝕而且會有六十四名槓夫擡着他游街的。

可是包善卿不願休息他有他的「政治生活」他的「政治生活」不包含着什麼

《且说屋里》原发表页
上海开明书店创业十周年纪念集
《十年》（正编），1936年7月

《且说屋里》首页
《蛤藻集》初版
上海开明书店1936年11月

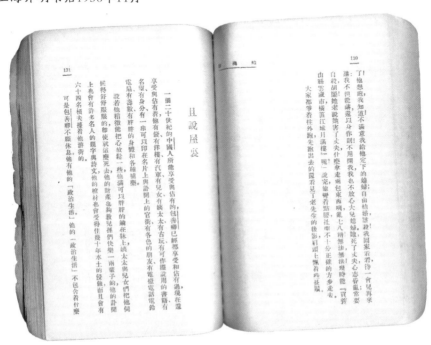

新韩穆烈德

父亲的货不从果客手中买，他直接的包山。田烈德记得和父亲去看山园。总是在果木开花的时节吧，他们上山。远远的就看见满山腰都是花，像青山上横着条绣带。花林中什么声音也没有，除了蜜蜂飞动的轻响。小风吹过来，一阵阵清香像花海的香浪。最好看的是走到小山顶上，看到后面更高的山。两山之间无疑的有几片果园，分散在绿田之间。低处绿田，高处白花，更高处黄绿的春峰，倚着深蓝的晴天。山溪中的短藻与小鱼，与溪边的白羊，更觉可爱，他还记得小小山羊那种娇细可怜的啼声。

本篇原载1936年3月16日《国闻周报》第13卷第10期。初收《蛤藻集》，上海开明书店1936年11月出版。

这是一篇多声部小说，某种层面上可被视为对莎士比亚《哈姆雷特》的严肃的"戏仿"。主人公田烈德是一名大学生，靠做干果生意的父亲供养，抽烟、穿洋服、看电影，身无长物，却自视为韩穆烈德（哈姆雷特），是一种新时代的"零余者"或"多余人"，或者说是一个空想式的毫无行动能力的现代哈姆雷特。通过田烈德的视角，作品也表现了在外国商品冲击下中国传统手工业的式微。看到父亲生意惨败，田烈德想"逃"，这时，他想起曾在杂志上看到过的一幅西洋名画，画的是："一溪清水，浮着个少年美女，下半身在水中，衣襟披浮在水上，长发像些金色的水藻随着微波上下，美洁的白脑门向上仰着些，好似希望着点什么；胸上袒露着些，雪白的堆着些各色的鲜花。"这里所描述的是英国画家米莱斯的《奥菲利亚》，正取材于莎士比亚的《哈姆雷特》，表现的是哈姆雷特的恋人奥菲利亚跌入水中即将被淹死的那一瞬间的唯美场景。

新韩穆烈德

一

有一次他稍微喝多了点酒，田烈德一半自嘲一半自负的对个朋友说："我就是莎士比亚的韩穆烈德[1]；同名不同姓，彷佛是。"

"也常见鬼？"那个朋友笑着问。

"还不止一个呢！不过，"田烈德想了想，"不过，都不白衣红眼的出来巡夜。"

"新韩穆烈德！"那个朋友随便的一说。

这可就成了他的外号，一个听到而使他微微点头的外号。

大学三年级的学生，他非常的自负，非常的严重，事事要个完整的计划，时时在那儿考虑。越爱考虑他越觉得凡事都该有个办法，而任何办法——在细细想过之后——都不适合他的理想。因此，他很愿意听听别人的意见，可是别人的意见又是那么欠高明，听过了不但没有益处，而且使他迷乱，使他得顺着自己的思路从头儿再想过一番，才能见着可捉摸的景像，好像在暗室里洗像片那样。

所以他觉得自己非常的可爱，也很可怜。他常常对着镜子看自己。长瘦的脸，脑门很长很白。眼睛带着点倦意。嘴大唇薄，能并成一条长线。稀稀的黑长发往后拢着。他觉得自己的相貌入格，不是普通的俊美。

有了这个肯定的认识，所以洋服穿得很讲究，在意。凡是属于他的都值得在心，这样才能使内外一致，保持住自己的优越与庄严。

可是看看脸，看看衣服，并不能完全使他心中平静。面貌服装即使是没什么可指摘的了，他的思想可是时时混乱，并不永远像衣服那样能整理得齐齐楚楚。这个，使他常想到自己像个极雅美的磁盆，盛着清水，可是只养着一些浮萍与几团绒似的绿苔！自负有自知之明，这点点缺欠正足以使他越发自怜。

二

寒假前的考试刚完，他很累得慌，自己觉得像已放散了一天的香味的花，应当敛上了瓣休息会儿。他躺在了床上。

他本想出去看电影，可是躺在了床上。多数的电影片是那么无聊，他知道；但是有时候他想去看。看完，他觉得看电影的好处只是为证明自己的批评能力，几乎没有一片能使他满意的。他不明白为什么一般人那样爱看电影。及至自己也想去看去的时候，虽然自信自己的批评能力是超乎一般人的，可是究竟觉得有点不大是味儿，这使他非常的苦恼。"后悔"破坏了"享受"。

这次他决定不去。有许多的理由使他这样下了决心。其中的一个是父亲没有给他寄了钱来。他不愿承认这是个最重要的理由，可是他无法不去思索这点事儿。

二年没有回家了。前二年不愿回家的理由还可以适用于现在，可是今年父亲没有给寄来钱。这个小小的问题强迫着他去思索，彷佛一切的事都需要他的考虑，连几块钱也在内！

回家不回呢？

三

点上支香烟，顺着浮动的烟圈他看见些图画。

父亲，一个从四十到六十几乎没有什么变动的商人，老是圆头圆脸的，头剃得很光，不爱多说话，整个儿圆木头墩子似的！

田烈德不大喜欢这个老头子。绝对不是封建思想在他心中作祟，他以为；可是，可是。什么呢？什么使他不大爱父亲呢？客观的看去，父亲应当和平常一件东西似的，无所谓可爱与不可爱。那么，为什么不爱父亲呢？原因似乎有很多，可是不能都标上"客观的"签儿。

是的，想到父亲就没法不想到钱，没法不想到父亲的买卖。他想起来：兴隆南号，兴隆北号，两个果店；北市有个栈房；家中有五间冰窖。他也看见家里，顶难堪的家里，一家大小终年在那儿剥皮：花生，胡桃，榛子，甚至于山查（楂），都得剥皮。老的小的，姑娘媳妇，一天到晚不识闲，老剥老挑老煮。赶到预备年货的时节就更了不得，山查（楂）酪，炒红果，查（楂）糕，温卜，玫瑰枣，都得煮，拌，大量的加糖。人人的手是黏的，人人的手红得和胡萝卜一样。到处是糊糖味，酸甜之中带着点像烫糊了的牛乳味，使人恶心。

为什么老头子不找几个伙计作这些，而必定拿一家子人的苦力呢？田烈德痛快了些，因为得到父亲一个罪案——一定不是专为父亲卖果子而小看父亲。

更讨厌的是收蒜苗的时候：五月节后，蒜苗臭了街，老头子一收就上万斤，另为它们开了一座窖。天上地下全是蒜苗，全世界是辣蒿蒿的蒜味。一家大小都得动手，大捆儿改小捆儿，老的烂的都得往外剔，然后从新编辫儿。剔出来的搬到厨房，早顿接着晚顿老吃炒蒜苗，能继续的吃一个星期，和猪一样。

五月收好，十二月开窖，蒜苗还是那么绿，拿出去当鲜货卖。钱确是能赚不少，可是一家子人都成了猪。能不能再体面一些赚钱呢？

四

把烟头扔掉，他不愿再想这个。可是，像夏日天上的浮云。自自然然的会集聚到一处，成些图画，他彷佛无法阻止住心中的活动。他刚放下家庭与蒜苗，北市的栈房又浮现在眼前。在北市的西头，两扇大黑门，门的下半截老挂着些马粪。门道非常的脏，车马出入使地上的土松得能陷脚；时常由蹄印作成个小湖，蓄着一汪草黄色的马尿。院里堆满了荆篓席筐与麻袋，骡马小驴低头吃着草料。马粪与果子的香气调成一种沉重的味道，挂在鼻上不容易消失。带着气瘰脖的北山客，精明而话多的西山客，都拐着点腿出来进去，说话的声音很高，特别在驴叫的时候。驴叫人嚷，车马出入，栈里永远充满了声音；在上市的时候，栈里与市上的喧哗就打成一片。

每一张图画都含着过去的甜蜜，可是田烈德不想只惆怅的感叹，他要给这些景像加以解释。他想起来，客人住栈，驴马的草料，和用一领破席遮盖果筐，都须出钱。果客们必须付这些钱，而父亲的货是直接卸到家里的窖中；他的栈房是一笔生意，他自己的货又无须下栈，无怪他能以多为胜的贱卖一些，而把别家果店挤得走投无路。

父亲的货不从果客手中买，他直接的包山。田烈德记得和父亲去看山园。总是在果木开花的时节吧，他们上山。远远的就看见满山腰都是花，像青山上横着条绣带。花林中什么声音也没有，除了蜜蜂飞动的轻响。小风吹过来，一阵阵清香像花海的香浪。最好看的是走到小山顶上，看到后面更高的山。两山之间无疑的有几片果园，分散在绿田之间。低处绿田，高处白花，更高处黄绿的春峰，倚着深蓝的晴天。山溪中的短藻与小鱼，与溪边的白羊，更觉可爱，他还记得小山羊那种娇细可怜的啼声。

可是父亲似乎没觉到这花与色的世界有什么美好。他嘴中自言自语的老在计算，而后到处与园主们死命的争竞。他们住在山上等着花谢，处处落花，舞乱了春山。父亲在这时节，必强迫着园主承认春风太强，果子必定受伤，必定招虫。有这个借口，才讲定价钱；价钱讲好，园主还得答应种种罚款：迟交果子，虫伤，雹伤，水锈，都得罚款。四六成交账，园主答应了一切条件，父亲才交四成账。这个定钱是庄家们半年的过活，没它就没活到果子成熟的时期。为顾眼前，他们什么条件也得答应；明知道条件的严苛使他们将永成为父亲的奴隶。交货时的六成账，有种种罚项在那儿等着，他们永不能照数得到；他们没法不预支第二年的定银……

父亲收了货，等行市；年底下"看起"是无可疑的，他自己有窖。他是干鲜果行中的一霸！

五

这便有了更大的意义：田烈德不是纯任感情而反对父亲的；也不是看不起果商，而是为正义应当，应当，反对父亲。他觉得应当到山园去宣传合作的方法，应当到栈房讲演种种"用钱"的非法，应当煽动铺中伙计们要求增高报酬而减轻劳作，应当到家里宣传剥花生与打山查[2]酪都须索要工钱。

可是，他二年没回家了。他不敢回家。他知道家里的人对于那种操作不但不抱怨，而且觉得足以自傲；他们已经三辈子是这样各尽所能的大家为大家效劳。他们不会了解他。假若他一声不出呢，他就得一天到晚闻着那种酸甜而腻人的味道，还得远远的躲着大家，怕溅一身山查汤儿。他们必定会在工作的时候，彼此低声的讲论"先生"；他是在自己家中的生人！

他也不敢到铺中去。那些老伙计们管他叫"师弟"，他不能受。他有很重要的，高深的，道理对他们讲，可是一声"师弟"便结束了一切。

到栈房，到山上？似乎就更难了。

啊！他把手放在脑后，微微一笑，想明白了。这些都是感情用事，即使他实地的解放了一两家山上的庄家户，解放了几个小伙计与他自己的一家人，有什么用？他所追求的是个更大的理想，不是马上直接与张三或李四发生关系的小事，而是一种从新调整全个文化的企图，他不仅是反对父亲，而且反抗着全世界。用全力捉兔，正是狮的愚蠢，他用不着马上去执行什么。就是真打算从家中作起——先不管这是多么可笑——他也得另有办法，不能就这么直入公堂的去招他们笑他。

暂时还是不回家的好。他从床上起来，坐在床沿上，轻轻提了提裤缝。裤袋里还有十几块钱，将够回家的路费。没敢去摸。不回家！关在屋中，读一寒假的书。从此永不回家，拒绝承袭父亲的财产，不看电影……专心的读书。这些本来都是不足一提的事，但是为表示坚决，不能不这么想一下。放弃这一切腐臭的，自己是由清新塘水出来的一朵白莲。是的，自己至少应成个文学家，像高尔基那样给世界一个新的声音与希望。

六

看了看窗外，从玻璃的上部看见一小片灰色的天，灰冷静寂，正像腊月天气。不由的又想起家来，心中像由天大的理想缩到个针尖上来。他摇了摇头，理想大概永远与实际生活不能一致，没有一个哲人能把他的人生哲理与日常生活完全联结到一处，像鸳鸯身上各色的羽毛配合得那么自然匀美。

别的先不说，第一他怕自己因用脑过度而生了病。想像着自己病倒在床上，连碗热水都喝不到，他怕起来。摸摸自己的脸，不胖；自己不是个粗壮的人。一个用脑子的不能与一个用笨力气的相提并论，大概在这点上人类永远不会完全平等，他想。他不能为全人类费着心思，而同时还要受最大的劳力，不能；这不公道！

立起来，走在窗前向外看。灰冷的低云要滴下水来。可是空中又没有一片雪花。天色使人犹疑苦闷，他几乎要喊出来："爽性来一场大雪，或一阵狂风！"

同学们欢呼着，往外搬行李，毛线围脖的杪儿前后左右的摆动，像撒欢时的狗尾巴："过年见了，张！""过年见了，李！"大家喊着；连工友们也分外的欢喜，追着赏钱。

"这群没脑子的东西！"他要说而没说出来，呆呆的立着。他想同学们走净，他一定会病倒的；无心中摸了摸袋中的钱——不够买换一点舒适与享乐的。他似乎立在了针尖上。不能转身；回家彷佛是唯一平安的路子。

他慢慢的披上大衣，把短美的丝围脖细心的围好，尖端压在大衣里；他不能像撒欢儿的狗。还要拿点别的东西，想了想，没去动。知道一定是回家么？也许在街上转转就回来的；他选择了一本书，掀开，放在桌上；假如转转就回来的话，一定便开始读那本书。

走到车站，离开车还有一点多钟呢。车站使他决定暂且作为要回家吧。这个暂时的决定，使他想起回家该有的预备：至少该给妹妹们买点东西。这不是人情，只是随俗的一点小小举动。可是钱将够买二等票的，设若匀出一部分买礼物，他就得将就着三等了。三等车是可爱的，偶尔坐一次总有些普罗神味。可是一个人不应该作无益的冒险，三等车的脏乱不但有实际上的危险，而且还能把他心中存着的那点对三等票阶级的善意给削除了去。从哪一方面看，这也不是完美的办法。至于买礼物一层，他会到了家，有了钱，再补送的；即使不送，也无伤于什么；俗礼不应该仗着田烈德去维持的。

都想通了，他买了二等票。在车上买了两份大报；虽然卖报的强塞给他一全份小报，他到底不肯接收。大报，即使不看，也显着庄严。

七

到了家门口，他几乎不敢去拍门。那两扇黑大门显着特别的丑恶可怕。门框上红油的"田寓"比昔日彷佛更红着许多，他忽然想起佛龛前的大烛，爆竹皮子。压岁钱包儿都是红的。不由的把手按在门环上。

没想到开门来的是母亲。母亲没穿着那个满了糖汁与红点子的围裙。她的头发几乎全白了，脸上很干很黄，眉间带着忧郁。田烈德一眼看明白这些，不由的叫出声"妈"来。

"哟，回来啦？"她那不很明亮的眼看着儿子的脸，要笑，可是被泪截了回去。

随着妈妈往里走，他不知想什么好，只觉得身旁有个慈爱而使人无所措手足的母亲。一拐过影壁来，二门上露着个很俊的脸："哟，哥哥来了！"那个脸不见了，往里院跑了去。紧跟着各屋的门都响了，全家的人都跑了出来。妹妹们把他围上，台阶上是婶母与小孩们，祖母的脸在西屋的玻璃里。妹妹们都显着出息了，大家的纯洁黑亮的眼都看着哥哥，亲爱而稍带着小姑娘们的羞涩，谁也不肯说什么，嘴微笑的张着点。

祖母的嘴隔着玻璃缓缓的动。母亲赶过去高声一字一字的报告，"烈德！烈德来了！大孙子回来了！"母亲回头招呼儿子："先看看祖母来！"烈德像西医似的走进西屋去。全家都随过来。没看出祖母有什么改变，除了摇头疯更厉害了些，口中连一个牙也没有了。

和祖母说了几句话，他的舌头像是活动开了。随着大家的话，他回答，他发问，他几乎不晓得都说了些什么。大妹妹给他拿过来支蝙蝠牌的烟卷，他也没拒绝，辣辣的烧着嘴唇。祖母，母亲，妹妹们，始终不肯把眼挪开，大家看他的长脸，大嘴，洋服，都觉得可爱；他也觉得自己可爱。

他后悔没给妹妹们带来礼物。既然到了家，就得迁就着和大家敷衍，可是也应当敷衍得到家；没带礼物来使这出大团圆缺着一块。后悔是太迟了，他的回来或者已经是赏了她们脸，礼物是多余的。这么一想，他心中平静了些，可是平静得不十分完全，像晓风残月似的虽然清幽而欠着完美。

八

奇怪的是为什么大家都不工作呢？他到堂屋去看了看，只在大案底下放着一盆山查酪，一盆。难道年货已经早赶出来，拿到了铺中去？再看妹妹的衣裳，并不像赶完年货而预备过年的光景，二妹的蓝布褂大襟上补着一大块补钉。

"怎么今年不赶年货？"他不由的问出来。

大妹妹搭拉着眼皮，学着大人的模样说："去年年底，我们还预备了不少，都剩下了。白海棠果五盆，摆到了过年二月，全起了白沫。现今不比从前了，钱紧！"

田烈德看着二妹襟上的补钉，听着大妹的摹仿成人，觉得很难堪。特别是大妹的态度与语调，使他身上发冷。他觉得妇女们不作工便更讨厌。

最没办法的是得陪着祖母吃饭。母亲给他很下心的作了两三样他爱吃的菜，可是一样就那么一小碟；没想到母亲会这么吝啬。

"跟祖母吃吧，"母亲很抱歉似的说，"我们吃我们的。"

他不知怎样才好。祖母的没有牙的嘴，把东西扁一扁而后整吞下去，像只老鸭似的！祖母的不住的摇头，软皮了的皮肤老像糊着一层水锈！他不晓得怎能吃完这顿饭而不都吐出来！他想跑出去嚷一大顿，喊出家庭的毁坏是到自由之路的初步！

可是到底他陪着祖母吃了饭。饭后，祖母躺下休息；母亲把他叫在一旁。由她的眼神，他看出来还得殉一次难。他反倒笑了。

"你也歇一会儿，"母亲亲热而又有点怕儿子的样儿，"回头你先看看爸去，别等他晚上回来，又发脾气；你好容易回来这么一趟……"母亲的言语似乎不大够表现心意的。

"唉，"为敷衍母亲，他答应了这么一声。

母亲放了点心。"你看，烈德，这二年他可改了脾气！我不愿告诉你这些，你刚回来，可是我一肚子委屈真……"她提起衣襟擦了擦眼角。"他近来常喝酒，喝了就闹脾气。就是不喝酒，他也嘴不识闲，老叨唠，连躺在被窝里还跟自己叨唠，彷彿中了病；你知道原先他是多么不爱说话。"

"现在，他在南号还是在北号呢？"他明知去见父亲又是一个劫难，可是很愿意先结束了目前这一场。

"还南号北号呢！"母亲又要往上提衣襟。"南号早倒出去了，要不怎么他闹脾气呢。南号倒出不久。北市的栈房也出了手。"

"也出了手，"烈德随口重了一句。

"这年月不讲究山货了，都是论箱的来洋货。栈房不大见得着人！那么个大栈呀，才卖了一千五，跟白舍一样！"

九

进了兴隆北号，大师哥秀权没认出他来，很客气的问，"先生看点什么？"双手不住的搓着。田烈德摘了帽子，秀权师哥又看了一眼，"师弟呀？你可真够高的了；我猛住了，不敢认，真不敢认！坐下！老人家出去了；来，先喝碗茶。"

田烈德坐在果筐旁的一把老榆木擦漆的椅子上，非常的不舒服。

"这一向好吧？"秀权师哥想不起别的话来，"外边的年成还好吧？"他已五十多岁，还没留须，红脸大眼睛，看着也就是四十刚出头的样子。

"他们呢？"烈德问。

"谁？啊，伙计们哪？别提了——"秀权师哥把"了"字拉得很长，"现在就剩下我和秀山，还带着个小徒弟。秀山上南城匀点南货去了，眼看就过年，好歹总得上点货，看看，"他指着货物，"哪有东西卖呀！"

烈德看了看，磁缸的红木盖上只摆着些不出眼的梨和苹果；干果筐箩里一些栗子和花生；靠窗有一小盆蜜饯海棠，盆儿小得可怜。空着的地方满是些罐头筒子，藕粉匣子，与永远卖不出去的糖精酒糖搀水的葡萄酒，都装璜得花花绿绿的。可是看着就知道专为占个地方。他不愿再看这些——要关市的铺子都拿这些糊花纸的瓶儿罐儿装门面。"他们都上哪儿去了？"

"谁知道！各自奔前程吧！"秀权师哥摇着头，身子靠着筐箩。"不用提了，师弟，我自幼干这一行，今年五十二了，没看见过这种事！前年年底，门市还算作得不离，可是一搂账啊，亏着本儿呢。毛病是在行市上，咱们包山，钱货两清！等到年底往回叫本的时候，行市一劲往下掉，东洋橘子，高丽苹果，把咱们顶得出不来气。花生花生也掉盘，咱们也是早收下的。山查核桃什么的倒有价儿，可是糖贵呀；你看，"他掀起蓝布帘向对过的一个小铺指着："看，蜜饯的东西咱们现今卖不过他；他什么都用糖精；咱们呢，山查看赚，可赔在糖上。这时月，人们过年买点果子和蜜饯当摆设，买点儿是个意思，不管好坏，价儿便宜就行。咱们的货地道，地道有什么用呢！人家贱，咱们也得贱，把货铲出去呢，混个热闹；卖不出去呢，更不用说，连根儿烂！"他叹了口气。又给烈德满满的倒了一碗茶，好像拿茶出气似的。

"经济的侵略与民间购买力的衰落！"烈德看得很明白，低声对自己说。

秀权忙着想自己的话，没听明白师弟说的是什么，也没想问；他接着诉苦："老人家想裁人。我们可就说了，再看一节吧。这年月，哪柜上也不活动，裁下去都上哪儿去呢！到了五月节，赔的更多了，本来春天就永远没什么买卖。老人家把两号的伙计叫到一处，他说得惨极了：你们都没过错，都帮过我的忙。可是我实在无了法。大家抓阄吧，谁抓着谁走。大家的泪都在眼圈里！顶义气的是秀明，师弟你还记得秀明？他说了话：两柜上的大师哥，秀权秀山不必抓。所以你看我俩现在还在这儿。我俩明知道这不公道，可是腆着脸没去抓。四五十岁的人了，不同年轻力壮，叫我们上哪儿找事去呢？一共裁了三次，现在就剩下我和秀山。老人家也不敢上山了，行市赔不起！兴隆改成零买零卖了。山上的人连三并四的下来央求，老人家连见他们也不敢！南号出了手，栈房也卖了。我们还指望着蒜苗，哼，也完了！热洞子的王瓜，原先卖一块钱两条，现在满街吆喝一块钱八条；茄子东瓜香椿原先都是进贡的东西，现在全下了市，全不贵。有这些鲜货，谁吃辣蒿蒿的蒜苗呢？我们就这么一天天的耗着，三个老头子一天到晚对着这些筐子发楞。你记得原先大年三十那个光景？买主儿挤破了门；铜子毛钱撒满了地，没工夫往柜里扔。看看现在，今到几儿啦，腊月廿六了，你坐了这大半天，可进来一个买主？好容易盼进一位来，不是嫌贵就是嫌货不好，空着手出去，还瞪我们两眼，没作过这样的买卖！"秀权师哥拿起抹布拚命的擦那些磁缸，似乎是表示他仍在努力；虽然努力是白饶，但求无愧于心。

十

秀权的后半截话并没都进到烈德的耳中去，一半因他已经听腻，一半因他正在思索。事实是很可怕，家里那群当伙计的那群，山上种果子的那群，都走到了路尽头！

可怕！可证他所要解放的已用不着他来费事了，他们和她们已经不在牢狱中了；他们她们已由牢狱中走向地狱去，鬼是会造反的。非走到无路可走，他们不能明白，历史时时在那儿牺牲人命，历史的新光明来自地狱。

他不必鼻一把泪一把的替他们伤心，用不着，也没用。这种现象不过是消极的一个例证，证明不应当存在的便得死亡，不用别人动手，自己就会败坏，像搁陈了的橘子。他用不着着急，更用不着替他们出力；他的眼光已绕到他们的命运之后，用不着动什么感情。

正在这么想着，父亲进来了。

"哟，你！"父亲可不像样子了：脸因削瘦，已经不那么圆了。两腮下搭拉着些松皮，脸好像接出一块来。嘴上留了胡子，惨白，尖上发黄，向唇里卷卷着。脑门上许多皱纹，眼皮下有些黑锈。腰也弯了些。

烈德吓了一跳，猛的立起来。心中忽然空起来，像电影片猛孤仃断了，台上现出一块空白来。

十一

父亲摘了小帽，脑门上有一道白印。看了烈德一会儿："你来了好，好！"

父亲确是变了，母亲的话不错；父亲原先不这么叨唠。父亲坐下，哈了一声，手按在膝上。又懒懒的抬起头看了烈德一眼："你是大学的学生，总该有办法！我没了办法。我今儿走了半天，想周转俩现钱，再干一下子。弄点钱来，我也怎么缺德怎办，拿日本橘子充福橘，用糖精熬山里红汤，怎么贱怎卖，可是连坑带骗，给小分量，用报纸打包。哼，我转了一早上，这不是，"他拍了拍胸口，"怀里揣着房契，想弄个千儿八百的。哼！哼！我明白了，再有一份儿房契，再走上两天，我也弄不出钱来！你有学问，必定有主意；我没有。我老了，等着一领破席把我卷出城去，不想别的。可是，这个买卖，三辈子了，送在我手里，对得起谁呢！两三年的工夫会赔空了，谁信呢？你叔叔们都去挣工钱了，那哪够养家的，还得仗着买卖，买卖可就是这个样！"他嘴里还咕弄着，可是没出声。然后转向秀权去："秀山还没回来？不一定能匀得来！这年景，谁肯帮谁的忙呢！钱借不到，货匀不来，也好，省事！哈哈！"他干笑起来，紧跟着咳嗽了一阵，一边咳嗽还一边有声无字的叨唠。

十二

敷衍了父亲几句，烈德溜了出来。

他可以原谅父亲不给他寄钱了，可以原谅父亲是个果贩子，可以原谅父亲的瞎叨唠，但是不能原谅父亲的那句话："你是大学的学生，总该有办法。"这句话刺着他的心。他明白了家中的一切，他早就有极完密高明的主意，可是他的主意与眼前的光景联不到一处，好像变戏法的一手耍着一个磁碟，不能碰到一处；碰上就全碎了。

他看出来，他决定不能顺着感情而抛弃自己的理想。虽然自己往往因感情而改变了心思，可是那究竟是个弱点；在感情的雾瘴里见不着真理。真理使刚才所见所闻的成为必不可免的，如同冬天的雨点变成雪花。他不必为雪花们抱怨天冷。他不用可怜他们，也不用对他们说明什么。

是的，他现在所要的似乎只是个有实用的办法——怎样马上把自己的脚从泥中拔出来，拔得干干净净的。丧失了自己是最愚蠢的事，因为自己是真理的保护人。逃，逃，逃！

逃到哪里去呢？怎样逃呢？自己手里没有钱！他恨这个世界，为什么自己不生在一个供养得起他这样的人的世界呢？

想起在本杂志上看见过的一张名画的复印：一溪清水，浮着个少年美女，下半身在水中，衣襟披浮在水上，长发像些金色的水藻随着微波上下，美洁的白脑门向上仰着些，好似希望着点什么；胸上袒露着些，雪白的堆着些各色的鲜花。他不知道为什么想起这张图画，也不愿细想其中的故事。只觉得那长发与玉似的脑门可爱可怜，可是那些鲜花似乎有点画蛇添足。这给他一种欣喜，他觉到自己是有批评能力的。

忘了怎样设法逃走，也忘了自己是往哪里走呢，他微笑着看心中的这张图画。

忽然走到了家门口，红色的"田寓"猛的发现在眼前，他吓了一跳！

---

[1] 韩穆烈德（Hamlet），英国著名剧作家莎士比亚（William Shapespierr）的作品《哈姆雷特》的主人公，今通译"哈姆雷特"。这是莎士比亚最著名的一部悲剧，列四大悲剧之首。作品讲述了一个篡位和复仇的故事，哈姆雷特是一位出身高贵的丹麦王子，满怀豪情地发出了光辉的人文主义宣言："人类是一件多么了不得的杰作！多么高贵的理性！多么伟大的力量！多么优美的仪表！多么文雅的举动！在行为上多么像一个天使！在智慧上多么像一个天神！宇宙的精华！万物的灵长！"他眼中的世界曾经是"一栋壮丽的帐幕"，一个"金黄色的火球点缀着的庄严屋宇"，就此表现出了当时人文主义所特有的民主意识与人性光辉。但是命运被一桩完全出乎意料的谋杀事件改变了，他的叔叔克劳狄斯谋害了他的父亲，篡取了王位并霸占了他的母亲，因此，哈姆雷特王子展开了向叔叔的复仇。

[2] 山查，即山楂。

新韩穆烈德

老舍

(一)

有一次他稍微喝多了点酒田烈德一半自嘲一半自负的对個朋友说：

「我就是莎士比亚的新韩穆烈德，同名不同姓仿佛是——」

「也常见」那個朋友笑着问。

「还不止！一個呢不过」田烈德想了想「不過都不自衣紅眼的出来渡夜。」

「新韩穆烈德」那個朋友随便的一說，便使他微微點頭的一脫。

这可就成了他的外號一個雖到而便他微微點頭的外號。

大學三年級的學生他非常的負常常有個辦法而面事事要細完整的計劃常在那兒細細想過之後——都不適合他的遲疑因凡他很聰明聽過了不但沒有益處而且便他遲疑使他得顯着別人的意見，可是別人的意見又是他最欠高明，時常覺得凡事事要細完整的計劃可是究竟覺得有點不大昧兒說使他非常的苦惱

（二）

暑假前的考試剛完他很累得悒悒自已覺得意已放鬆了一天的香味的，可是究竟覺得有點不大昧兒說使他非常的苦惱「該怖」破壞了「尊

严及不自已也想去看去的神往不明白爲什麼的批評能力在幾乎沒有了即便他遇看電影可是總得躺着看才能够他本想不去看電影可是究竟沒有出去他常獨在了床上多致的電影片是那麼些他知道但是有時候他遇看有看電影的時候總然自信自己的那種神能力是超乎一般人的花，影，不自己也想去看去的

《新韩穆烈德》原发表页
1936年3月16日
《国闻周报》第13卷第10期

《新韩穆德烈》首页
《蛤藻集》初版
上海开明书店1936年11月

哀启

有个洋车夫来见金先生。金先生想不起自己有过这样的亲友；即使真有过这样的苦朋友，以他的身分说也不能接见。可是他又不敢不见；在公安局混过差事，他晓得穷人中也有好汉，得罪不得。在他心中，所谓好汉就是胳膊粗，力气大，蛮不讲理。他怕这样的人。他马上出来接见这个洋车夫：从地位上说，他觉得自己太谦卑；从力气上说，他以为自己是很精明。能够用势力压人，和会避免挨打，在他，是人生最高的智慧。

本篇原载1936年10月1日《文学》第7卷第4号。初收《蛤藻集》，上海开明书店1936年11月出版。

小说写的是一个不堪凌辱的洋车夫刀劈三个"鬼子"替儿子报仇的故事，描述了车夫老冯在儿子被绑架的情况下，从开始的退让、屈从、祈求到愤而觉醒的心理过程，血的事实使他猛醒而奋起反抗。就此，作品揭示了这样一重主题：对恶的容忍就是"自杀"，应了阿根廷诗人博尔赫斯（Jorge Luis Borges）的那句话："一切死亡都是自杀"。同时，作品也对那些被称作"虾仁"或"鬼子"的"亡国奴"所具有的主奴双重性格进行了深刻剖析，其中有征服与被征服的辩证法，对强者示弱，对弱者逞强，这是人性中最卑劣的一面。于是，作品揭示了另一重主题：无论个体还是民族、国家，如果不奋力挣脱这种卑劣性，都终将难逃"死亡"的结局。小说中有一个令人费解的隐语，这就是"虾仁"。以往几乎所有论者都简单地将那五个被称作"虾仁"的"亡国奴"看作日本人，显然有误。既称"亡国奴"，当时必非指日本人，文中又道明非中国人。根据作品提供的线索和相关历史信息推断，这里"虾仁"所指应为与日本人同流合污、在中国为非作歹的某些朝鲜人。当时在青岛，确有一些仰仗日本人势力而作恶多端的朝鲜人存在。

哀　启[1]

　　五个亡国奴占据了金紫良先生的一所三合瓦房。金先生是有个姓名的：作过公安局的科长，和其他机关中科长科员之类的官儿；颇剩下几个钱，置买了几所小房；现在就指着几个房租，过着份不算不舒服的日子。因为官面上有不少朋友，房客们要是到日子拿不上租金，别管是有意捣蛋，还是实在手里太紧，金先生会叫巡警们替他讲话。在这一点上，金先生在"吃瓦片"的人们里是很足以自豪，而被称为人物的。

　　可是，五个"虾仁"[2]硬占了他一所三合房。他不敢说"亡国奴"这三个字，所以每逢必须说到这个的时候，他把"××虾仁"的上半截去掉，作成个巧妙而无危险的隐语——"虾仁"。五个虾仁占了他的房之后，他很抱怨自己，为什么自己这样粗心，房子空闲出来而教虾仁们知道了呢？他觉得这几乎全是他自己的错儿，而虾仁们——既是虾仁们　　的横行霸道似乎是分所当然的。

　　不过，自怨是无济于事的。假如金先生在街上被虾仁无缘无故的敲了一拳，或推了一交（跤），那么，说声倒霉，或怨自己不小心，也就算了。白住房子可并不这样简单，不能就这么轻轻的放过去，虽然一声不出是极好的办法。虾仁们占着他的房子，卖白面，绑票儿，无所不为。这未免太"那个"一点。倒不是金先生有意阻止虾仁们干这些营生，或是以为这种营生有什么不体面；他伤心的是既然他们经营着这些事业，为什么不给他房钱？他们要是没有个营生，不拿房租也还有的可说；既是零整的发卖着白面，又有随时绑票的进款，怎么对房租还一字不提呢，他以为虾仁们作事未免有点太过火。

　　他想去要房钱。当然他不便于亲身去。他还是得托巡警们。这回的请托可是很柔和，与其说是请托，还不如说是商量个办法。跟虾仁们办交涉，不比和中国人对付，他体谅到巡警们的难处。他根本没希望巡察们能满应满许的马到成功，只盼着有个相当的办法，走到哪儿算哪儿，尽人事而后听天命。假若万幸朋友们真有个不错的方法，要出房租彼此平分也是好的；即使事情实在难办，或者因为半份房钱的便宜，他们也能特别卖卖力气。

　　他找了朋友们去。没想到他们会根本拒绝，不但不愿意给他办理，彷佛连听这种事也不喜欢听。意在言外，他们都以为他是自讨无趣似的。就是那半份房租的酬赠也没招出半点热心来。金先生心中未免有点不痛快。可是回到家中一想，他想过点味儿来：这不是朋友们不替他出力，而是他自己太没见识。比方这么说吧，他寻思着，万一这件事传到虾仁们耳朵里去，焉知他们不找上门来把他绑了走，或是一把火烧了他的房！"老金，你好不懂事！"他责备自己。再一想呢，虾仁们占据的房很多了，为什么别人都一声不出，偏偏老金长着三头六臂？想到这儿，他很感激朋友们了，幸而他们多知多懂，没给他出任何主意。真要遇上不三不四的朋友，胡说八道一阵，而被虾仁们听了去，那才得吃不了兜着走呢！

不再想这所房子就完了，他下了决心。这种从容镇静使他想出妙法。他把其余的几处房子都加高了租金。虾仁们白住了我一所房，他细心的一打算盘，我教大家每月多拿一点；大家的损失有限，可是我既不惹虾仁们生气，又能不十分在钱上吃亏。对，对的！房客们要是反对，那好办呀；我治不了虾仁们，还治不了小蝌蚪们！他觉得这个比喻非常的聪明可喜，自己笑了半天。

有个洋车夫来见金先生。金先生想不起自己有过这样的亲友；即使真有过这样的苦朋友，以他的身分说也不能接见。可是他又不敢不见；在公安局混过差事，他晓得穷人中也有好汉，得罪不得。在他心中，所谓好汉就是胳膊粗，力气大，蛮不讲理。他怕这样的人。他马上出来接见这个洋车夫；从地位上说，他觉得自己太谦卑；从力气上说，他以为自己是很精明。能够用势力压人，和会避免挨打，在他，是人生最高的智慧。

一看到那个洋车夫，他后悔了。他简直没有看见过这么褴褛，狼狈，泄气的车夫。这个人有四十上下岁，不高的个儿，一张长瘦的脸，两只望天儿眼睛。上身穿着蓝号坎儿，汗碱有五分厚；裤子也是蓝的，补着各色的破布，腿上还有两三个窟窿。赤着脚，张了嘴的破鞋，用麻绳儿绑着。手里提着条和地皮同色的小毛巾，敞着怀，肋条一棱一棱的挂着些鲇皮，皮上滋满了多日的黑泥。

"干吗？"金先生堵上鼻子，心里有一万个不高兴。

"先生！"洋车夫的眼向上翻着，把右手按在胸口上。好像那里刺着疼似的。

"说话！我不是专为伺候你的！"金先生虽然是真生了气，可是听着自己的呼叱，心中觉出自己的伟大与身份，而把气消减了一两分。他想，就是他和虾仁们对了面，他们的呼叱也不会这么雄厚有力。

"先生！在板子胡同，你不是有所房子吗？"拉车的翻着白眼，等金先生来承认这件事；唯恐把事儿弄错了。

　　听到说自己的房子，金先生的心里有些发乱。是吉是凶，无从猜到，他只好虚为支应一下："是我的怎样，不是我的又怎样呢？"

　　"先生！你就救救命吧！"车夫的眼向上紧翻，翻着翻着，落下泪来；一低头，往前一扑，跪在金先生的脚前。跪下以后，又抬起头来，满脸是泪，嘴动了几动，没能说出话来。

　　"到底什么事啊？你看！快起来！"金先生要拉车夫一把，看他的衣服太脏，把手又缩了回去。"有什么话起来说，真！"

　　车夫不知怎好的，一边嘟哝着"救救命吧"，一边往立起；立起来，深深的叹了口气。

　　"先说明白了，别耍这套'恶化'！"金先生坐下了。

　　"先生！"车夫的眼泪又从新流下来。"我是个穷人。老婆死了好几年了。我就带着大利——今年八岁了——穷混。一天到晚，我去苦曳，别的都是小事，到晚上我得给大利带回两个白面的馒头来。我是为他活着呢。他是我冯家的一条根！白天我去拉车，他就跟着三姨——我老婆的缺心眼的老妹妹——一块儿玩。每天我收了车，他和老姨儿总在胡同口上等着我，老远的就叫爸爸，笑得像朵花似的接过馒头或烧饼去！"他楞了一会儿，彷彿是听听有没有大利的笑声。"昨天，我收了车，也就是有四点钟吧；买卖不错，所以早收了会儿，还给大利买了包酱肉——孩子老吃不着个荤腥儿！胡同口上没有他；也许想不到我回来这么早，我心里说。到了家，老姨在屋里哭呢。问她什么，她只管摇头。她自幼就缺心眼儿。我出来一问街坊们，他们谁也没亲眼看见，可是都说必定是教板子胡同的人们给绑了去。我不大信。他们绑小孩是真的，我知道；可是还没听说绑过大利这么穷苦的孩子。你看，大利身上除了件破裤子，没有别的东西；绑他干吗，瞎了眼？我不大信。可是我不能不去找他。和巡警们一打听，他们有看见的，一点不错，大利教两个鬼子给架了走。他们当巡警的看见了，可是不敢管；他们还怪我不好好的看着孩子呢！"车夫的嘴角堆起许多白沫，眼定住，嗓子好像堵住气，用手抓了两把。

　　"我找到板子胡同去，他们要二十块钱；没钱，他们撕——"车夫捂上了眼，手一劲儿的哆嗦。过了一会儿，把手放下来，好像忘了一切，呆呆的立着。忽然，极惨的笑了一声，彷彿悲苦怨恨已经到了极点，只好忽然把它们变成一笑，像顶黑的夜里的一条白闪。"二十块？哼，我？好几年了，我就没见过一块现洋！我去见了巡长，给他磕了三个头；没用！他说我顶好是凑二十块钱，把大利赎回来。用得着他说！我上哪里凑钱去，我？卖没的卖，当没的当！从板子胡同回来，我就张罗钱；连老姨身上的一件小褂都剥了下来；哼，先生，一共我弄出五块钱来；实在想不出法儿来，我去给车厂子的掌柜磕了头。我拉过十年他的车了，没欠过车份儿；我跟他开口借十五块钱；以后每天还他一角，还给他出利钱。崔掌柜还算不错，给了我五块钱。虽然我还差着十块，可是不好意思再逼他。他说得明白，那五块钱不要利钱，教我慢慢的还。他这么够朋友，我怎好再为难他呢？"说到这里，他彷佛暂时忘了痛苦，而天真的从腰间摸出两张五元的票子来，像小孩子献摆新玩艺似的，一手提着一张，给金先生看。

"到底你找我来干吗？"金先生已经猜到车夫的来意，可是愿意明白车夫怎的想到了他。他不十分热心去想是否应当帮助眼前这个苦人，假如车夫是来告帮，而一心的要晓得他自己在这件事中有什么样的地位与能力——说不定也许有点危险呢！

"是这么回事，先生，"车夫极小心的把两张钞票收好。"崔掌柜见我很为难，给我出了个主意：他说，老冯呀，你去求求金先生吧！板子胡同的那所房是金先生的。到了那儿，老冯你就应该说：金先生，你一来是个外场人，很讲义气；二来那所房是你的，万一他们真撕了——我丢了儿子，你脏了房，都不是好事。这是崔掌柜教给我的话，先生。我跟先生不认识，实在没脸来求你，可是我真没了法子。先生自当打牌多输了几块，救救命！再说，崔掌柜说得也有理：万一脏了房，先生也吃亏不小！"车夫用小毛巾擦了擦嘴，两眼不错眼珠的看着金先生。

金先生为了难：车夫是要十元钱，不错，这很简单。不过，萍水相逢，白给十元钱，不大像回事儿。再说，焉知车夫不是骗子呢，骗子都会鼻一把泪一把的装模作样。假如车夫说的是真话，的确是怪惨的；假若他是骗局呢，金先生岂不是成了冤大脑袋。作善积德，偶一为之，原无不可；可是不能随便被人骗了钱去。顶好是去打听打听，或是车夫自己拿出真证实据；有了充足的证据，再拿钱才妥当，虽然自己并没有一定拿钱的责任。但是，为这件事，金先生不便自己出马去打听；好，巡警们都躲干净，自己又不是现任的地方官，干吗把新鞋往泥塘里跋（踏）。至于跟车夫要更充足的证据，也不十分妥当；假若这回事是千真万确，而车夫一趟八趟的上这里来，教虾仁们知道了才妙呢！干脆把车夫打发走，别教他在这儿死腻。怎能打发他呢？大概是非给钱不可！不给他钱，他也许再来，早晚是非被虾仁们知道了不拉倒。况且，车夫的话若是不假，花几块钱省得脏了房也的确是个便宜。好，真要把票儿撕在自己的房子里，虾仁们有搬走的那一天，而自己的产业永远成了凶宅，那才窝心！自然，一个七八岁的孩子——又是个车夫的儿子——就是遇了害，大概也不会闹鬼。不过，到底不好听，房子是吃不住人血的！算了吧，给他钱，打发他走就完了。说不定，为这个善举，感动了上天，还许教虾仁们早些搬开呢！

金先生心中大致的有了这么个决定。可是还不肯马上执行，唯恐忙中有错，作的不妥当。他挪挪茶碗，摸摸脖子，看看车夫……彷佛是希望在这些小动作中能得到意外的灵感。

再也想不出高明的主意来，他极慢的，先转过身去，掏出皮夹来。皮夹里分类的装着两张钞票，一张十元的，一张五元的；一打儿毛票，大概有七八毛钱的样子；两毛缺角的旧票，和几张名片在一块儿。他细数了一遍，更整齐的从新按类放好。然后又拿起那张十元的，看了看，放下；把那张五元的提出来。

"五块，拿去！"金先生的动作加快了许多。"别再来！别跟人说板子胡同的房是我的！快走！"

车夫接过票子去，不知要说什么好，他知道五块钱不够，可是要先谢谢金先生，而后再央求；央求也怪不好意思了，可是儿子的命——他心中非常的乱。

金先生把车夫一切的话都拦了回去："拿了钱就走吧！还得等我央告你吗？"

"先生，我，真——"车夫心中更乱起来，一句话也找不到了。

"快走！"

快晌午了，老冯紧紧握着三张票子，到板子胡同去。他心中这么想：钱是没凑够，可是办法已都想尽；再去跑上一天，也未必能有什么好处；而大利是越早出来越好。好吧，就去交款吧。绑票的事是常有的，差不多听说过的都是要三千五千，至少也得几百。这回，一要才要二十块，那么，交上十五，再央告央告，大概也就可以把孩子领出来了！情理，希望，和爱子的心切，都使老冯觉到事情很可以就这么了结。有了大利，以后他还能高高兴兴的苦奔；等大利能自己挣饭吃，自己一闭眼也就放心了。这么一想，他心中似乎得到了一些安慰，觉到黑暗中还有不少的光明。他承认大利被绑是件事实，这件事能解决，快快的解决，使一天云雾散；明天再说明天的，而且大利能平安的出来，明天还是很有希望的。他不想什么法律，正义，民族，国家等问题。这些似乎永远没到他心中来过。就是这件事的对与不对，他似乎也不愿去想，彷佛一个外国人绑去他的儿子是除了拿钱去赎，别无办法的。他着急，可是不生气。巡警们没生气，金先生没生气，老冯自己也不敢生气。他只求快快解决了这桩事，越快越好；他脚底下加了劲，张着嘴的破鞋噗喳噗喳的像一对快要干死的大鱼。

到了板子胡同，他敲了敲门。出来一个金先生所谓的虾仁。一见是老冯，虾仁说了声"妈×"。老冯知道虾仁们的中国话是以这两个字为中心的，一点也不以为新奇，更说不到生气来。他掏出那三张票子来。虾仁的眼睛亮了些，为表示一点感情，又说了声"妈×"。

老冯留了个心眼：非见到大利，不能交钱；万一钱交过去，而他们变了卦呢！

他很规矩的，勉强的陪笑，说明了这个意思。虾仁似乎听清楚，又似乎没听清楚，走了进去，老冯也跟进去。到了院中，从屋里又走出一对虾仁来，都丧胆游魄的，脸上没有什么血色，彷佛是活腻了的样子。

"爸爸！"屋门中探出个圆头来，"爸爸！"

圆头上挨了一拳，又缩了回去，可是还叫："爸爸！带来烧饼了吗？他们不给我饭吃！"说完，圆头又伸了出来，虽然又挨了一拳，可是没有退回去；大利一下子跑出来，抱住爸的腿："爸爸你什么不早来呢！我饿！"

一个虾仁想把大利揪过去，大利照准了手给了一口："我爸爸来了，我一点不怕你！"

虾仁捂住了钱，似乎生了气，可是没发作。老冯赶紧叱呼大利，同时笑脸相迎的把钱递给了头一个虾仁。

虾仁接过钱去，数了数："妈×，妈×，五块少！"

"老爷！"老冯一手摸着大利的头，一手作势，帮助加重求怜的恳切："老爷！苦人哪！以后再孝敬吧！"

虾仁们嘀咕了一会儿。过来两个，拉住大利的胳臂。

"爸爸！"大利本能的觉到危险，脸上登时没了血色。"爸爸！别教他们打死我！我从此乖乖的，再也不淘气！"

"五块少，死妈×！"一个虾仁用力拉了大利一下子。

"爸爸！"

老冯跪下了："老爷们，善心吧！就是这么一条根啊！"

屋里又出来一对虾仁，用眼神鼓励了拉着大利的那两个一下。那两个一蹲身，一人抄住大利一条腿。大利哆嗦开了，眼睛冒着一股冷火。岔了音的喊了声："爸爸！"刚喊出来，老冯眼前看见了一片红！

老冯怎样出来的，他自己也不知道。一向是望着天走路，现在他深深的低着头。他看不见路，看不见人，看不见一切；眼前只有些红光。红光忽然结成一片，里面是大利的上半身，向他张着口，无声的喊爸爸。忽然红光散成多少片，一片红光包着大利的肠，另一片包着大利的胃，都鲜红的，颤抖着，在空中上下飞动。上下左右还有许多片红光与红星，是大利的眼，手，脚指，都颤动着，都无声的喊叫，哭泣，像肉店的肉块五脏都忽然疯了似的在空中乱飞，用力的眨一眨眼，他眼前的红光散尽，彷佛大利就在他身旁呢，他用手去拉，忽然在老远的来了一声"爸爸"，大利又在红光里从远处飞来，眼睁得很大，到了老冯面前，那双眼睛就那么闭了一闭，像刀在脖子上的时候的羊眼。老冯忽然的哭起来，哭不出声，胸中发热，从腹下抽起，抽到腮上，干裂着嘴。

他就这样恍恍忽忽的来到家中。老姨身上披着两张旧报纸在炕上坐着呢。他没说什么，她也没发问。老冯像醉了似的在屋里由这头摸到那头，自言自语的："肠子！手！大利！大利！爸给你报仇！"摸了半天，他把菜刀摸到手中，用小毛巾包好，又走了出来。

出了门，他的眼前不那么乱了，心中好似也清楚了些。着急的时期已经过去，现在他想着给大利报仇。不用再求人，不用再想办法，不用再说好话，手中有刀，刀会解决一切。杀一个够本，杀两个就有了赚头，很简单。他挺起瘦胸，眼望着天，看得清清楚楚，天上有几块白云，时来时去，掩住又放开日光。他彷佛永未曾看见过这样爽朗的天气，他自己心中也永没有这样充实痛快过。他觉到自己是条汉子，再也用不着给谁磕头请安，刀是天下最硬棒的东西。他一点也不怀疑自己的力量不足，或下不去手杀人；他已忘了自己，自己好似只是一口正气，刀是正气的唇舌。

非常从容的敲了两下门，把刀上的小毛巾解了下来。一个虾仁来开门，刚一露头，刀正抹在气嗓上，血溅出老远，一声没出，便歪了下去。

老冯一直走了进去，大利两腿岔得很宽的还在地上躺着。老冯只叫了声："大利，爸来了！"一别头，走过去。拉开屋门，四个虾仁都在屋中坐着吸烟呢，屋中满是烟气，呛得老冯嗽了一声。他们看见老冯拿着刀，并不着慌，只彼此对看了看，好像是说："有人杀咱们来了，怎办？"大概是当亡国奴当惯了，所以拿挨杀当作理应如此的事。老冯没顾得选择，照准最前面的那个就是一刀。其余的那三个，开始要想往外跑；害怕，可是还打不起精神逃命，宁可早送一会儿命，也不肯快走一步。他们也不想抵抗；好似天生成的一种动物，专找不抵抗的去欺侮，而遇着厉害的自己也不抵抗。有一种癞狗就是如此。

老冯杀上了火来，见人就砍，不久，血已顺着手往下流。他红了眼，听着刀碰肉咯哧咯哧的声响，心中分外的痛快。他没想到杀人是这么容易的事，更没想到虾仁们能这么容易杀。他们眼睛贼似的瞭着他的刀，东奔西躲。他们越这样贼滑，他越发怒；"给你们磕头，你们把我的孩子劈了；太爷拿来刀，你们又不斗，我×你们十八辈的祖宗！"他一边骂，一边往前走，刀落在他们身上，他们闭闭眼。砍倒了两个，带伤跑出去两个。老冯在砍倒的两个身上像剁菜似的砍了一阵。两个断了气，老冯的刀再也拔不出来。他的汗已把衣裳湿透，身上满是血点。他努着最后的力气，走到院中。看见大利的尸身，他忽然手脚全软了，一头扑在地上，搂着大利的圆头，恸哭起来；他现在有了眼泪。

哭了不知多久，他收了声，低声的说："大利！爸爸给你报了仇！跟爸爸走吧，小子，我的宝贝！"一面说，一面把大利的腿并起来，而后到屋中找了条被子，把孩子包起来。"大利，走吧！"抱着孩子走到门口，一眼看见倒在那里的那个虾仁，他把大利的头轻轻的拉出来："大利！大利！看哪！爸给你报了仇，真的！"说完，他忽然心中一动，蹲下身去，在那个人身上摸了摸，摸到了那三张钞票。"大利，你有了棺材！嘻！"

走到胡同口上，遇见了本段上的巡长，老冯认识他。

"刘巡长，大利！"老冯指了指被子，"撕了！"

"你快别声张！"巡长的脸色忽然变了。"老哥儿们了，别给地面上惹事！我告诉你什么来着？教你凑钱，你作为没听见！你，得了，快走吧！"巡长似乎还有许多话要说，可是为地面上的安全，不便于再多说，"快走吧！"

"巡长，我砍死他们三个！"

"什么？"

"杀了三个，伤了两（俩）！"

"得，马蜂窝是捅了！全得没命！"

"有什么事我都接着！巡长要说我得到案，等我把大利埋了，就来，准来！我已经够了本，杀，剐，都随便！"

"冯大哥！冯大叔！"巡长眼中差不多要湿了，"少说一句行不行？快把孩子埋了去；别对任何人说一句！走吧！"

刘巡长一夜没睡。他不敢把这件事——足以招出屠城的事，据他看，——报上去。一呈报，别的先不提，他准被撤差。可是，他不去报，而由别处走漏了消息呢，还是没他的好处。对于老冯，他也拿不定主意，把他看管起来吧，事情就弄明了；不管他吧，万一上边要人呢？至于板子胡同搁着的三口尸，更没办法！派个伙计去探听，危险；就那么放着，不像话！

不过，这还都是小事，要命的是十分之十，一两天之内准得出大乱子，不屠城也差不远！一夜他没合上眼，时时的起来，向板子胡同那边望一望——要屠城准得先放火，必先烧金先生的那所房。一夜并没有任何动静，他更怕了，大概是第二天一清早必动手，他猜摸着。

第二天一早儿，他穿着便衣找了金先生去。

"金科长，"刘巡长永远记得谁作过什么官，即使是民国元年的官职，他总爱称呼着官衔，讨人家喜欢。"金科长，板子胡同出了事！"

"是不是撕了票？"金先生暗恨自己为什么偏偏要省那五元钱。"昨天一个姓冯的车夫来——"

"撕票还是小事呀，"刘巡长没等科长说完，便把话接了过来，"金科长，那个混蛋车夫杀了三个，伤了两（俩）！"

金先生咽了口气，半天没说出话来。呆了好久，他的气顺开一点："这小子怎么混到家了呢！有什么动静没有呢？"

"没有吗！反正还小得了，这个娄子！"

"那什么，"金先生想好了主意，可是又不愿说出来，"那什么，咱们都打听着点吧。谢谢巡长来送这个信！"

巡长见科长也没主意，心中更乱了，强挣扎着说："科长可先别声张啊！"

"那自然！一定！放心"金先生急于把巡长支走。

刘巡长前脚出了门，金先生后脚上了车站：三十六着，走为上着，那所房子是他的呀！

过了三天，还没动静，刘巡长下着一万个小心，探了探板子胡同的消息。大门开着，半天也没个人出来。他派了个伙计进去看了看，房子已然空了，南墙根的土有些发松，像是新掘过的，正房的墙上有许多血点。

他找了老冯去。老冯病倒在家里，只告诉了巡长一句话："巡长，咱们要是早就硬硬的，大利还死不了呢！"

---

[1] 哀启，旧时指由死者家人叙述死者生平与临终状况的短文，一般置于讣告后发送亲友。

[2] 虾仁，隐喻某种既为"鬼子"又为"亡国奴"的具有主奴双重身份和双重性格的人，根据具体语境并结合相关历史信息分析，所指应为当时在青岛仰仗日本人势力而欺压中国人的某些朝鲜人。

哀 啓

老 舍

　　五個亡國奴佔據了金紫良先生的一所三合瓦房。金先生是有個姓名的：作過公安局的科長和其他機關中科長科員之類的官兒；現剩下幾個銅錢置買了幾所小房現在就指着這幾所小房現在就算了。

　　份不算不舒服的日子。因爲官面上有不少朋友房客們要是到日子拿不上租金別管是賨在手裏太緊；金先生在「吃瓦片」的人們裏是很足以自豪而被稱爲人物的。

　　可是五個「蝦仁」所以每逢必須說到這個的時候他不敢說「亡國奴」這三個字硬佔了他一所三合房他不敢說「亡國奴」這三個字所以的上牢藏去掉作成個巧妙而無危險的隱語——「蝦仁」五個蝦仁佔了他的房之後他很抱怨自己爲什麼自己寫的錯兒而蝦仁們知道了呢——既是蝦仁們——的橫行霸道似乎是他自己的子空間出來而救蝦仁們知道了呢錯的。

　　不過，自恐是無濟於事的假如金先生在街上被蝦仁無緣無然的。

　　故的敲了一拳或推了一交那麼說聲倒霉，或惹自己不小心也就一樣不出是極好的辦法。蝦仁們佔着他的房子賣白麵綁票賣白麵所不爲這未免太過。蝦仁們有什麼不好而他傷心的或是以爲這種營生有什麼不給他房錢他們要是沒有個營生幹這些營生。或是以爲這種營生有什麼不給他房錢他們要是沒有個營生不拿房租也還有的可說既是零整的發賣着白麵又有隨時綁票他們經營着這些不正業爲什麼不給他房錢他們要是沒有個營生不拿房租也還有的可說既是零整的發賣着白麵又有隨時綁票生的進款怎麼對房租還這一字不提呢他以爲蝦仁們作事未免有點太過火。

　　他想去要房錢當然他不便於親身去他逗是得託巡警們這回的請託可是很柔和，與其說是商量這不如說是請託這不如說是商量這不如說是請託他體諒這樣等等的難處他跟蝦仁們的請託可是很柔和，與其說是商量這不比中國人對付他體諒這樣等等的難處他的馬到成功只盼着有個相當的辦法跟法走到哪兒巡察們能滿應滿許的馬到成功只盼着有個相當的辦法本沒希望算哪兒盡人事而聽天命假若萬幸朋友們買有個不錯的方法要出房租彼此平分也是好的即使事情真是難辦或然的。

613

《哀启》原发表页
1936年10月1日
《文学》第7卷第号

《哀启》首页
《蛤藻集》初版
上海开明书店1936年11月